Poesialbum 2.0 :)

Meine liebe Henni,

für Deinen neuen Lebens-
abschnitt, die besten
Wünsche von Herzen!
Viel Liebe von Mann & Kind!
Und für die Momente,
zwischen Mamasein und
Frau, kurzweilige Unterhaltung
mit diesem Krimibüchlein.

♥ Mandy

Hartwig Hochstein (Hrsg.)

STAMMTISCHMORDE III

13 KRIMI-EXPERTEN UND POLIZEIPRÄSIDENT BERND MERBITZ PACKEN AUS

fhl Verlag

ISBN 978-3-942829-26-7

1. Auflage 2014

Lektorat: Elia van Scirouvsky
Titelbild: emoji/photocase.de
Satz: fhl Verlag Leipzig UG
Druck & Bindung: TZ-Verlag & Print GmbH, Roßdorf

Ein Verlagsverzeichnis schicken wir Ihnen gern zu:
fhl Verlag Leipzig UG
Gerichtsweg 28
04103 Leipzig
www.fhl-verlag.de
kontakt@fhl-verlag.de

TATBERICHTE

DER DRITTE STREICH

Was für eine Geschichte! Der Polizeipräsident lernt einen Stammtischbruder kennen, der sich regelmäßig mit seinen Kumpanen im Hinterzimmer eines Innenstadt-Cafés trifft. Als der ihm verrät, dass sie dort über Mord und Totschlag, kleine und große Betrügereien nachdenken und die kriminellsten Ideen gemeinsam in die Tat umsetzen, gibt er nicht etwa seinen Kripo-Kollegen einen Tipp, sondern erklärt: Da mache ich mit. Für Euren nächsten Coup habe ich eine prima Idee …

Keine Sorge: Diese Affäre wird keine Schlagzeilen machen, sich nicht zum Korruptionsskandal ausweiten, keine politischen Folgen haben. Denn es handelt sich nur um ein literarisches Komplott. Der Polizeipräsident ist Bernd Merbitz, oberster Polizist der Messestadt, der Stammtischbruder Jan Flieger, seit DDR-Zeiten einer ihrer bekanntesten und erfolgreichsten Krimi-Federn. Und der Coup der dritte Band der Anthologie-Serie ›Stammtischmorde‹.

Unter diesem Titel hat der fhl Verlag bereits zwei Bände mit Kurzgeschichten von Mitgliedern des Leipziger Krimi-Stammtisches herausgegeben. Er tagt regelmäßig im Café Waldi, dort treffen sich Autorinnen, Autoren, Verleger und Fans dieser Literaturgattung. Für ihr Buchprojekt holen sie sich jeweils interessante Verstärkung: Das war bei Band I Erich Loest, im nächsten Buch Edgar Franzmann, damals Sprecher der im Syndikat organisierten deutschen Krimi-Schreiberinnen und Schreiber, und diesmal eben Leipzigs Polizeipräsident. Während die Stammtischgäste, teils neu, teils von Anfang an dabei, ihre kriminelle Fantasie spielen lassen, verbindet Merbitz seine Geschichte mit Erinnerungen an einen echten spektakulären Fall zu Wendezeiten.

Als Herausgeber auch dieser dritten Anthologie hoffe ich, dass Ihnen sein Beitrag ebenso gefällt wie die anderen Geschichten und wünsche spannenden Lesespaß.

Hartwig Hochstein

Frank Kreisler

DER SCHAL UND DER CLOWN

Ronny steht im Flur ihrer 3-Zimmer-Wohnung und hat das Gesicht im tiefblauen Schal seiner Frau Maja vergraben. Er riecht am weichen Stoff und zieht den Duft ihrer Haut, der sich darin verfangen hat, lange und tief ein, wie ein Taucher Atemluft im maritimen Abgrund. Seit einiger Zeit trägt sie diesen Schal ständig, nur heute nicht.

Ronny denkt jetzt daran zurück, wie sie eines Abends in der Tür stand und diesen Schal, dieses unglaubliche Blau um den Hals geschwungen hatte. Er war so verblüfft, dass er für einen Moment davon überzeugt war, die blondgelockte Lottofee aus dem Ersten würde ihn besuchen. Ronny weiß noch ganz genau, wie er mit belegter Stimme Maja fragte, wo sie den her habe.

Dabei hat er es sofort geahnt. Mit diesem Schal wirkte sie wie eine andere Frau, fast mondän, nicht mehr wie seine. Da konnte nur irgendein Kerl dahinter stecken!

»Selbst gekauft«, entgegnete sie und drehte sich weg, mit leicht gerötetem Gesicht und niedergeschlagenen Augen.

Das geht ihm jetzt durch den Kopf.

Von wegen - selbst gekauft!, denkt er mit angespanntem Gesicht und öffnet die Tür zum benachbarten Zimmer. Er bleibt nicht lange und kommt ohne Schal wieder heraus.

Ronny hat heute noch etwas vor.

Es ist Februar. Die Karnevalssaison nähert sich ihrem Höhepunkt. Eigentlich will sich Ronny nicht verkleiden. Doch als er sein von Wut, Hass und großer Enttäuschung gezeichnetes Gesicht im Spiegel sieht und erschrickt, beschließt er es doch zu tun. Er verkleidet sich als Clown, mit buntem Kostüm und roter Perücke. In den großen aufgenähten Taschen verstaut er keine Süßigkeiten, sondern ein paar Geldscheine. Er malt sein Gesicht bunt an. Ein breites, aufgetragenes Grinsen ziert seinen verbitterten Mund und die Augen sind nicht traurig, sondern fiebrig vor abgrundtiefer Anspannung. Er hat noch etwas vor heute Nacht und dafür braucht er Mut.

Als Ronny das Haus verlässt, setzt Schneetreiben ein. Er geht auf die andere Straßenseite und schaut zu seiner Wohnung hinauf, wie immer, wenn er das Haus verlässt. Im ersten Stock sind alle Fenster geschlossen und dunkel. Durch die Lichtkegel der Straßenlaternen fällt schwerer Schnee und taut auf dem Pflaster. Viele Menschen sind unterwegs an diesem Abend, die meisten tragen Kostüme, über die sie Mäntel geworfen haben: Schwan, Indianer, Mönch, Nonne, Hund, Katze, Gurke, Mülltonne mit Guckloch. Ronny, der zurechtgemachte Clown, geht in den ›Tröster‹, eine Kneipe, ein paar Minuten entfernt. Seit das mit dem Schal passiert ist, hat er seinen Stammplatz ans Fenster verlegt, mit Blick auf die Straße. Er trinkt, nickt ein und hat sie bisher immer verpasst.

»Na, Ronny, hältst du Ausschau nach ‚ner verruchten Lady?« Das ist Manne, der Wirt und Obertröster, heute als Teufel zurechtgemacht. Er hat Ronny trotz des Kostüms erkannt und setzt fröhlich nach: »Wo ist deine eigentlich?«

»Ich hab keine verruchte Lady«, entgegnet Ronny, der permanent grinsende Clown, scharf. In diesem Punkt versteht er keinen Spaß, absolut nicht.

»Schon klar, Mensch. Sei nicht so empfindlich.« Manne klopft ihm freundschaftlich auf die Schulter.

»Sie hat eine Betriebsfeier und flattert erst spät wieder ein«, sagt er und denkt bei dem Wort ›flattern‹ an einen Schmetterling, der … nun ja, es gibt Sammler, die Schmetterlinge erst mögen, wenn sie aufgespießt in einer Glasvitrine zur Ruhe gekommen sind und nicht mehr wegflattern können!

»Betriebsfeier, soso«, brummt Manne und geht.

Ronny findet den Gedanken scheußlich und trinkt aus dem Bierglas, das Manne vor ihm hingestellt hat. Dabei verwischt das aufgemalte Grinsen ein wenig. Er trinkt in der nächsten Stunde ein Bier nach dem anderen und findet den Gedanken an aufgespießte Schmetterlinge bald gar nicht mehr so schrecklich.

Ein Mann betritt die Kneipe und redet kurz mit Manne. Obwohl auch an anderen Tischen Plätze frei sind, steuert der Fremde geradewegs auf Ronny zu.

»Tach und Helau. Ist der Platz hier noch frei?«, fragt der Fremde, der irgendwie beunruhigt scheint und Ronny gar nicht richtig ansieht, sondern die Straße im Blick hat.

Noch bevor Ronny nickt, setzt sich der andere zu ihm an den Tisch und beide sehen stumm aus dem Fenster die Straße hinunter.

Ronny weiß, wie die Straße von hier aus aussieht, er kennt sie zur Genüge. Er hat hier oft und lange auf Maja gewartet und literweise Bier in sich hineingeschüttet. Er weiß wie die Straße ohne Maja aussieht, dunkel und leer. Deshalb schaut er sich jetzt verstohlen den Tischnachbarn an. Ein Mann um die vierzig, etwa zehn Jahre älter als Ronny. Buschiges braunes Haar, eine große Nase, so von der Seite betrachtet ist der Mann gutaussehend. Aber sein Hemd sieht nicht gut aus, eine Art Holzfällerhemd, schön warm im Winter. Ronny macht darauf ein paar Farbkleckse aus. Wohl ein Handwerker auf Feierabendbier oder so.

Doch er bestellt Kaffee. Es ist selten, dass im ›Tröster‹ jemand Kaffee trinkt. Das weiß Ronny genau. Jemand, der hier schon einmal Kaffee getrunken hat, bestellt den nicht noch einmal. Mannes Kaffee schmeckt einfach nicht. Entsprechend angewidert verzieht der Fremde nach dem ersten Schluck das Gesicht und schiebt die Tasse weit weg. Und außerdem: Wer in den ›Tröster‹ kommt, steht in der Regel auf andere Getränke, tröstliche eben.

»Sie warten auf jemanden?«, fragt Ronny.

Der Mann blickt ihn aus großen dunklen Augen an.

»Vielleicht«, antwortet er. »Vielleicht auch nicht.«

Und schon sieht er wieder aus dem Fenster.

Na, klasse, denkt Ronny. *Eleganter lässt sich »Halt die Klappe und lass mich Ruhe« nicht sagen. Dann eben nicht*. Ronny zuckt mit der Schulter, auf der eine Sonnenblume aus Stoff prangt.

Der Fremde wühlt ein Geldstück aus der engen Tasche, legt es auf den Tisch und verlässt den ›Tröster‹ grußlos.

Doch er geht nicht gleich, sondern stellt sich vor das Fenster, sieht die Straße hinunter und versperrt Ronny die Sicht.

Nanu, was ist denn das, denkt Ronny, der gebannt auf den Hinterkopf des Mannes starrt. Ein buntes, eckiges Käppchen entdeckt er da, verborgen im buschigen Haar.

Verdammt!, denkt Ronny, *so ein Käppchen hast du doch schon einmal gesehen. Wo war das?* Er grübelt. Es war wichtig, es war unangenehm, es tat sehr weh! Das weiß Ronny noch, mehr weiß er nicht. Er kommt nicht darauf, jedenfalls nicht jetzt. Der Alkohol, den er intus hat, hat sein Gedächtnis lahm gelegt. Die Erinnerungen sind wie in Spiritus eingelegt, unkenntlich und nicht zu gebrauchen.

Nur eins begreift Ronny: Der Mann kann für ihn kein Fremder sein. Doch ihn, Ronny, scheint der Mann nicht zu kennen, selbst nüchtern nicht. Was ist denn das!

Ach Mensch, stöhnt Ronny und zermartert sich weiter das Gehirn. Erfolglos.

Der fremde Mann geht jetzt die Straße hinunter. Er scheint es eilig zu haben. Ronny sieht ihm hinterher. Doch plötzlich bleibt der Fremde stehen, im Lichtkegel einer Straßenlaterne und schaut zu einer Wohnung hinauf. *Der steht unter der fünften Laterne,* denkt Ronny, der eben die Lichtkegel abgezählt hat. *Unter der fünften! Das kann doch nicht wahr sein! Doch, tatsächlich! Der Kerl schaut zu der Wohnung hinauf, in der er und Maja ...!*

Jetzt fällt es ihm wie Schuppen von den Augen. Verdammter Mist. Er weiß plötzlich, wo er dieses Käppchen schon einmal gesehen hat! Das war ... genau ... Ronny wird es schwarz vor Augen, er japst nach Luft und ist unfähig, sich zu bewegen. Es war der Schock seines Lebens. Und der ist noch gar nicht so lange her, höchstens drei Wochen.

Damals war er sehr aufgewühlt wegen des Schals und überhaupt und ist Maja gefolgt. Heimlich, wie ein Spürhund, der endlich einen frischen Knochen zum Verbeißen gefunden hat, sah er nur Maja und heftete sich an ihre Fersen. Für alles andere hatte er keinen Blick. Und als er dann am Fenster stand, wusste er nicht, wie er da hingekommen war. Nun ja, es befand sich zu ebener Erde. Aber er weiß nicht, auf welchem Weg er dorthin gekommen war. Darauf hatte er nicht geachtet.

Der Raum hinter dem Fenster war dämmrig und eigentlich nur an einer Stelle hell erleuchtet. Und genau in diesem Licht stand Maja. Er sah, wie sie ohne Eile ihre gelbe Bluse aufknöpfte, sie auszog und beiseitelegte. Dann knöpfte sie ihre Jeans auf und zog sie aus. Erst jetzt bemerkte Ronny den Mann, der ihr dabei zusah. Er saß rechts vor einer Staffelei und Ronny sah ihn nur von hinten. Das bunte rechteckige Käppchen auf seinem Kopf ist ihm gleich aufgefallen, sozusagen ins Auge gesprungen. Gebannt sah Ronny wieder auf Maja. Sie öffnete gerade ihren BH und legte ihn ab. Sonst freute sich Ronny immer über den Anblick ihrer Brüste, heute gab es dafür keinen Grund. Und nun zog sie mit nur einer Hand den schmalen Slip an den Beinen herunter und stand splitternackt vor dem fremden Mann und sah ihn an, kein bisschen rot im Gesicht. Sie lächelte sogar. *Mein Gott*, dachte Ronny, *was wird das hier?* Ronny weiß bis heute nicht, warum er nicht hineingestürmt ist und den Spuk beendet hat, mit der Faust in die Fratze des fremden Mannes geschlagen und seine Frau mit sich gezerrt hat. Er vermutet aber, es lag an Maja. Sie sah so entspannt aus. Er hätte nichts in seinem Sinne erreicht, eher im Gegenteil. Das glaubte er zumindest und wahrscheinlich hat er damit recht.

Also sah er weiter, zitternd und angstvoll, seiner privaten Apokalypse zu.

Sie setzte sich auf den dunklen Stuhl, der neben ihr stand. Den blauen Schal hatte sie um den Hals gelegt und die Knie waren gegeneinander gedrückt.

Der Kerl am Malgestell betrachtete Ronnys Frau von oben bis unten und nickte anerkennend mit dem Kopf. Was er sah, gefiel ihm. Plötzlich gab er ihr ein Zeichen und sie öffnete ihre Schenkel ein wenig. Aber das wenige war ihm nicht genug. Der fremde Mann bedeutete ihr, sie noch etwas weiter zu öffnen. Sie gehorchte und Ronny sah zu. Jetzt nahm der Maler seinen Pinsel und tauchte ihn in Farbe. Ronny verstand die Welt nicht mehr.

Und daran hat sich bis jetzt nichts geändert. Was ist mit Maja los? Warum tut sie das? Was soll er noch mit dieser Frau?

Und dieser verdammte Kerl sucht sie jetzt. Das geschieht ihm ganz recht! Ronny sieht die Straße hinunter. Wo ist er eigentlich abgeblieben?

»Na, du Clown, willste noch was?« Das ist Manne, der mit einem vollen Tablett neben ihm steht.

»Nee, danke. Zahlen!«, macht es Ronny knapp, legt einen Geldschein hin und geht, ziemlich wacklig auf den Beinen.

Bevor er den ›Tröster‹ verlässt, sieht er kurz in den Spiegel an der Garderobe. Das Grinsen ist verwischt und seine schmalen, verbitterten Lippen sind zum Vorschein gekommen, seine Augen sind gerötet. Er ist angespannt, wahnsinnig wütend und fühlt sich jetzt stark genug, sein Vorhaben für den heutigen Abend umzusetzen. Ronny geht auf die Straße.

Dort ist es dunkel und leer. Der Schnee ist in Regen übergegangen. Der sickert durch seine Haare bis auf die Haut. Ein wenig von dem Wasser rinnt über das Gesicht und weicht die aufgetragene Farbe ab. Neben einer gehörigen Portion Verbitterung kommen auch Wut und Gemeinheit zum Vorschein. Ronnys Schritte hallen auf dem nassen Pflaster wider. Er sieht sich nach dem Maler um und glaubt anfangs, er habe sich hier irgendwo versteckt, in einem Hauseingang oder hinter einer Hausecke, um Maja abzupassen. Doch Ronny kann ihn nirgends entdecken. *Er ist sicher nach Hause gegangen*, denkt er, *oder sucht sein schönes Modell anderswo, vielleicht bei einem Malerkollegen, hahaha.* Auf jeden Fall scheint er sie zu vermissen. Das ist alles, was Ronny auch nur annähernd verstehen kann. Er lacht hämisch in sich hinein. Seine rasende Eifersucht ist kalter Bosheit gewichen.

Jetzt sind auf der Straße wieder Leute zu sehen, einige mit Hunden, andere mit Kostümen.

Der düstere Clown hat sein Haus schnell erreicht und steigt in die 1. Etage hinauf. Er schließt leise die Wohnungstür auf und schlüpft in den Flur. Er knipst das Licht an und geht an dem Spiegel vorbei, der rechts neben der Tür hängt, ohne einen Blick hineinzuwerfen. Er geht auf knarzigen Dielen über den Flur und öffnet eine Tür, geht hinein und schließt sie gleich wieder.

Bevor Ronny das Licht anknipst, prüft er, ob die Vorhänge richtig zugezogen sind. Er zupft den dunklen Stoff an allen Ecken solange zurecht, bis er meint, kein Licht dringt aus dem Zimmer, sobald er es anknipst. Dann ist es soweit.

Ein Deckenfluter verströmt dezentes, warmes Licht im Raum.

In der Mitte steht ein dunkler Holzstuhl. Und darauf sitzt, nackt, gefesselt und ohnmächtig, Maja. Das heißt, so ganz nackt ist sie nicht. Ronny hat ihr eine weiße Weste angezogen. Steht ihr richtig gut, findet er. Schön weiß und unbefleckt. Von anderen Kleidungsstücken hat sie ja nie etwas gesagt. Noch gestern Abend meinte sie ausweichend: »Ich habe eine weiße Weste«, als Ronny argwöhnisch danach fragte, wo sie gewesen sei. Dabei hat er natürlich gewusst, wo sie sich wieder entblättert hat. Und dann meinte sie noch: »Mensch, es ist nichts passiert! Was willst du eigentlich?«

Ronny sah sie nur an und sagte nichts.

Ja ja, ging es ihm dafür durch den Kopf. *Nichts passiert – auf jeden Fall nichts, was du nicht auch gewollt hast. Ich weiß, ich weiß.*

Maja hat tatsächlich eine weiße Weste. Ronny hat sie im Schrank gefunden. *Hier hängt sie gut,* hat er gedacht.

Die Sicherung ist Ronny erst durchgebrannt, als Maja gestern Abend nackt vor dem Ehebett stand und sich den Pyjama anziehen und wie jeden Abend bis oben hin zuknöpfen wollte. Auf ihrem Rücken, auf dem linken Schulterblatt und an der Hüfte entdeckte Ronny Malerfarbe, auf ihrer weichen Haut den flüchtigen Abdruck einer Hand. Zunächst wurde ihm schwarz vor Augen und beinahe wäre er der Länge nach hingeknallt. Doch zweimal tief durchatmen und sein Gehirn bekam wieder genug Sauerstoff. Sein erster Gedanke war, ihre Weste wäre wohl nicht mehr weiß. Wirklich nicht! Und der zweite Gedanke galt seinem Laptop, 17 Zoll und irre schwer. Den schlug er Maja auf den Kopf, so dass sie ohnmächtig auf das Bett sackte. Als sie wieder zu sich kam, saß sie gefesselt auf dem dunklen Stuhl.

»Was soll das? Bist du übergeschnappt? Mach mich sofort los!«, begann Maja zu zetern.

Ronny hielt ihr den Mund zu und knebelte sie.

»MhhMhh Mhhhhh«, waren die einzigen Geräusche, zu denen Maja noch in der Lage war.

Sie versuchte sich zu befreien. Doch jede Bewegung war zwecklos und schmerzte. Darauf konnte sich Ronny verlassen. Die weiße Weste hatte er ihr zum Hohn übergezogen. Ansonsten war sie nackt. Er hat vorhin kurz überlegt, was er mit dem blauen Schal machen soll. Er könnte ihn ihr um den schönen schmalen Hals legen und langsam zuziehen. Das wäre was. Und ihr dabei in die Augen sehen und dann sagen: »Es passiert gerade nichts.« Aber er traute sich nicht. Stattdessen band er ihr mit dem Schal die Beine so zusammen, damit sie nicht gespreizt dasitzen konnte. Dieser Anblick war unerträglich für ihn, weil er ihn an den Maler erinnerte und daran, dass Maja ihm gehorcht hat. Mit dem blauen Schal um die Beine sah sie aus wie ein lieblos eingepacktes Geschenk. Viel mehr empfand Ronny für Maja nicht mehr. Zumindest redete er sich das ein. Dann verließ er das Zimmer wieder.

Der Alkohol ist gut für das, was Ronny Mut nennt. Er setzt sich Maja gegenüber auf das Bett und überlegt, wie er sein Vorhaben, Maja noch heute Nacht umzubringen, damit kein Maler und auch kein anderer Unbefugter sich an ihrer Nacktheit erfreut, in die Tat umsetzen kann. Die gönnt er keinem und das wird ja wohl jeder verstehen und wenn nicht, ist ihm das auch egal. Ronny rätselt noch immer, woher die beiden sich überhaupt kennen.

»Ich hänge dich an den Füßen auf und schächte dich wie eine Ziege«, sagt Ronny zu der langsam zu sich kommenden Frau, die ihn entsetzt ansieht und unverständliche Laute von sich gibt.

Allerdings ist es nicht sicher, ob Ronny das alles in seinem Zustand überhaupt hinbekommt: sie an den Füßen zu fesseln, an einer stabilen Vorrichtung an die Decke zu ziehen, mit einem spitzen Messer die Halsschlagader zu öffnen und dann zu verhindern, dass es eine Überschwemmung gibt. Es kann durchaus sein, dass der alkoholisierte Ronny einfach einschläft und so schnell nicht wieder munter wird.

Doch im Moment traut er sich das alles zu.

Und deshalb steht er jetzt auf.

Beim Einzug der beiden vor ungefähr zwei Jahren hat Ronny in der Zimmerdecke eine Eisenstange fest in stabilen Holzbalken verankert. Für Dekoration, Lichterketten, aber auch für eine Liebesschaukel dient sie als Befestigung. Die Stange hält also was aus. Genau hier will er seine Angetraute kopfüber von der Decke baumeln lassen.

Ronny sucht auf wackligen Beinen die Materialien für das blutige Spektakel zusammen: Strick, Messer, Klebeband, Plane und so weiter. Das dauert eine Weile. Der Clown bringt alles ins Schlafzimmer, wo Maja – nun ja – nicht gerade auf ihn wartet. Sie sitzt ruhig auf dem Stuhl und versucht auch nicht mehr sich zu befreien. Darüber wundert sich Ronny nur kurz. Vielleicht hat sie aufgegeben oder sie glaubt, Ronny veranstalte einen Karnevalsscherz mit ihr, irgendwas zum Totlachen oder so.

Als er mit einem fingerdicken Strick ihre Füße fest zusammenbindet, bemerkt er im linken Augenwinkel, dass noch jemand im Zimmer ist. Für den Bruchteil einer Sekunde nimmt er einen Schatten wahr und dann bewegt sich die Gardine leicht, obwohl das Fenster geschlossen ist. Doch er ist so besessen von seiner Tätigkeit, so sehr in seinem Tunnelblick gefangen, dass er dieser Beobachtung keine Bedeutung beimisst.

Ein fataler Fehler. Nur wenige Augenblicke später saust ein gut gepolsterter Baseballschläger, der keine Spuren hinterlässt, auf Ronnys Kopf nieder und streckt ihn zu Boden. Während er reglos daliegt, kommt jemand hinter der Gardine hervor und befreit Maja von ihren Fesseln. Ronny ist nicht lange bewusstlos. Als er die Augen aufschlägt und den Angreifer erkennt, ruft er zwar erleichtert, denn er hatte mit dem Auftauchen des Malers gerechnet, aber dennoch irritiert: »Mensch, Manne, was machst du denn hier? Willste mir helfen oder was?«

»Dir Clown bestimmt nicht«, entgegnet Manne mit tiefer Verachtung.

»Was willste dann hier, he?« Ronny liegt noch immer am Boden.

»Haste wohl nicht gemerkt oder was: Dir eine überbraten, was sonst?«, entgegnet Manne gelassen.

Währenddessen hat Maja sich angekleidet und zeigt jetzt auf Ronny.

»Was machen wir mit dem nun?«, fragt Maja Manne.

»Lass mich mal machen ...« Manne hat schon einen Plan.

Endlich ist Ronny ein Licht aufgegangen.

»Was? Ihr Zwei? Ich dachte, du und der Maler.« Ronny fällt aus allen Wolken.

»Jaja, du und deine Eifersucht. Die hat dich ganz schön an der Nase herumgeführt. Haste in die falsche Richtung geguckt. Dahin, wo es fast nichts zu sehen gab, nur Finsternis und Hirngespinste. Während du aus dem Fenster gestarrt und auf Maja gewartet hast, war sie hinter dir und ganz nah bei mir, meistens. Manchmal auch beim Maler«, entgegnet Manne hämisch. »Ich bin der Tröster. Der Maler hat mir einen großen Gefallen getan. Er hat sie für mich gemalt mit diesem wunderschönen blauen Schal, den ich ihr nur für das Bild gekauft habe. Hättest ihr ja auch mal einen Schal oder so schenken können: einen grünen, einen gelben, einen braunen. Vielleicht wäre alles anders gekommen.«

Ronny ignoriert die beiden letzen Sätze.

»Wie bist du eigentlich hier hereingekommen? Maja konnte ja nicht ...«

»Ich hab einen Schlüssel, für alle Fälle. Das wollte Maja so.«

»Ach, und heute ist so ein Tag für alle Fälle, oder wie?«

»Aber sicher. Maja hätte heute Modell sitzen sollen. Doch als der Maler hier auftauchte, wusste ich, dass irgendetwas mit Maja sein muss«, entgegnet Manne, noch immer sichtlich betroffen.

»Jaja, ich weiß, ich hab den Maler erkannt …«

»Was, du hast ihn erkannt?« Damit hat Manne nicht gerechnet.

»Ja, sicher, aber das ist eine andere Geschichte. Die erzähle ich dir nicht.«

»Ist geschenkt«, entgegnet Manne. »Die interessiert mich auch nicht. Ich hab ihn dir an den Tisch geschickt. Er sollte dir irgendeinen Hinweis entlocken, was mit Maja sein könnte. Aber Reden ist seine Sache wohl nicht. Auf jeden Fall war ich ziemlich beunruhigt. Ich bin dir gefolgt und in die Wohnung gekommen, als du hier herumgetorkelt bist, das Mordszeug zusammensammeln. Haste nicht gemerkt, was? - Den Rest kennst du.«

»Okay, und was soll jetzt passieren? Du hast Maja, von mir aus könnt ihr gehen …«, schlägt Ronny großspurig vor. Er meint tatsächlich, die Angelegenheit wäre damit erledigt.

»Tja, genau das ist das Problem. Dich brauchen wir hier nicht mehr …«

»Okay«, schlägt Ronny vor. »Dann haue ich eben ab und ihr habt eure Ruhe.«

»Nee, Ronny, das geht so nicht. Du wolltest Maja umbringen.«

»Okay, ich tue es ja nicht.«

»Das ist ja klar. Aber Strafe muss sein, Ronny, das verstehst du doch, oder? Bist doch ein großer Junge.« Manne und Maja sehen auf Ronny herab.

»Nee, verstehe ich nicht. Es ist doch nichts passiert.«

»Das nennst du nichts passiert?«, entgegnet Manne wütend und deutet auf die Vorbereitungen zum bluttriefenden Mord, die Ronny getroffen hatte.

Etwa eine Stunde später ist Ronny tot. Mit Majas Schal um den Hals hängt er neben der Liebesschaukel. Der Todeskampf, stellt ein Gerichtsmediziner später fest, hat ungewöhnlich lange gedauert, fast zwanzig Minuten.

Im ›Tröster‹ wird über nichts anderes als über Ronnys grausames Ableben geredet.

»2,7 Promille hatte der intus. Er hat sich aufgehängt und langsam erdrosselt. Der war zu besoffen, um sich aus der Schlinge wieder zu befreien. Kratzspuren am Hals deuten darauf hin, dass er es verzweifelt versucht hat.«

»Ja, und den Stuhl hatte er umgestoßen und der war dann unerreichbar weit weg. Da hing er dann und hat ziemlich lange am Schal gezappelt. O Gott, wenn ich mir das vorstelle ...«

»Warum hat er sich mit einem Schal aufgeknüpft, mit einem Strick wäre alles viel schneller gegangen. Vielleicht stimmt da was nicht«, gibt einer der Gäste zu bedenken.

»Das war Selbstmord, eindeutig«, übernimmt Manne schleunigst das Wort. »Was der gesoffen hat in letzter Zeit und ist immer so melancholisch gewesen, da am Fenster hat er gesessen und hinaus gestarrt und gewartet, worauf auch immer. - Und manchmal«, Manne spricht jetzt pietätvoll leise, »hat er auch vom Tod gesprochen. Ich hab nicht genau verstanden, was er gemeint hat und ihm auf die Schulter geklopft und vorsichtshalber gesagt: Mach keinen Mist, Ronny, denk an Maja.«

»Ja, und was ist denn nun mit Maja«, ruft einer der ledigen Gäste und wechselt damit das Thema. »Wo ist sie? Wir wollen sie sehen!«

»Tja, sie hat es jetzt sehr schwer«, entgegnet der Tröster mit einer Krokodilsträne im Augenwinkel, »aber um sie kümmert sich schon jemand.«

David Gray

HÜGEL DER STIEFEL

Caroline Ryan war im Frühjahr nach Hope gekommen.

Ich erinnere mich noch an den Tag, als sie im Frühjahr aus der Postkutsche stieg.

Sie war eine mittelgroße Frau mit dunklen Augen und langem lockigen Haar. Ich war neidisch auf ihr Kleid gewesen. Es war grün und nach der neuesten Mode in San Francisco geschneidert.

Miss Ryan hatte Mayers Eisenwaren- und Futtermittelhandlung gekauft, nachdem der alte Carl Mayer beschlossen hatte, dass er seine letzten Jahre in Reno bei seiner Tochter verbringen wollte.

Anfang Oktober des folgenden Jahres erschoss sie Benjamin Coleridge. Er war eines Nachts betrunken in ihr Haus eingedrungen und sie behauptete, dass er sie zu vergewaltigen versuchte, aber sich davonmachte nachdem er sah, dass sie ihn mit ihrem Colt in der Hand auf der Treppe erwartete.

Am nächsten Morgen ging sie zu Sheriff Nichols und der versprach ein Wort mit Benjamin zu reden. Caroline Ryan war offen zu Sheriff Nichols: Betrat Ben noch einmal nach Einbruch der Dunkelheit ihr Haus, so fing er sich eine Kugel ein.

Benjamin hatte darüber einfach gelacht und später damit angegeben, dass er diesem verdammten Ryan-Huhn schon noch Benehmen beibringen würde.

Zwei Nächte später versuchte er erneut sein Glück. Und endete, wie Miss Ryan angekündigt hatte, mit einem Loch in der Stirn auf ihrem Küchenboden.

Mein Vater ist Judge Bellman. Ich bin achtzehn Jahre alt und lebe in seinem Haus. Keine zwanzig Minuten, nachdem man Miss Ryan ins Gefängnis gebracht hatte, stand Judge Bellmans Urteil bereits fest.

Ich weiß das so genau, weil er, gleich nachdem er mit Sheriff Nichols gesprochen hatte, mit mir zusammen zu Joe Klein, dem Tischler ging und ihn aufforderte den Galgen beim Gericht zu überholen.

»Mach es ordentlich, Joe. Falls du Holz und Nägel brauchst, sag nur, dass sie es der Stadt in Rechnung stellen sollen.«

Klein setzte seinen Hut wieder auf, nickte und spuckte in den Staub.

»Ich fang gleich nach Sonnenaufgang damit an.«

Mein Vater schüttelte den Kopf und wies zum Gerichtsgebäude. »Heute noch, Joe. Der Herr wird es dir schon nachsehen, wenn du am heiligen Sonntag arbeitest. Ist ein gottgefälliges Werk, das du verrichtest.«

Der Richter nickte Klein zu und auch ich deutete einen Knicks an, dann nahm Vater meinen Arm und führte mich, wie jeden Sonntag, die staubige Straße entlang nach Hause.

»Du wirst heute Nacht im Gefängnis schlafen müssen. Ich kann Nichols nicht allein mit ihr dort lassen. Ich schicke nachher gleich Sam mit genug Holz für den Ofen rüber. Es wird eine kalte Nacht. Der Himmel ist klar.«

»Ja, Judge«, sagte ich und hielt meinen Blick auf die Spitzen meiner guten Stiefel gerichtet, die ich in der Kirche getragen hatte und die so gar nicht zu meinem einfachen schwarzen Kleid mit der weißen Schürze passen wollten. An Stiefeln und Hauben hatte ich mehr in meinem Schrank, als man es von der Tochter eines einfachen Provinzrichters erwarten sollte.

Ich glaubte in weiter Ferne das Pfeifen der Eisenbahn zu hören, von der man hier nicht viel gehalten hatte, als die

Ingenieure kamen, um zu erkunden ob die Stadt ein Anschlussgleis wert sein könnte. »Wir bleiben lieber unter uns«, hatten die Ratsherren bestimmt. Und so würde es bleiben, heute, morgen und immerdar. Es gab die Welt und es gab diese Stadt. Und diese Stadt hatte schon immer mehr davon gehalten, die Welt die Welt sein zu lassen, aber diese Stadt, diese Stadt.

Wir gingen schweigend bis zur Tür, dann legte mein Vater mir die Hand unters Kinn und zwang mich, ihm in die Augen zu sehen. »Und dass du nicht etwa auf den Gedanken kommst, ein Wort mit ihr zu sprechen. Sie ist eine unanständige Frau. Ich will nicht, dass sie dir irgendwelche ungehörigen Ideen in den Kopf setzt, hörst du?«

»Ja, Vater«, flüsterte ich.

Mir war nicht erlaubt an der Verhandlung teilzunehmen.

»Das ist nichts für Mädchen wie dich. Dazu ist das eine viel zu ernste Angelegenheit.«

Obwohl ich letzte Nacht kaum ein paar Stunden geschlafen hatte, saß ich den ganzen Vormittag am Fenster und wartete darauf, dass er zurückkehrte.

Als er seinen Hut an den Ständer hängte und in die Küche trat, wo wie immer sein frisch gebrühter Kaffee auf ihn wartete, sagte er nichts, sondern faltete die Hände zum Gebet und forderte mich mit einem strengen Blick auf, es ihm gleich zu tun. Nachdem er sein Gebet gesprochen hatte, löffelte er Zucker in den Kaffee.

»Du gehst anschließend in ihr Haus und bringst ihr neue Kleider.«

Ich nickte.

»Es müssen anständige Kleider sein, Tochter. Danach schläfst du besser ein paar Stunden. du hast eine lange Nacht vor dir.«

Ich stand auf und knickste vor ihm.

Er nickte mir zu und trank seinen Kaffee.

Als ich aus Miss Ryans Haus zurückkehrte, saß er schon in seinem Stuhl auf der Veranda und hielt die Bibel aufgeschlagen im Schoß.

Es fiel mir nicht schwer mir auszumalen, was er da nachgelesen hatte: Hesekiel, 23, 45. *Darum werden gerechte Männer sie richten nach dem Recht, das für Ehebrecherinnen und für Mörderinnen gilt; denn sie sind Mörderinnen und Ehebrecherinnen und ihre Hände sind voll Blut.*

Er glaubte an die Weisheit darin, und war überzeugt, dass sie ihm Trost schenken würde.

Er sah auf, als ich mit dem in Papier eingeschlagenem Kleid zur Tür trat.

»Geh nur nach oben, Tochter. Ich werde mir nachher schon selbst etwas zu essen machen. Ich wecke dich, wenn es an der Zeit ist.«

Ich knickste. »Ja, Vater.«

Ich öffnete die Tür und ließ ihn allein dort in der warmen Sonne sitzen.

In meinem Zimmer, legte ich das Päckchen auf meinem Toilettentischchen ab, öffnete die Schürze, breitete sie sorgfältig über die Stuhllehne und legte mich aufs Bett. Ich bezweifelte, dass ich wirklich Schlaf finden würde.

Vier Stunden lang sah ich zu, wie die hellen Lichtflecken von einer Seite der Zimmerdecke zur anderen wanderten. Als sie beim Fenster angekommen waren stand ich auf und suchte eine neue helle Schürze aus dem Schrank hervor, die ich über das schwarze Kleid streifte und zuband.

Nachdem ich das Päckchen für Miss Caroline Ryan ergriffen hatte, war ich bereit für eine weitere Nacht im Dienst von Anstand und Moral.

Der Judge war in seinem Arbeitszimmer. Er hatte die Tür einen Spalt offen gelassen, wohl um sicher zu gehen, dass er mich die Treppe herabkommen hören würde.

»Sheriff Nichols lässt etwas zu essen vom Hotel herüberschicken, bevor er nach Hause geht.«

Kam nicht in Frage, dass ich etwa auch nur einige Krümel Brot aus seiner Speisekammer mit zum Gefängnis nahm, solange er mein Abendessen und Caroline Ryans Henkersmahlzeit auf Rechnung der Stadt vom Hotel beziehen konnte.

»Ist recht, Vater. Auf Wiedersehen«, sagte ich und knickste genau so, wie er es gerne sah.

»Auf Nichols Schreibtisch liegt eine Heilige Schrift. Du kannst ihr daraus vorlesen, wenn sie danach verlangt.

»Das werde ich.«

»Geh jetzt.«

»Auf Wiedersehen, Vater. »

»Auf Wiedersehen, Tochter.«

Ich setzte meine Haube auf, band sie unter dem Kinn zu, ging die paar Schritte bis zur Tür und öffnete sie leise.

Bis ich die Tür wieder hinter mir schloss, spürte ich seine Blicke in meinem Nacken.

Die frische klare Abendluft tat mir gut. Ich hob das Gesicht gen Himmel und blinzelte ein paar Mal in die sinkende Sonne.

Der Weg von unserem Haus bis zu Nichols Büro, in dem das Gefängnis untergebracht war, kam mir länger vor als gewöhnlich. Ich sah Joe Klein, der mit seiner Werkzeugkiste zum Saloon ging, eine Farmersfrau scheuchte ihre beiden Sprösslinge über die Straße zu ihrem Wagen, auf dem ein Schwarzer mit einem zerbeultem Hut auf sie wartete.

In Nichols Büro roch es nach schwerem schwarzen Tabak.

»Mistress Bellman.«

Nichols erhob sich von seinem Stuhl und griff nach den Schlüsseln für die Tür zu den vier Zellen hinter seinem Büro.

»Ihr seid früher dran, als ich erwartet hatte.«

Er wies auf das Päckchen unter meinem Arm.

»Bluse und Rock. Der Richter fand es angemessen.«

Nichols zuckte die Achseln.

»Ein umsichtiger Mann, Euer Vater.«

Gewiss.

Ich nickte und sah zu Boden, wie er es erwartete. Wie sie alle hier erwarteten.

Nichols war sichtlich froh über mein Erscheinen. Gab ihm das doch die Gelegenheit, sich für einen Schwatz in den Saloon zu verdrücken, bevor er dann am Hotel vorbei ging, um mir dort den Korb mit dem Abendessen zu holen.

Zurückgekehrt würde er ihn dann auf dem Schreibtisch abstellen, mir gut gelaunt eine angenehme Nacht wünschen, die Fensterläden schließen und zuletzt von draußen drei Mal den Schlüssel im Schloss umdrehen.

Ich mochte weder das rechte Geschlecht noch das passende Alter haben, um an der Verhandlung teilnehmen zu dürfen, doch dafür Miss Ryan hängen zu sehen, war ich in den Augen meines Vaters weder zu jung, noch vom falschen Geschlecht. Im Gegenteil, behauptete er doch, das stärke mein Sinn für Anstand und Moral.

»Ist Zeit, was?«

Neben der Zellentür stand der Stuhl, auf dem ich die vergangene Nacht verbracht hatte. Ich erhob mich und sah zu, wie Nichols Caroline Ryans Zelle aufschloss.

Er öffnete die Tür, ich betrat Miss Ryans Zelle, bedankte mich artig bei ihm und sah zu wie er die Zelle dann wieder verschloss.

»Ihr wisst ja, Mistress Bellman. Ruft einfach, wenn Ihr fertig seid.«

Ich bereitete Caroline vor. Ich half ihr sich umzuziehen und anschließend ihr Haar hochzubinden.

Nachdem ich Nichols gerufen hatte, blieb ich mit ihm noch solange in der Zelle, bis er Miss Ryan wieder Fesseln angelegt hatte.

Auch das wurde von mir erwartet – Nichols war Junggeselle, und dass er bei einer solchen Verrichtung allein mit der Gefangenen in der Zelle geblieben wäre, hätte man hier in der Stadt als nicht statthaft angesehen.

Es stand nur zu hoffen, dass der Richter meine Wahl für Miss Ryans Kleider begrüßte. Ein einfacher Rock, lang und schwarz, ein Mieder und eine blütenweiße gestärkte Bluse, die ich auf der Kommode neben ihrem Bett gefunden hatte.

Miss Ryan setzte sich auf ihre Pritsche.

Nichols wartete, bis ich aus der Zelle trat und meinen Platz auf dem Stuhl vor der Zelle wieder eingenommen hatte, dann verschloss er sie wieder.

Der Tag versprach so warm und sonnig zu werden, wie es für Anfang Oktober in dieser Gegend der Welt nur möglich war.

Ich führte Miss Ryan am Arm aus dem Gefängnis die Straße hinab zum Galgen. Neben mir ging der Mayor und neben ihm Judge Bellman und vor uns Nichols, der sich einen schwarze Frack übergezogen hatte, der ihm eine seltsam steife Haltung vermittelte.

Die Leute, die vorm Galgen warteten, waren angemessen still. Und wäre da nicht der Strick mit der Schlinge unter dem Galgenbaum gewesen, hätte man meinen können der Reverend mit seinem Hut und der Bibel hätte an diesem schönen Morgen beschlossen, den Gottesdienst unter freiem Himmel zu feiern.

Ich blieb auch dann noch bei Miss Ryan, als sie zwischen Nichols und dem Richter die zehn Stufen zur Schlinge hinaufstieg.

Ich hatte all die Zeit meine Blicke züchtig niedergeschlagen gehalten und änderte auch jetzt nichts daran. So sah ich nicht viel außer Miss Caroline Ryans schwarzem Rocksaum und wie sie ihre Füße auf die Stufen setzte und dann auch die drei Schritte hin zur Falltür trat.

Hinter dem Galgen stand der schwarze Wagen von ›Smyth's Funeral Home‹. Später würde Smyth über Miss Ryan sagen, dass sie eine schöne Leiche war und vor allem bereits passend angezogen. Smyth gab sich stets Mühe, irgendetwas Gutes über die Toten zu sagen. Jedenfalls solange die keine Schwarzen oder Chinesen waren.

Der Reverend hielt den Hut in der Hand, als Miss Ryan den Galgen betrat. Er nickte ihr zu und setzte den Hut wieder auf, sobald sie die Falltür erreicht hatte.

Nichols sah den Judge an. Der Judge sah Nichols an und Nichols streifte Miss Ryan vorsichtig die Schlinge über den Kopf und zog sie dann unsicher fest.

Derweil reichte mir der Judge einen breiten Ledergürtel. Er erwartete, dass ich ihn kurz über den Knien um Miss Ryans Beine schlingen würde. Dies einem der Männer zu überlassen, wäre nicht angebracht gewesen. Erst recht unstatthaft wäre es, sollte Carolines Rock etwa auffliegen während sie in die Schlinge stürzte und den Blick auf ihre bestiefelten Beine freigeben.

Ich tat, was von mir erwartet wurde. Und vermied dabei Miss Ryans Blick begegnen zu müssen. Sie bebte und zitterte. Ich hatte Mühe den Gürtel um ihre Knie zu schlingen. Wer hätte es ihr verdenken sollen?

Ich zog den Gürtel straff und führte ihn durch die Schnalle, genauso wie man es mir zuvor geraten hatte.

Caroline Ryan verzichtete auf irgendwelche letzten Worte. Ich konnte den Schrecken in ihren Augen sehen und wie sie sich auf die Lippen biss, in dem Moment, als ich von ihr weg trat und jeder ahnte, dass es Zeit für sie war.

Die Leute vorm Galgen hielten den Atem an.

Ich nickte den Männern auf dem Schafott höflich zu, machte einen leichten Knicks und stieg die zehn Stufen wieder hinunter, während der Reverend hinter mir mit leiser Stimme ein Gebet sprach.

Wie zuvor hielt ich auch jetzt meine Blicke gesenkt und konzentrierte mich darauf, meinen Füßen zu befehlen auf den Stufen vorsichtig einen Schritt vor den anderen zu setzen.

Ich war am Fuße der Stufen angekommen.

Ich spürte, dass es jetzt soweit war.

Eine atemlose Spannung ging von all den versammelten Menschen aus, die sich gar nicht anders, als einzig durch den Knall der Falltür lösen konnte.

Ich hätte mich jetzt, einmal am Fuße des Galgens angelangt, in die erste Reihe der Zuschauer einordnen und wie alle anderen zum Judge, Nichols, dem Reverend und Miss Ryan hinaufsehen können.

Doch ich tat es nicht.

So sah ich nicht wie Miss Ryan ein letztes Mal zum Himmel aufblickte oder den Kopf ein wenig hin und her drehte, wie man es wohl tat, wenn man sich an einem zu engen Blusenkragen störte. Und sah auch nicht, wie der Sheriff den Hebel herumriss, die Falltür auslöste und Miss Ryan in die Schlinge stürzte. So sah ich nicht, wie sie verzweifelt die gefesselten Hände zu Fäusten ballte und ihren Mund zu einem stummen Schrei öffnete.

All das sah ich nicht. Ich sah nicht einmal, wie es nach einer endlosen Minute mit ihr zu Ende ging.

Was ich stattdessen sah, waren die Gesichter der Zuschauer. Und was ich hörte, waren ihre dumpfen »Ahs!« und »Ohs!« und das Knarren des Seils und der harte trockne Knall mit dem die Falltür herunterklappte.

Was ich sah, waren die Gesichter all der guten Männer, Frauen und Kinder von Hope, der Stadt, die sich selbst genug war und für die Welt um sie herum keine Rolle spielte. Und was ich dazu hörte, war der Applaus, der unter ihnen aufbrandete, sobald sich Miss Ryans Gestalt reglos in der Schlinge drehte.

Was ich sah und hörte war mir genug.

Alle anderen würden wochenlang von nichts Anderem reden, als diesem frischen klaren Morgen, an dem Miss Caroline Ryan bekommen hatte, was sie verdiente.

Ich hingegen würde stumm bleiben. Alle anderen mochten eine Hinrichtung gesehen haben. Ich aber hatte einen Blick in die Hölle geworfen. Und die Hölle gab kein gutes Gesprächsthema ab. Jedenfalls nicht hier in Hope und nicht außerhalb der vier weißen Bretterwände der Kirche.

Erst dann sah ich mich an jenem Morgen wieder zum Galgen um, als der Richter mir missbilligend seine schwere Hand auf die Schultern legte und mich dazu zwang ihm für eine Sekunde in die Augen zu blicken.

»Komm, Tochter«, sagte Judge Bellman und nahm meinen Arm um mich nach Hause zu führen.

Im Haus kam es mir kälter vor. Ich hatte das Gefühl, die Welt um mich herum hätte plötzlich an Tiefe, Glanz und Farben verloren. Sogar die Sonne schien sich damit abgefunden zu haben, nur noch als ihre eigene Kopie vom Himmel zu scheinen.

An diesem Abend sah ich, dass der Judge die Tür zu seinem Zimmer einen Spalt offen gelassen hatte.

Ich tat, was von mir erwartet wurde: Ich zog das blaue Kleid an und legte ganz leicht den teuren Lippenstift auf, den der Judge mir aus Reno schicken ließ, bevor ich in die neuen Stiefel schlüpfte, die er mir aus Frisco mitgebracht hatte.

Einige Wochen darauf standen wir nach dem Sonntagsgottesdienst beisammen. Wir, das waren die Mädchen aus den Familien der besseren Gesellschaft von Hope. Sonntag für Sonntag hielten wir nach dem Gottesdienst unseren unschuldigen kleinen Schwatz.

Die Leute, die unserem Grüppchen ab und an einen Blick zuwarfen, glaubten, wir sprachen über die Predigt oder die Sonntagsschule, in der jede von uns abwechselnd unterrichtete. Und genau das taten wir gewöhnlich auch.

Wir, die Mädchen der besseren Gesellschaft von Hope. Wir, jene sechs Mädchen in züchtig langen Röcken und unschuldig hellen Hauben. Wir, jene sechs Mädchen aus Hope, die wir seit unserem zwölften oder dreizehnten Jahr Sonntag für Sonntag in den Zimmern unserer Väter, klaglos taten, was von uns erwartet wurde.

Doch an diesem Sonntag steckte ich nach unserem unschuldigen Schwatz, jeder meiner Freundinnen heimlich ein Papiertütchen zu. Es enthielt ihren Anteil jenes hellen Pulvers aus dem Fläschchen, das ich zusammen mit Miss Ryans Kleidern aus ihrem Haus mitgebracht hatte.

Dieses Fläschchen war sorgsam verstöpselt gewesen als ich es fand. Und ich fand es an einem ungewöhnlichen Ort, nämlich zwischen Miss Caroline Ryans Unterwäsche in ihrem Schrank.

Auf dem kleinen Papierschnipsel, der darauf klebte , hatte irgendwer einen Totenkopf und zwei gekreuzte Knochen gekritzelt.

Auch an diesem Sonntag würden wir Mädchen aus Hope klaglos tun, was von uns erwartet wurde.

Doch es würde das letzte Mal sein.

Und selbst, falls man dann die richtigen Schlüsse zu ziehen begann, würde man einen neuen Richter dazu brauchen, einen neuen Reverend, einen neuen Bürgermeister, Bestatter, Lehrer und Apotheker, um an uns Mädchen der besseren Gesellschaft von Hope dieselbe Art von Gerechtigkeit zu üben, wie man es an der armen Miss Ryan getan hatte.

Ich blickte zum Friedhof hinüber, den alle hier nur ›Boot Hill – Hügel der Stiefel‹ nannten. Ohne es wirklich sehen zu können, spürte ich doch, dass nach und nach auch alle anderen von uns Mädchen der besseren Gesellschaft lange, nachdenkliche Blicke auf das staubige Gräberfeld warfen.

Jan Flieger

DIE TODESNIERE

Fischborn war auf der Suche nach einer neuen Frau. Er war einfach schon zu lange allein gewesen, nachdem ihn Helena nach einer langen Zeit der Gemeinsamkeit ohne Angabe der Gründe verlassen hatte. Wie aber wollte er je wieder eine Liebe finden, wie er sie bei Helena verspürt hatte?

Im Internet hatte er es versucht, war aber gescheitert. Alle Frauen konnten Helena nicht das Wasser reichen. Nun versuchte er es mit einer Kontaktanzeige in der größten regionalen Zeitung. Seine Annonce sollte sich abheben von den anderen Kontaktanzeigen.

Er formulierte lange, wog jedes Wort ab, das in der Zeitung stehen sollte, und entschloss sich endlich zu folgendem Text:

Charmanter Optimist, 45 Jahre, gutaussehend, einfühlsam, schlank, humorvoll, Romantiker, der den Kerzenschein liebt, sucht die große Liebe. Sie soll vorzeigbar sein, unkompliziert, liebevoll und Interesse haben an Ausflügen, Reisen, Kultur, Tanz, Kuscheln, Wandern, Natur. Bild ist sehr erwünscht.

Beinahe stolz blickte er auf diesen Text, der endlich den Durchbruch bringen sollte, den großen Wurf.

Die Briefe kamen, die Briefe allzu liebeswilliger Damen, die, genau wie er, auf der Suche waren nach dem großen Glück. Schon lange. Und die immer fleißig auf Annoncen schrieben. Über dem »Hallo«, mit dem der eine Brief begann, sah er ein Foto, blickte in Augen, veilchenblau und sanft, in einem schönen Gesicht, das von blonden Haaren umspielt wurde.

Was für eine Frau!

Was für ein Engelsgesicht!

Da war die Liebe auf den ersten Blick!

Es gab sie wirklich!

Wieder und wieder las er den Brief:

Hallo,

Ihre Anzeige hat mich sehr angesprochen, da Ihre Interessen und Vorstellungen den meinen sehr ähnlich sind. Mein Wunsch wäre es, tatsächlich einen Partner zu finden, mit dem ich mein Leben teilen könnte.

Zu zweit ist das Leben einfach ein wenig bunter und schöner, und ein Glas Rotwein bei Kerzenschein macht allein wirklich nicht glücklich.

Nun möchte ich mich aber erst einmal vorstellen. Ich bin 1,60 m groß, Mitte 30, blond, schlank, sportlich und nicht so ernst, wie es auf dem Passfoto ausschaut. Auch ich liebe die Natur, Konzerte, Kino, Tanz, Kunst und Bücher, stehe aber auch allen interessanten Dingen, die das Leben zu bieten hat, aufgeschlossen gegenüber. In meinem Wesen bin ich ein ausgeglichener und freundlicher Typ.

Mir ist wohl bewusst, dass es nicht so leicht ist, sich auf einen anderen Menschen einzulassen. Es stellt schon eine große, aber auch interessante Herausforderung dar, der ich mich aber gern stellen würde.

Das soll aber erst einmal genügen, es muss ja auch noch Gesprächsstoff übrig bleiben.

Es würde mich freuen, wenn ich Ihr Interesse an meiner Person geweckt habe. Dann sollten Sie mich einfach anrufen.

Es folgten eine Handynummer und ein herzlicher Gruß, verbunden mit dem Wunsch für eine gute Woche.

Tabea hieß die Traumfrau.

Und so rief er diese Engelsfrau an, immer ihr Bild vor Augen.

Sie schien sehr erfreut zu sein, ihre Stimme klang herzlich, und es wurde rasch ein Treffen vereinbart, der gemeinsame Besuch des großen Antiquitätenmarktes am Sonnabend. Der Eingang sollte der Treffpunkt sein, meinte sie, denn da könne man sich nicht verfehlen.

Aber wie hätte er diese Frau verfehlen können?

Niemals!

Er schlief sehr unruhig in der Nacht, die vor dem Treffen lag, immer wieder wach liegend, überlegend, was er sagen sollte, was er preisgeben könnte, wie er sich am wirkungsvollsten vorstellen müsste. Eine für ihn neue Situation kam auf ihn zu.

Schon eine halbe Stunde vor dem vereinbarten Termin stand er am Treffpunkt, hoffend, dass sie schon eher erschiene. Aber das tat sie nicht. Kam sie überhaupt?

Auf die Minute genau erst sah er sie kommen.

Sie lachten sich an.

Sie umarmten sich.

Sie ließ ihm ihre Hand, auch beim Bummel durch die Gassen und Hallen mit den vielen Ständen. Er hatte keinen Blick mehr für die Angebote, nur noch für diese Frau.

Er hatte die große Liebe gefunden.

Da war dieses Bauchgefühl, von dem man immer sprach.

Es war unglaublich!

Eine Kontaktanzeige hatte ihm die große Liebe gebracht!

Sein ganzer Körper war wie elektrisiert.

Und wieder der Blick in diese Augen.

In dieses Veilchenblau!

Er fotografierte Tabea begeistert vor einem Stand mit Büchern, einmal, zweimal, blickte auf die entstandenen Bilder, wobei er sie mit dem rechten Arm umfasste und sie an sich presste.

Eine Püppi, dachte er, *eine blonde Püppi, eine große Püppi.*

»Wie eine Püppi«, sagte er lächelnd.

Sie erwiderte nichts, blickte ihn aber ein wenig seltsam an.

Er küsste ihre Wange. Es sollte eine Entschuldigung sein. Sie ließ die Zärtlichkeit zu.

Auch einen erneuten Kuss.

Und immer wieder gab es Zärtlichkeiten von seiner Seite, die sie, wenn auch ein wenig vorsichtig, erwiderte.

Er lebte wie in einem Rausch. Das Umfeld, der Trubel des Antiquitätenmarktes, interessierte ihn nicht mehr, nur diese Frau, dieser blonde einmalige Engel.

Sie hatten beide einen Arm um die Hüften des anderen gelegt, lächelten sich an, immer wieder, während sie weiter herumbummelten und den anderen über sich erzählten.

Es waren unendlich schöne Stunden in diesem brodelnden Meer aus Menschen, es war eine Kulisse, die er nicht mehr wahrnahm.

Mit einem Lächeln, das nie aus ihrem Gesicht weichen würde, liefe sie in den Tagen darauf herum, versicherte sie ihm am Telefon. Alle würden es ihr sagen. Sie wäre das Glück in Person.

Zwei große Fotos von ihr hingen nun in seiner Wohnung, an Orten, wo er sie immer betrachten konnte, wenn er durch die Zimmer schritt oder das Haus verließ. Ein Foto hing in seinem Wohnzimmer, ein Foto auf dem Flur.

Und er strahlte sie an, so, als hätte er sie leibhaftig vor sich.

Sie lebte getrennt von ihrem Mann, hatte ihn verlassen und sich eine kleine Wohnung gesucht. Sie hatte oft wenig Zeit, da sie nach der Arbeit im Büro noch ehrenamtlich tätig war und auch ihren Arbeitsplatz oft viel später verließ. Wo er sich befand, verriet sie ihm nicht. Dafür kannte er die Doppelgarage, in der noch immer ihr Auto stand, neben dem ihres einstigen Mannes.

Er konnte sich abfinden mit dieser Situation. Da war ja ihre Liebe, ihre grenzenlose Liebe, da war ihre Zärtlichkeit.

Aber jedes Glück hat auch ein Ende, so ist das im Leben. An einem Tag, als sie auf der Couch Arm in Arm saßen, machte sie ihm ein Geständnis. Sie sei krank. Schwerkrank. Sie bräuchte eine neue Niere, eine Spenderniere. Von einem Gehirntoten oder einem Lebendspender. Doch in Deutschland sank die Zahl der Organspender ständig, da viele Menschen korrupte Ärzte nicht unterstützen wollten. Und so stand sie auf einer Warterliste mit vielen Namen. »So ist das Leben«, sagte sie betrübt. In ihren Augen sah er Tränen.

Er zögerte keinen Augenblick.

»Ich helfe dir«, brach es förmlich aus ihm heraus. »Ich gebe dir eine von meinen Nieren! Ich kann gut mit einer leben!«

Die Hilfe wollte sie zunächst ausschlagen, da sie diese einfach nicht annehmen könne. Es wäre unmöglich.

Dann aber stimmte sie zu, wenn auch sehr zögernd, widerstrebend.

»Das Schicksal«, sagte er, »hat uns einfach zusammengeführt. Das Schicksal gibt es wirklich.«

Sie legte ihr Gesicht auf sein Herz, verharrte so und streichelte sanft seine rechte Schulter.

»Ich bin so glücklich«, gestand sie. »So unsagbar glücklich. Ich bin die glücklichste Frau der Welt.«

Diese Engelsfrau ist eine Niere wert, dachte er. *Diese Niere wird uns noch inniger zusammenschweißen. Diese Liebe wird nicht so enden wie die von Helena. Sie ist einmalig.*

In dieser Nacht wollte sie mit ihm schlafen. Sozusagen als Belohnung. Doch er versagte. Seine den hohen Blutdruck senkenden Medikamente wirkten in übler Weise auf seine Potenz. Und er hatte gehofft, ohne die blaue Pille auszukommen und sie nicht genommen. Als er den Fehler begriff, war es zu spät. Früh ging es dann doch. Sie ritt auf ihm und erlebte, wie sie ihm gestand, einen vaginalen Orgasmus der besonderen Art. Das hatte er wahrgenommen, denn ihr Gesicht war über seinem gewesen. Es war so herrlich, den Orgasmus der Frau, die er vergötterte, auch optisch zu erleben. Und es war ihm gelungen, Helena endlich aus der Erinnerung zu verdrängen. Für immer.

Seine Lebendspende in der Sektion Transplantationschirurgie an der Uniklinik war nur möglich, da sich beide, wie sie glaubhaft nachweisen konnten, in besonderer persönlicher Verbundenheit nahestanden.

Die Nierentransplantation verlief erfolgreich.

Tabea hatte nun zwei, er hatte eine Niere.

Im Transplantationszentrum wünsche sie keine Zärtlichkeiten, hatte sie ihm gesagt, da solle er sich zurückhalten, wenn sie sich sähen, auf einem Flur etwa oder in einem Besucherraum. Schweren Herzens folgte er ihrem Wunsch, der, gewissermaßen, wie ein kleiner Befehl geklungen hatte. Aber sie hatten ja noch alle Zeit der Welt. Ihr Glück war unendlich. Wie ihre Liebe.

Als sie am gleichen Tag entlassen wurden und er zurück in seiner Wohnung war, rief er Tabea auf ihrem Handy an. Aber er erreichte sie nicht, so oft er es auch versuchte. War ihr etwas geschehen? Er wurde unruhig, suchte ihre Wohnung auf.

Aber ihren Namen las er nicht mehr auf dem Klingelschild. So fragte er eine Frau aus dem Haus, eine sehr alte Frau, die es betreten wollte und ihn misstrauisch beäugte.

»Die Dame ist ausgezogen. Ihre Möbel wurden geholt, als sie im Krankenhaus war.«

»Wohin?«, wollte Fischborn wissen.

Die Frau hob die Schultern und senkte sie wieder.

»Es ziehen so viele ein und wieder aus. Da weiß man nichts voneinander. Ich habe auch nicht mit ihr gesprochen. Ich habe sie selten gesehen. Immer mit einem Mann, der nicht bei ihr wohnte.«

Fischborn war erschrocken. Er war nicht dieser Mann gewesen.

Und dann kam ein Brief, am Tag darauf. Er erkannte ihre Handschrift.

Und so bebte er am ganzen Körper, als er ihn hastig aufriss. Endlich! Nun würde er wissen, wo sie jetzt wohnte, obwohl auf der Rückseite des Umschlags ihre Anschrift fehlte.

Er faltete den Brief auseinander und begann, ihn zu lesen, wobei sein Herz heftig klopfte und immer heftiger, je weiter er den Worten folgte.

Lieber,
es zerreißt mir beinahe das Herz, denn ich muss Dir etwas gestehen.
Ich muss Dir sehr wehtun.
Ich habe endgültig begriffen, dass mein Mann noch tief in meinem Herzen lebt. Erst, wenn man am Rand des Todes stand, begreift man das wohl. Und da habe ich gestanden. Ich weiß es. Ich habe es gespürt vor der Op. Die Gefühle für Dich waren ein Strohfeuer, sie waren heftig und erloschen. Ich will wieder mit meinem Mann leben. Ich bin schon bei ihm.
Du wirst mir wohl nie verzeihen können.
Es ist furchtbar.
Aber ich kann nicht anders.
Meine Gefühle sind einfach so.
Sie lassen mir keine andere Wahl.
Ich kann mich gegen sie nicht wehren.

Du musst mich vergessen!
Bitte!
Ich muss aus Deinem Leben herausgehen.
Suche keinen Kontakt mehr.
Leb wohl.
Tabea

Wieder und wieder las er den Brief, diesen für ihn so unfassbaren Inhalt, der so furchtbar war, so niederschmetternd.

Und auch sein Freund las diesen Brief, presste dabei die Lippen fest aufeinander, hielt die Stirn gerunzelt.

»Was sagst du dazu?«, wollte Fischborn wissen.

Der Freund kaute auf seiner Unterlippe, ehe er sprach. Er war ein guter Freund.

»Mir kommen da seltsame Gedanken. Sie können falsch sein, natürlich. Mir fehlt einfach der tiefere Einblick. Aber ...«

Dann blickte er Fischborn nachdenklich an.

»Schalte einen Privatdetektiv ein. Lass ihn das Ganze untersuchen. Erzähle ihm eure Geschichte. Vergiss nichts. Kein Detail.«

»Einen Privatdetektiv?«, fragte Fischborn überrascht.

»Ja. Ohne die Wahrheit zu kennen, kannst du nicht weiterleben.«

»Die Wahrheit?«

Der Freund nickte.

»Die Wahrheit. Du musst sie wissen. Ein Privatdetektiv bekommt viel heraus. Er lässt sich nicht so einfach täuschen. Ich habe so eine dunkle Ahnung. Aber ich will die Gedanken noch nicht aussprechen. Sie können auch falsch sein und dich so unnötig verletzen.«

Fischborn saß wie erstarrt.

Er blickte zu Tabeas Foto, das im Wohnzimmer hing.

Eine dunkle Ahnung?, dachte er immer wieder.

Fischborn recherchierte im Internet, als der Freund ihn verlassen hatte, wurde fündig. Jens Pommer hieß der Detektiv, dem er sich anvertrauen wollte.

Und so rief er ihn an.

Der Detektiv kam am Tag darauf, auf die Minute genau, die vereinbart war. Er wollte alles wissen, wirklich alles. Er las die Kontaktanzeige und Tabeas Brief. Sein Gesicht blieb unbewegt starr, auch als Fischborn die Geschichte seiner Beziehung mit Tabea schilderte.

»Das alles ist wirklich seltsam«, sagte der Detektiv. »Aber ich werde Licht für Sie in dieses Dunkel bringen.«

Welches Dunkel?, dachte Fischborn. Aber wohl war ihm nicht bei seinen Gedanken. Der Preis für diesen Mann war hoch, aber nun war er bereit, ihn zu zahlen.

In den Tagen, die folgten, stand er in einer ständigen Spannung, wartete auf eine Nachricht. Vielleicht sogar doch auf einen Anruf Tabeas. Aber der kam nicht. Er stand vor ihrem Foto, starrte es an, starrte in die so sanften, so veilchenblauen Augen.

Er liebte sie noch immer.

Es war ihm bewusst.

Er konnte ihre Fotos nicht abhängen.

Und er versuchte, sie zu verstehen.

Frauen sollten ja so anders empfinden als Männer, so ganz anders.

Der Detektiv rief ihn an und teilte mit, dass er nun glaube, alles zu wissen, und ob er kommen könne.

»Gleich?«, fragte Fischborn.

»Ja.«

Fünfzehn Minuten später saß ihm der Detektiv in seiner Wohnung gegenüber. Sein Gesicht wirkte ernst, wie das eines Bestatters.

»Schießen Sie schon los«, drängte Fischborn, dessen Herz heftig klopfte.

Der Detektiv atmete tief durch, ehe er begann.

»Es war ein abgekartetes Spiel.«

»Ein abgekartetes Spiel«, wiederholte Fischborn ungläubig diese Worte.

»Ja. Ein Spiel um eine Niere. Um Ihre Niere, Herr Fischborn, genauer gesagt.«

»Ich verstehe nicht recht …«, stammelte Fischborn.

»Sie werden es gleich verstehen.«

Fischborn sah sich eindringlich gemustert.

»Die Frau brauchte eine Niere. Sie wartete schon lange. Nur fand sich kein Spender. Da entwickelte sie mit ihrem Mann einen Plan. Sie würde sich von ihm trennen. Aber nur zum Schein. Sie würde eine kleine Wohnung nehmen und dann Kontaktanzeigen von Männern beantworten, von Männern, wo man erkennen konnte aus der Art der Anzeige, dass sie einen gewissen Hang zur Romantik verspürten.«

Fischborn schüttelte den Kopf.

»Ich verstehe immer noch nicht.«

Der Detektiv hob die Hände, so dass Fischborn seine Handflächen sehen konnte.

»Warten Sie ab. Sie werden es gleich verstehen. Sie schrieb Männer an, traf sich mit ihnen und spielte ihnen schon beim ersten Treffen die große Liebe vor. Und die Männer glaubten ihr. Besonders ihren Augen. Hatte sie einen Mann an der Angel, so brachte sie die Niere ins Spiel. Sie forderte die Männer nicht auf, eine Niere zu spenden, sie wartete ab. Reagierte der Mann nicht, ließ sie ihn sofort fallen. Sie aber, Herr Fischborn, bissen an. Diese Frau war der Köder, den Sie schluckten. Sie waren bereit, eine Ihrer Nieren zu spenden. Während der gesamten Zeit war die Frau in Wirklichkeit mit ihrem Mann weiter verbunden, eng verbunden, deshalb hatte sie auch so wenig Zeit für Sie, fand Ausflüchte. Sie lebte mit zwei Männern. Und das Spiel um die Niere lief weiter und weiter. Aber die große, die romantische Liebe gibt es längst nicht mehr, glauben Sie mir. Die gibt es nur in Filmen. Das Leben ist eine Arktis.«

Fischborn fröstelte es unversehens.

Der Detektiv schwieg einen Augenblick lang, ehe er fortfuhr.

»Also waren Sie bereit, ihr eine Niere zu spenden, die Zärtlichkeiten der Frau lullten Sie völlig ein. Sie liebten sie abgöttisch. Aber auf einem Schachspiel waren Sie ein Bauer, der geopfert wurde. Deshalb erhielten Sie nach der erfolgten Operation von ihr einen Brief, einen Abschiedsbrief. Den hatte sie längst geschrieben, vor Monaten, er lag bereit. Sie hatte ihn gut durchdacht, und ihr Mann hatte ihr gewiss geholfen.«

»Das ist nicht möglich!«, stieß Fischborn hervor.

»Doch! Es ist möglich. Es ist so geschehen. Sie verschwand aus Ihrem Leben, da sie ja nun die Niere besaß, die zweite Niere, die sie dringend brauchte.«

»Das ist doch Wahnsinn«, keuchte Fischborn.

Der Detektiv schüttelte den Kopf.

»Es ist kein Wahnsinn, es ist Realität, die nackte, schonungslose Realität. Die will man nie hören. Sie hat es mit mehreren Männern versucht. Zum letzten Opfer entschlossen sich die Männer nicht. Nur Sie taten es, Herr Fischborn. Sie sind ein Romantiker. Das ist nicht gut in der heutigen Zeit. Die ist hart. Wenn Sie heute eine Beziehung eingehen, sollten Sie daran denken, dass sie schon morgen zu Ende sein kann. Wenn Sie so herangehen, schützen Sie sich. Dann hätten Sie auch keine Niere gespendet.«

Der Detektiv räusperte sich, ehe er fortfuhr.

»Sie lebt wieder mit ihrem Mann zusammen. Und es geht ihr gut. Sehr sogar. Sie wirkt glücklich!«

»Das glaube ich alles nicht«, stammelte Fischborn.

Ein flüchtiges Grinsen huschte über das Gesicht des Detektivs.

»Denken Sie ruhig über dieses Gespräch nach. Ich bin Detektiv und ich blicke oft in menschliche Abgründe, die unvorstellbar scheinen. Aber es gibt sie. Sentimental darf man nicht sein und auch nicht romantisch. Ihr Lehrgeld, das Sie nun zahlen müssen, ist hoch. Das gebe ich zu. Aber Ihre andere Niere könnten Sie sowieso nicht mehr spenden. Das klingt sarkastisch, aber es ist so. Durch meine Arbeit bin ich zum Zyniker geworden. Ich hinterfrage alles. Immer. Kein Abgrund ist mir fremd, glauben Sie mir. Das Leben ist ein gewaltiger Abgrund. Wenn man ihn immer im Auge hat, stürzt man nicht hinab. Übrigens – am nächsten Freitag fährt sie mit ihrem Mann in den Urlaub. Das sagt doch alles. Oder nicht?«

Fischborn bebte am ganzen Körper.

Schweigend saßen sie sich gegenüber, und Fischborn wich den Augen des Detektivs aus. Er atmete stoßweise. Er blickte zur Decke des Raumes, wo eine Fliege um die Lampe kreiste.

Aber langsam begann er zu begreifen.

»Juristisch gesehen ist sie nicht zu fassen«, mahnte der Detektiv. »Wie wollen Sie ihr die Absicht beweisen, Sie bewusst getäuscht zu haben? Sie kann alles auf ihre Gefühle schieben. Jeder Richter glaubt ihr.«

Fischborns Augen waren hart geworden.

»Zerstören Sie nicht Ihr eigenes Leben durch eine, sagen wir, unüberlegte Tat«, riet der Detektiv.

Fest blickten sich beide an.

Wie zwei Boxer im Ring vor einem Kampf.

Die Gedanken Fischborns konnte der Detektiv nicht lesen.

Aber einen Kunden würde er nie verraten, das war etwas, was er nie tat. Der Kunde war sein König. Immer.

»Nehmen Sie die Fotos der Frau von der Wand«, riet der Detektiv beim Abschied.

Fischborn hängte die Fotos von Tabea ab und warf sie in den Mülleimer, zusammen mit ihrem in viele Teile zerrissenen Abschiedsbrief. Nichts sollte ihn an sie erinnern.

Tabea Hauser und ihr Mann starben bei einem Autounfall auf der Fahrt zu ihrem Urlaubsort. Ihr Auto war ungebremst in den Gegenverkehr gerast. Der Garagennachbar sagte aus, dass Hausers Garage in der Nacht vor der Urlaubsreise aufgebrochen worden sei. Aber, da seltsamerweise nichts entwendet wurde, wollten Hausers auf eine Anzeige verzichten.

Die Techniker, die den zerstörten Unfallwagen untersuchten, konnten die technische Ursache zunächst nicht finden, entdeckten dann aber Manipulationen an der Bremsleitung. Dieser Umstand wiederum passte mit dem seltsamen Einbruch in der Garage zusammen. Da Hauser als Vermögensberater eine Vielzahl von Menschen in den Ruin getrieben hatte, gab es viele Feinde, die alle ein Motiv besaßen, ihn in die Hölle zu schicken.

Man redete viel in der Stadt über diesen so tragischen Unglücksfall. Hauser, diesem durchtriebenen Burschen, gönnten viele den Tod. Aber Tabea Hauser tat allen leid. Sie war eine so freundliche und – im Gegensatz zu ihrem Mann – grundehrliche Frau gewesen, die ausgerechnet dann starb, als ihr Leben durch eine Spenderniere wieder einen Sinn bekommen hatte.

Als die Polizei auch Fischborn vernahm, erfuhr sie von ihm, er wäre freundschaftlich mit dem Ehepaar Hauser verbunden gewesen. Das Spenden der Niere für Tabea Hauser war für ihn eine Frage der Menschlichkeit. Einmal in seinem Leben habe er etwas sehr Gutes tun wollen. Den Abschiedsbrief Tabea Hausers verschwieg er, auch die besondere Nähe zu dieser Frau sowie den Detektiv. Nach der Nacht vor dem Unfall der Familie Hauser befragt, gab er an, er habe bei einem Freund geschlafen. Die Beamten glaubten ihm, nachdem sie den Freund vernommen hatten. Fischborn war für sie sowieso nur eine Nebenspur gewesen.

Tabea Hauser wurde eingeäschert.

Zusammen mit der Todesniere.

Birgitta Hennig

KEINE ZUGABE

Treffen dieser Art genoss Mona. Sie freute sich jedes Mal darauf. Weshalb sie ausgerechnet heute diese Unlust verspürte, vermochte sie nicht zu sagen. Heute wäre sie lieber zu Hause in ihrer kleinen Zweizimmerwohnung geblieben, hätte sich in ihre Kuscheldecke gewickelt und ferngesehen.

Nach der Arbeit fuhr sie schnell nach Hause, duschte und steuerte wenig später ihr Auto auf den Parkplatz des Hotels Mercur. Meistens fanden die Treffen in Hotels statt, nur in besonders lohnenden Ausnahmefällen in ihrer Wohnung, schon wegen der neugierigen Nachbarn. Die Anonymität eines großen Hotels war ihr sehr recht.

Sie setzte sich auf den vereinbarten Platz in der Hotelhalle, nahm wie vereinbart ihr abgegriffenes Buch von John Grisham zur Hand und hielt es sich vor das Gesicht, als würde sie lesen. Weshalb sie gerade den Titel ›Touch down‹ gewählt hatte, wusste sie nicht mehr. Football interessierte sie nicht. Irgendwer hatte es ihr zu irgendeinem Anlass geschenkt, vielleicht war das der Grund, und irgendwann würde sie ein anderes Buch nehmen, auf jeden Fall aber ein Buch.

»Play out?« hörte sie hinter sich, ihr gut zu merkendes Codewort. Er war untersetzt, ein bisschen feist, seine kleinen Schweinsäuglein sahen sie eher verschlagen an, als er sich ihr näherte. Aber das hatte sie nicht zu interessieren, auch wenn sie ihn vom ersten Augenblick an nicht mochte. Sein Anzug allerdings schien die Arbeit eines guten Schneiders zu sein. In ihrer Erinnerung sah er auf dem Foto, das er ihr gemailt hatte, anders aus. Eine Stunde später sagte *sie* das Codewort erneut und die Session war beendet.

»Keine Zugabe?«, fragte er.

»Nein, keine Zugabe«, antwortete sie.

»Hast wohl noch mehr zu tun heute?« Seinem verschlagenen Blick wich sie aus. Sie nahm die einhundert Euro, zog sich an und verließ ohne Gruß das Hotelzimmer. Eine Zugabe von einer halben Stunde hätte ihr noch einmal einhundert Euro gebracht, sie hätte sie gut gebrauchen können. Aber heute war ihr nicht nach mehr. Und mit ihm gleich gar nicht.

Zweimal in der Woche ging sie dieser Nebenbeschäftigung nach. Inzwischen hatte sie zwei Stammkunden. Von dem zusätzlichen Geld konnte sie ihre Miete, ihre Versicherungen und weitere Nebenkosten bestreiten und ihr nicht unbedingt üppiges Gehalt reichte für andere Dinge: Gute Kleidung, Urlaub, die Raten für ihr Auto. Sie war zufrieden mit ihrem Leben.

Sämtliche Klischees über die Arbeit einer Polizistin wurden bedient, als das Telefon klingelte. Für Hauptkommissarin Elenor Güldner sollte es ein lang ersehnter freier Nachmittag werden. Sie bummelte durch die Einkaufsmeile, sah sich die Schaufenster an, entschied sich für ein neues Kleid und probierte es gerade an. Hektisch riss sie ihr iPhone aus der Tasche.

»Chefin, wir bekommen Arbeit«, Kommissar Karsten Liebig klang nicht minder gestresst. »Wo treffen wir uns? Ich schlage vor, in der Dienststelle.«

»Was ist los? Wo sind Sie gerade?«

»In der Dienststelle.«

»Aha. Worum geht es?«

»Um eine Tote, was sonst.«

»Herr Liebig, lassen Sie Ihren schnodderigen Ton. Worum geht es?«

Sie mochte Karsten Liebig, er war zuverlässig, verfügte über einen scharfen Verstand und war in der Lage, äußerst strukturiert zu arbeiten, aber seine Schnoddrigkeit hasste sie zuweilen. Trotzdem war er der Einzige in der Dienststelle, mit dem sie nicht per Du war. Im Gegenzug nannte er sie Chefin, was sie wiederum nicht ausstehen konnte, obwohl es der Tatsache entsprach.

»Sieht fast wie Suizid aus, aber nichts Genaues weiß man nicht. Wir sind beordert, uns auf die Socken zu machen, die KTU hockt schon dort.«

Hockt, Elenor musste lächeln.

Wenig später saß Karsten kippelnd vor ihrem Schreibtisch, und berichtete, was er bis dahin in Erfahrung gebracht hatte. »Gefunden hat sie die Nachbarin, manchmal ist Neugier hilfreich, die Tür stand offen. Am Abend vorher hätte sie angeblich Lärm gehört«, beendete er seinen kurzen Bericht.

Eine halbe Stunde später befanden sie sich in einer Zweizimmerwohnung im ersten Stock eines Achtfamilienhauses in der Fregestraße. Emil Bökelhof, ihr Vorgesetzter, war schon vor Ort. Er begrüßte sie, ließ sie ein und gab einen ersten Lagebericht. Dann übergab er den Fall an Elenor mit den Worten: »Du wirst die leitende Hauptkommissarin sein«.

Nachdem Elenor kurz mit dem Gerichtsmediziner gesprochen und den Tatort ausreichend erfasst hatte, trat sie vor die Tür, streifte sich Gummihandschuhe und Schutzkittel ab und strich sich über die Nasenwurzel, eine Geste, die verriet, dass sie müde und abgespannt war.

»Suizid bedeutet wenig Arbeit. Oder es sollte so aussehen, dann haben wir viel Arbeit«, sagte Kommissar Liebig.

»Warten wir ab, was die Obduktion ergibt, sieht zwar aus wie Suizid, ja, aber …«, antwortete Elenor.

»Mich stört was«, murmelte Karsten.

»Und das wäre?«

»Ich habe mir den Laptop angesehen. Kennen Sie einen Menschen, der sich die Mühe macht, seinen Computer zu formatieren, bevor er freiwillig in den Tod geht? Sexseiten löschen oder brisante Mails, okay, aber alles rauszuschmeißen? Warum hat sie das getan?«

»Dafür gibt es viele Begründungen. Vielleicht wollte sie nichts von sich zurücklassen. Manche verbrennen vor dem Freitod ihre liebevoll gesammelten Liebesbriefe, werfen ihre Maskottchen weg oder ihre Lieblingsgegenstände. Besondere Stresssituationen rufen nicht nachvollziehbare Handlungsweisen hervor.«

»Okay, wäre `ne Begründung. Aber für mich keine schlüssige.«

Als Karsten am nächsten Tag gegen Mittag in Elenors Zimmer trat, wedelte er mit dem vorläufigen Obduktionsbericht. »Nun raten Sie mal, Chefin!«

»Nennen Sie mich nicht andauernd Chefin! Kein Selbstmord?«

»Ja und nein. Todesursache, halten Sie sich fest, war Atropin. Anzeichen, dass sie das Zeug gewaltsam eingeflößt bekam, fehlen, also muss sie es freiwillig geschluckt haben. Eine ziemlich hohe Dosis. In welcher Form, erfahren wir noch. Auf jeden Fall hat sie alle Phasen durchlebt, bis das Herz aufgegeben hat. Die Ärmste hat wahrscheinlich Höllenqualen erlitten, bevor sie der Unendlichkeit ins Auge blickte. Das erklärt auch den Radau, den die Nachbarin gehört haben will. Fällt ungefähr mit dem Todeszeitpunkt zusammen. Hm. Schlinge um Hals und Stuhl umkippen wäre einfacher gewesen.«

»Herr Liebig! Lassen Sie bitte diesen Sarkasmus!«

»Okay, okay. Bis dahin könnte man sagen, Selbstmord.

Aber jetzt kommt es. In ihrem Mund fand Richi Faserspuren, am Hals Spuren von Würgemalen, die offensichtlich von einer Metallkette stammen. An den Handgelenken entdeckte er Spuren von Fesseln. Auf ihrem Körper gibt es Hämatome, die zum Teil von einer Peitsche, aber auch von einer flachen Hand stammen. Manche ganz frisch, manche sind älteren Datums.«

»Damit bekommt das Ganze ein Gesicht. Sieht nach einem irren Peiniger aus, vor dem sie in den Tod geflüchtet ist. Fassen wir zusammen: Mona Leiser, neununddreißig, ledig, allein lebend. Kinder offensichtlich keine. Eltern? Freunde? Wo fangen wir an? Sie übernehmen das private Umfeld, ich sehe mich in ihrem beruflichen um. Die Liste mit den zuletzt geführten Telefonaten bekommen wir morgen. Unser Emil will den Fall so schnell wie möglich abschließen, ich glaube, ihm wäre die Suizidvariante die liebste. Mir ehrlich gesagt auch.«

Elenor betrat das Foyer der Firma F+R GmbH, die weltweit Sondermaschinen und Automatisierungstechnik vertrieb. Ein mittelständisches Unternehmen, über das in letzter Zeit häufig in den Medien berichtet wurde, da es expandierte und damit Arbeitsplätze schuf.

Den ersten Eindruck vermittelte ihr Frau Behring, eine kleine, dünne Frau ohne Alter, die sie am Empfang abholte. Elenor zeigte ihren Ausweis.

»Um was geht es denn?«, fragte sie auf dem Weg mindestens drei Mal, und jedes Mal antwortete Elenor, dass sie ihr Anliegen mit dem Geschäftsführer, Herrn Cordes besprechen werde. Wenn man sie brauche, werde man sie holen, versprach sie.

Frau Behring ließ eine beleidigte Miene sehen und öffnete die Tür zum Büro des Geschäftsführers.

»Da ist eine Dame, die sagt, sie wäre von der Kripo.«

»Kripo? Was will die denn hier. Ich bin nicht da.«

»Doch, Herr Cordes, Sie sind doch da.«

Blöde Kuh, dachte Peter Cordes, laut sagte er: »Na dann, ich lasse bitten.«

Cordes, schätzungsweise Mitte fünfzig, sportliche Figur, begrüßte Elenor überschwänglich und wies ihr in seinem hypermodern ausgestatteten Büro einen Sessel zu, in dem Elenor unbehaglich zum Sitzen kam, zumal ihr Rock beängstigend nach oben rutschte.

»Was kann ich für Sie tun? Kaffee? Der ist heute besonders gut.« Er schlürfte hörbar einen großen Schluck.

»Danke nein. Es geht um Mona Leiser.«

»Frau Leiser? Was hat die denn angestellt? Sie kam heute nicht zur Arbeit.«

»Sie ist tot, Herr Cordes, und wir möchten wissen, weshalb.«

Ihm rutschte die Tasse aus der Hand, Kaffee schwappte auf seinen Hemdsärmel. »Scheiße«. Er sah Elenor mit verblödetem Blick an. »Tot?«

Elenor erwischte sich bei dem sinnlosen Gedanken, ob das Fäkalwort nun dem Hemd oder dem Tod galt. »Tot, Herr Cordes.«

»Oh. Tot. Aber ich habe doch, ich bin doch …« Er wurde sichtlich nervös. Es entstand eine lange Pause, Elenor beobachtete ihn genau. Er hat etwas zu verbergen, dachte sie und ließ sich mit weiteren Fragen Zeit. Als er, außer in seinen Kaffee zu stieren, keiner Bewegung mehr fähig schien, erlöste sie ihn aus seiner Starre mit ihren Fragen.

»Was können Sie mir über Frau Leiser sagen? Wie war sie? War sie eine gute Mitarbeiterin? Hatte sie Feinde?«

»Pfff … Die Frauen vielleicht, die ihr offensichtlich nicht das Wasser reichen konnten. Nun ja, ich hatte sie entlassen, aber alles zurückgezogen und die Ausfalltage nachgezahlt.«

»Aha? Und weshalb hatten Sie sie dann erst entlassen?«

»Das ist eine lange Geschichte. Beschäftigt sich die Kripo neuerdings mit Arbeitsrechtsproblemen?«

»Nein. Aber mit ungeklärten Todesfällen. Wir ermitteln in alle Richtungen. Deshalb ist für uns sehr wichtig zu wissen, was zu ihrer Entlassung geführt hat und später zu ihrer Wiedereinstellung.«

»Das Privatleben der Mitarbeiter geht normalerweise niemand etwas an, aber sie hatte einige Verhältnisse in der Firma, die das Betriebsklima ungünstig beeinflusst haben. Gearbeitet hat sie jedenfalls gut und zuverlässig. Wie gesagt, ich habe alles rückgängig gemacht. Mein Anwalt hat es geraten. Ich wäre wohl vor Gericht nicht durchgekommen, sagte er.«

»Und weiter?«

»Nichts weiter.«

»Hatten Sie auch ein Verhältnis mit ihr?«

»Äh ... So kann man das nicht nennen.«

»Wie dann?«

»Na ja. Sie erfahren es sowieso. Während der letzten Firmenfeier, also, da ist es zu ... nun, wie soll ich sagen, eben zu einem Kontakt gekommen, aber nur kurz, also nur an dem Abend. Sozusagen.«

»Sozusagen. Wie meinen Sie das?«

»Wie ich es sage. Wir sind in mein Zimmer gegangen und dann ist es eben passiert. Ich hatte auch einiges an Alkohol getrunken.« Peter Cordes Augen schwirrten durch den Raum, als würde er etwas suchen. Seine Nervosität steigerte sich. »Leider hat die Behring mitbekommen, was da gelaufen ist, sie war praktisch dabei. Das heißt, natürlich nicht hier im Zimmer, aber bei der Feier. Ich glaube, sie hat es mitbekommen. Und mein technischer Leiter hat uns erwischt. Beim Anziehen. Es war alles einfach zum Kotzen.«

»Und weiter?«

»Nichts weiter. Wir haben danach gefeiert, als wäre nichts gewesen. Was sollten wir auch tun?«

»Und die anderen?«

»Welche anderen? Ach so, die anderen. Ja, es gab wohl noch zwei, vielleicht auch noch mehr Kollegen, die auch ihre Schäferstündchen mit ihr hatten. Solche Mitarbeiterinnen gibt es in jeder Firma.«

»Wieso fragen Sie eigentlich nicht, wie sie zu Tode gekommen ist?«

»Ja, wie ist sie ...?«

»Gift. Vergiftet. Kann es sein, dass sie unter der Entlassung derart gelitten hat, dass sie nicht mehr leben wollte?«

»Quatsch. Ich habe sie offiziell wieder eingestellt und den Lohnausfall nachgezahlt.«

»Sie sind verheiratet. Hat sie Sie erpresst?«

»Nein, um Gottes Willen. Womit denn.«

Elenor blickte ihn ungläubig an. Hatte er sie umgebracht, um zu vermeiden, dass seine Frau von seinem Seitensprung erfuhr? Weil viel Geld im Spiel war, das er im Falle einer Scheidung verlieren würde? Elenor versuchte, ihm in die Augen zu sehen, doch er wich ihrem Blick aus.

»Wer waren die anderen Kollegen, die ein Schäferstündchen mit ihr hatten?«

»Da fragen Sie mich zu viel. Ich bin nicht das Kindermädchen meiner Mitarbeiter.«

»Wir werden es herausbekommen, Herr Cordes.« Elenor stand auf und strich ihren Rock glatt. Als sie seinen Blick auf ihre Beine sah dachte sie: *Das nächste Mal ziehe ich Hosen an*.

Karsten rannte fast den Dienststellenleiter Emil Bökelhof um, als er in Elenors Zimmer stürmte. »Chefin«, keuchte er, sie verdrehte die Augen, »bei den letzten Telefonaten häuft sich eine Handynummer. Raten Sie, von wem die ist.«

»Wir sind hier nicht beim Montagsquiz.«

»Okay. Okay …«

»Herr Liebig, gewöhnen Sie sich bloß Ihr dämliches okay, okay ab. Es nervt.«

»Ok… ja. Sie können ja ein Sparschwein hinstellen. Fünfzig Cent pro okay, mehr verkraftet mein kümmerliches Gehalt nicht. Also. Die Nummer gehört Peter Cordes. Klingelt's?«

»Aha? Wie oft?«

»Fast täglich.«

»Da stinkt doch was. Mir hat er erzählt, es hätte nur einen kurzen sexuellen Kontakt während einer Firmenfeier gegeben. Den knöpfen wir uns noch mal vor.«

»Ok … ja, denk ich auch.«

»Herr Liebig?« Ihr Ton wurde drohend.

»Chefin?«

Elenor lehnte sich zurück und sah ihn an. Mit einem verschmitzten Lächeln erwiderte er ihren Blick. Ihr fiel es schwer, ernst zu bleiben, und das wusste er. »Sonst Neuigkeiten, die uns weiterbringen?«

»Die Nachbarn wussten nicht viel. Sie hatte wenig Besuch, keinen festen Freund, keine Freundin. Sie ist früh aus dem Haus gegangen und abends zu unterschiedlichen Zeiten zurückgekommen, manchmal erst sehr spät. Dass sie gut verdient hat, blieb nicht verborgen. BMW, Klamotten, jährlich Auslandsurlaub, Nachbarn bemerken so was.«

»Der Computer ist der Schlüssel. Wir müssen die gelöschten Dateien wiederbeleben!«

»Die sind nicht gelöscht, die hat die Platte geputzt. Aber unser Mario ist dran. Nämlich, wenn sie die nicht professionell überschrieben hat, ist alles wieder belebbar. Außerdem haben wir noch den Provider ihres Internetanschlusses. Ihre Mails dürften wir noch auf dem Sever finden.«

»Klingt zumindest hoffnungsvoll. Gut. Schauen wir uns nochmal in der Wohnung um.«

Die wiederholte Spurensuche blieb so erfolglos wie die erste. Es gab nichts, was einen Hinweis gegeben hätte. Keine Wolltextilie, die zu den Faserspuren in ihrem Mund passte, keine Kette, kein Gefäß mit Spuren des Atropins, nichts.

Dieses Mal gingen Elenor und Karsten Liebig gemeinsam zu Herrn Cordes. Vom Empfang abgeholt wurden sie wieder von Frau Behring.

»Tot«, flüsterte Frau Behring mit gespitzten Lippen. »Also, man wünscht das ja keinem. Aber wie die gelebt hat! Die war doch nur auf der Welt, um anderer Leute Leben zu zerstören.«

»So? Was wissen Sie denn über Frau Leisers Privatleben?«

»Nur das, was jeder weiß. Sie hat allen Männern den Kopf verdreht, egal, ob verheiratet oder nicht. Sie kam pünktlich zur Arbeit und ist immer pünktlich gegangen. Also wissen Sie, ich gehe ja nie pünktlich. Es gibt immer ...«

»Ja, das glaube ich Ihnen. Sagen Sie, unter Kollegen erzählt man sich hin und wieder Privates. Sicher hat es auch Gespräche über Frau Leiser gegeben?«

»Keine Ahnung. Ich bin hier, um zu arbeiten, nicht um private Gespräche zu führen.«

»Das ist sehr lobenswert.«

Karsten grinste breit, Elenor bedeutete ihm mit verkniffenen Lippen, jetzt bloß sein freches Mundwerk zu halten.

»Wie lange sind Sie hier schon beschäftigt?«

»Sieben Jahre. Und ich habe noch keinen einzigen Tag gefehlt.«

»Sagen Sie, auf Ihrem Schreibtisch steht neben dem Computer eine Schreibmaschine. Arbeiten Sie nicht mit dem Computer?« Elenor sah amüsiert auf die zwei Plüsch-Teddybären, die links und rechts neben der Maschine saßen.

Frau Behring folgte Elenors Blick. »Meine Glücksbringer«, sagte sie mit einem verklärten Lächeln. »Wissen Sie, ich begreife diese Dinger nicht, die machen immer, was sie wollen.« Karsten verdrehte die Augen. Elenor sträubten sich die Nackenhaare, doch er sagte kein Wort. »Deshalb schreibe ich lieber mit Maschine. Außerdem gibt's nicht mehr viel zu schreiben, ich habe andere Aufgaben. Ich bin perfekt, schreibe mit zehn Fingern, fehlerlos und flott. Es ist eine elektronische Schreibmaschine mit Speicher. Wissen Sie, man muss nicht jeden neumodischen Kram mitmachen.«

»Neumodisch. Na ja … Gut, das wäre vorerst alles. Sollte Ihnen noch etwas einfallen, rufen Sie bitte an. Können wir jetzt zu Ihrem Chef?« Sie überreichte ihre Visitenkarte.

»Natürlich. Möchten Sie Kaffee?«

»Oh ja, den brauch ich jetzt«, platzte Karsten heraus und verkniff sich das Lachen.

Elenor hatte sich heute für Hosen entschieden. Peter Cordes wirkte wie das letzte Mal nervös.

Frau Behring brachte den Kaffee und ließ sich beim Eingießen Zeit. Diskretion schien nicht ihre Stärke zu sein. Endlich ging sie aus dem Zimmer, nicht, ohne sich noch einmal umzusehen.

»Herr Cordes, Sie haben in letzter Zeit fast täglich mit Frau Leiser telefoniert. Weshalb?«

»Habe ich nicht.«

»Herr Cordes, machen Sie sich nicht lächerlich. Uns liegt die Liste mit den Anrufen vor, die Frau Leiser vor ihrem Tod empfangen hat. Ihre Handynummer taucht immer wieder auf.«

»Ich kann mich nicht erinnern.«

»Müssen wir Sie tatsächlich erst vorladen? Sie gehören zum Kreis der Verdächtigen, ist Ihnen das klar?«

»Ich kann mich wirklich nicht erinnern.«

»Herr Cordes, hier geht es um Mord!«

»Wer sagt, dass sie ermordet wurde? Woher nehmen Sie, dass sie das Gift nicht selbst genommen hat?«

»Weil sie vor ihrem Tod stranguliert wurde, gepeitscht, gefesselt, geschlagen. Das hat sie sich kaum selbst angetan«, sagte Karsten. Elenor lehnte sich zurück, sie war offensichtlich mit ihrer Geduld am Ende.

»Hören Sie. Ich möchte in diesen Räumen nichts mehr sagen.«

»Dann erwarten wir Sie morgen zehn Uhr im Kommissariat. Ist das ok …, also okay, ja?«

»Sie sind unverbesserlich«, sagte Elenor schmunzelnd, als sie auf der Straße standen. »Glauben Sie, er war es?«

»Nee. Dazu ist der zu blöd und zu geil.«

»Wie kommen sie denn darauf?«

»Saufen und bissel rumvögeln, das will der. Ansonsten will der seine Ruhe haben. Da verwette ich mein Gehalt.«

Peter Cordes erschien pünktlich zehn Uhr. Bevor er zu sprechen begann, drehte er unablässig die Kaffeetasse in der Hand. Elenor gab ihm Zeit, Karsten lief ungeduldig auf und ab.

»Sie verstehen das nicht«, begann er leise. »Ich bin verheiratet, habe einen Sohn. Na ja …, sexuell …, meine Frau ist eher prüde. Mona war alles andere als prüde. Eines Tages zeigte sie mir Dinge, die mich, wie soll ich sagen, also, sehr erregt haben. Sie ließ sich fesseln, die Augen verbinden, peitschen. Ich muss das erklären …«

»Das müssen Sie nicht. Wir kennen die Auswüchse sexueller Kicks, die manche Männer zu brauchen glauben.«

Karsten schickte Elenor einen bewunderten Blick hinüber.

»Das ging ein halbes Jahr.«

»Sie hat Sie verlassen und das haben Sie nicht verkraftet.«

»Nein! Wir sind uns irgendwie über geworden. Ich suche mir jetzt andere … Damen. Übers Internet, da kann ich wechseln.«

»Wechseln. Interessant. Wir haben herausgefunden, dass unter anderem Ihr Controller, Herr Müller, ein Verhältnis mit ihr hatte. Sie wussten von seinem Verhältnis zu Frau Leiser?«

»Er war ihr Freier wie ich und hat wahrscheinlich bezahlt wie ich. Darüber schweigt man. Er war nach mir … sozusagen.«

»Hm hm. Bezahlt?«

»Wenn meine Frau davon erfährt, bricht eine Katastrophe aus.«

»Wo haben Sie sich getroffen?«

»Immer in Hotels.«

»Von welchem Computer aus suchen Sie Ihre Gespielinnen? Von zu Hause? Könnte Ihre Frau dahintergekommen sein?«

»Vom Büro aus, um sicherzugehen. Mein Sohn ist sechzehn und Computerfreak. Meine Frau hat null Ahnung von Computern. Aber ich lösche alles sofort nach den Dates.«

»Sie sind offensichtlich von Computerhasserinnen umgeben«, sagte Karsten sarkastisch.

»Ich habe sie nicht umgebracht. Ich hätte gar keinen Grund. Zu der Plattform, wo ich Partnerinnen finde, hat sie mir verholfen.«

»Deshalb die Anrufe?«

Peter Cordes schwieg.

»Herr Cordes, strapazieren Sie bitte nicht unsere Nerven.« Elenor legte eine Kopie der Liste auf den Tisch und tippte hart mit dem Zeigefinger drauf. »Ist das Ihre Nummer oder nicht.«

»Ja.«

»Das ist doch sicher ein Diensttelefon?«

»Ja.«

»Könnte Ihre Frau irgendwie an die Nummern gekommen sein, die sie angerufen haben?«

»Nein. Die Abrechnung bleibt in der Firma. Die sieht nur Frau Behring und die kontrolliert die Nummern garantiert nicht. Da hätte sie viel zu tun. Außerdem sind die verschlüsselt beziehungsweise unvollständig angegeben.«

»Könnte Ihr Sohn Ihr Mobiltelefon ausspioniert haben? Vielleicht im Auftrag Ihrer Frau?«

»Nee, ganz bestimmt nicht. Wollen Sie meiner Frau einen Mord anhängen?«

»Wir hängen prinzipiell niemandem etwas an, aber wir müssen jede Spur verfolgen. Danke, Herr Cordes, Sie können gehen.«

Karsten sah Elenor mit großen Augen an. »Also doch die Selbstmordvariante?«

»Wir haben die Erklärung für die Spuren von Gewalt. Hinweise, dass ihr das Gift gewaltsam eingeflößt wurde, fehlen. Sie ist mit ihrem Leben nicht mehr klargekommen. Ihm ist die ganze Situation seiner Abnormität peinlich. Ich glaube, wir können den Fall abschließen.«

Karstens Telefon klingelte.

»Hi, altes Haus, was gibt's?«, sagte er, dann wurden seine Augen immer größer, er lauschte gespannt in den Hörer. Elenor runzelte die Stirn. Sie wollte diesen Fall endlich abschließen, nach Hause gehen und sich wieder ihrem unterbrochenen Einkaufsbummel widmen.

»Danke«, sagte Karsten und dann zu Elenor gewandt: »Da haut's einen um.«

»Was ist?«

»Kommen Sie, aber ziehen Sie sich warm an. Eigentlich ist das nichts für kleine Mädchen.«

»He, Sie Grünschnabel. Kommen Sie erst mal in mein Alter.«

»Sie kokettieren, Chefin.«

Karsten hatte nicht zu viel versprochen. Es war abscheulich. Anhand der gefundenen Mails und Bilder rekapitulierten sie die letzte Dreiviertelstunde im Leben dieser jungen Frau.

»Was bringt eine Frau dazu, sich derart völlig Fremden zu präsentieren und sich dann solche Schmerzen zufügen zu lassen?«, fragte Elenor entsetzt.

»Sie braucht die Unterwürfigkeit. Sie empfindet Glück dabei. Und für ihre Glücksgefühle kassiert sie auch noch ziemlich üppig ab.«

»Ich kann das nicht verstehen.«

»Das ist eine Wissenschaft für sich. Man sollte sich eingehender damit beschäftigen.«

Entgeistert sah Elenor auf den Bildschirm.

18.31 Uhr:

Was bietest Du?

Alles ohne Einschränkung.

Die Bilder sind gut. Ich will es besonders hart. Noch härter, als auf den Bildern.

Kein Problem.

Es wird kein Codewort geben. Das Ende bestimme ich.

Das wird teuer.

Ich zahle jeden Preis. Und ich bringe alles mit, auch Deine Kleidung. Wann wirst Du bereit sein?

Wann brauchst Du mich, mein Gebieter?

Sofort. Warte auf mich. Wenn ich komme, hast Du nur die Stahlkette um den Hals, die ich Dir geschickt habe. Ich habe einen wunderbaren Keuschheitsgürtel. Der wird Dir gefallen.

In Ordnung, mein Gebieter.

Ich bezahle überdurchschnittlich.

Gut.

Der Absender hieß ›Bärchen‹.

Karsten und Elenor wurden vom Computerexperten Mario Windorf begleitet, als sie nochmals die Firma R+F GmbH aufsuchten. Frau Behring empfing sie mit der ihr eigenen eisigen Miene. »Herr Cordes möchte eigentlich nicht gestört werden.«

»Lassen Sie nur, er wird uns empfangen«, war sich Elenor sicher. Sie schaute auf den in die Ecke geschobenen Computer auf Frau Behrings riesigem Schreibtisch.

»Ist das Ihr Computer mit Internetanschluss?«

»Nein, das ist Frau Leisers Aufgabe. Mails und so«, ihr Gesicht drückte Empörung aus. »War«, fügte sie hinzu.

Elenor schaute auf die zwei Teddybären. Damit hatte er sich verraten. Die Teddybären kannte garantiert jeder und er hatte sie zu seinem Synonym gemacht. Hier irgendwo musste es das ›Bärchen‹ geben. Wenn sie es hier nicht fanden, standen sie vor der Aufgabe, mit Durchsuchungsbeschlüssen im privaten Umfeld einiger Mitarbeiter zu ermitteln. Ihr graute bei diesem Gedanken. Sie öffnete die Tür zu Herrn Cordes Zimmer.

»Was gibt es denn noch?«, fragte er. Es klang genervt.

»Verwenden Sie den Nickname ›Bärchen‹?«

»Hä?«

»Lassen Sie bitte Herrn Windorf an ihren Computer.«

»Tun Sie, was Sie nicht lassen können. Ich habe nichts mehr zu verbergen. Jedenfalls vor Ihnen.« Verwundert schüttelte er den Kopf und tippte die PIN ein.

»Sieh an. ›Bärchen‹ wurde vor Kurzem gelöscht.«

»Was denn für Bärchen? Sind wir hier im Kindergarten?«

»Nein, Herr Cordes, wir sind in der Sadomaso-Szene. Wer hat Zugriff zu Ihrem Computer, wenn Sie nicht da sind?«

»Keiner.«

»Frau Behring auch nicht?«

»Die hat keine Ahnung von Bits und Bytes.«

»Sind Sie sicher? Rufen Sie sie bitte herein.«

Frau Behrings Kinn begann zu beben, als Elenor sie mit ihrem Blick durchbohrte. »Bärchen?«, sagte sie nur. Und nach einer Pause: »War es Eifersucht? Oder Ihre Moralansichten? Oder Ihr banales Leben, dem Sie damit etwas Würze verpassen wollten?«

»Was wollen Sie? Was soll das?« Dann sackte sie zusammen.

»Sie hat immer bekommen, was sie wollte. Teure Klamotten, Autos, Männer. Sie war unmoralisch und hatte alles, was andere mit harter, ehrlicher Arbeit nie erreicht hätten. Die Welt muss von solchem Abschaum mit ihren eigenen Waffen gesäubert werden.«

»Gesäubert.« Elenor wurde übel. »Ich denke, Sie haben keine Ahnung von Computern?«

»Nach außen. Es musste ja wenigstens etwas geben, womit ich mich von den anderen abhebe. Ich war die Einzige, der man fehlende Computerkenntnisse gestattete. Also habe ich sie verheimlicht, obwohl ich seit Jahren im Computerclub bin.«

»Wie sind Sie in Mona Leisers Wohnung gekommen?«

»Ich habe geklingelt. Mich hatte sie nicht erwartet. Es gab keinen Spion an der Tür. Es ging alles sehr schnell. Ich habe die Kette an ihrem Hals zugezogen und ihr eine Weinflasche gereicht. Ich habe gesagt, dass mit Alkohol alles lustiger wird. Sie war so verwirrt, dass sie die Flasche angesetzt hat. Dann hat sie alles durchgemacht. Von Veitstanz bis Halluzinationen. Und als sie dann da lag, habe ich ihren Computer formatiert. Die Zugangsdaten hatte sie mir verraten. Sie hatte Angst. Furchtbare Angst. Ich habe diese Angst genossen. Sie hat Ehen zerbrochen und Männer dazu gebracht, ihre Frauen zu betrügen.«

»Wussten Sie nicht, dass man formatierte Festplatten unter bestimmten Bedingungen wiederherstellen kann? Dass es Provider gibt?«

»Das war mein Fehler. Ich weiß. Aber wie sollten Sie auf mich kommen? Ich habe doch keine Ahnung von Computern.«

»Ach nee«, sagte Karsten und verzog angewidert das Gesicht.

Hartwig Hochstein

MAX UND MORITZ

Friedrich ›Fritze‹ Matthes zupft seinen blassgrauen Blouson zurecht, zieht die Schiebermütze ein wenig tiefer in die Stirn und biegt in die kleine Sackgasse am Rande der Kleinstadt ein.

Wie ich wohl aussehe, denkt er und beantwortet die Frage selbstironisch: *Wie ein Rentner mit Ostalgie-Hintergrund*. Eine Einschätzung, die die Popelinhose, die Sandalen mit Klettverschluss und vor allem der Dederonbeutel in seiner Rechten unterstreichen. Und die durchaus passt. Matthes gehört zu denjenigen, die nicht alles schlecht fanden, was in der DDR gewesen war.

Aber das zu dokumentieren, darauf kommt es ihm heute nicht an. Wichtiger ist, dass sein Outfit unauffällig ist, dass sich niemand über den abendlichen Spaziergänger wundert, dass sich keiner an ihn erinnern kann, wenn sein Coup vollbracht ist und eine Untersuchung eingeleitet werden sollte.

Wobei, setzt er sein Selbstgespräch fort, *Coup vielleicht ein zu großes Wort ist.* Nein, Matthes will an diesem Herbstabend kein großes Ding drehen, sondern nur dem Schicksal ein wenig nachhelfen, es zum Guten wenden. Nicht für sich, sondern für seinen Enkel Moritz, der Freude seiner späten Jahre. Damit wird er dem zugleich einen Traum erfüllen, den er selbst viele Jahre lang vergeblich geträumt hatte.

Dafür ist Matthes auch zu der kleinen kriminellen Schandtat bereit, die vor ihm liegt. Und das nach einem Leben ohne Eintrag in irgendein Sündenregister, ohne Fehl und Tadel. Na ja, abgesehen von jenem Zwischenfall im jugendlichen

Alter. Zusammen mit einem Kumpel klaute er in der örtlichen Kaufhalle eine Flasche Nordhäuser Doppelkorn, setzte sie noch auf dem Parkplatz an den Hals. Doch nach dem ersten kräftigen Schluck erwischte sie der Filialleiter, scheuerte ihnen eine und jagte sie weg. Dabei blieb es nicht. Sein Vater bekam einen diskreten Tipp und am Abend gab es ordentlich den Arsch voll. So nannte man diese Erziehungsmaßnahme in den 50er Jahren und sie wurde gerne angewandt. Manchmal dachte Matthes, dass dies mehr bewirkte als das psychologische und pädagogische Brimborium, das heute nach einer kindlichen Ungezogenheit oder einem jugendlichen Vergehen gemacht wird. Bei ihm jedenfalls sorgte die Erinnerung an die Tracht Prügel mit Papas Ledergürtel dafür, dass er ohne weitere schwerwiegende Fehltritte durch die Flegeljahre kam. Und als Erwachsener blieb er vor und nach der Wende ein biederer, braver Bürger.

Aber weg von den Erinnerungen, hin zum Haus Nummer 28. Dort steht das Auto, das Matthes manipulieren will, damit es morgen nicht an sein Ziel kommt.

Der Wagen gehört Horst Müller, dem Vater von Max. Der ist der beste Kumpel, seines Enkels, aber auch dessen härtester Konkurrent im Fußballverein. Einem von beiden winkt ein sportlicher Karrieresprung. Matthes will dafür sorgen, dass es den Richtigen trifft.

›Fritze‹ hatte schon als Kind von einer Fußballer-Laufbahn geträumt, es aber nur bis in die zweite Mannschaft von Rot-Weiß und damit bis in die Kreisklasse gebracht. Dem Verein aber hielt er auch nach der bescheidenen aktiven Zeit die Treue. Sobald sein Enkel laufen konnte, nahm er ihn mit auf den Sportplatz. Ein spannendes Match, ein Bier und eine Bratwurst für sich, ein Eis und eine Limo für den kleinen Moritz, das war sein größtes Sonntagsvergnügen.

Es steigerte sich noch, als Moritz selbst mit dem Fußballspielen begann, in der Mini-Liga, bei der Schülermannschaft und in der Jugend Talent und Torinstinkt bewies. Opa Friedrich beförderte beides, in dem er den hoffnungsvollen Nachwuchskicker für jeden Treffer einen Euro Prämie zahlte. Bis ihn der Trainer ansprach: »So machst du ihn zu einem Egoisten, einem Typ Torjäger. Aber die sind nicht mehr gefragt. Wer im modernen Fußball was werden will, muss mannschaftsdienlich agieren, ein Auge für die Mitspieler und deren Chancen haben.«

Matthes zahlte fortan die Belohnung auch für gute Vorlagen. Das schmälerte zwar sein Rentnertaschengeld, trug aber dazu bei, dass Moritz sich zu einem echten Spielmacher entwickelte. Neben seinem Freund Max der Beste seiner Altersklasse im Fußballbezirk.

Da, das Haus 28, der Wagen im Carport. Es wäre ein Leichtes, über die kleine Vorgartenmauer zu springen. Aber Matthes befürchtet, damit den Bewegungsmelder auszulösen. Das Licht könnte angehen, ihn verraten. Darum spaziert er weiter bis zum Ende der Straße, nähert sich über den schmalen Weg, der sie von einer Kleingartensiedlung trennt, Müllers Haus von hinten. Ein letzter Blick in den Dederonbeutel: Taschenlampe, Flachzange, ein alter Putzlappen, eine Tüte mit Zucker. Niemand könnte sich vorstellen, was das soll. Aber für ›Fritze‹ Matthes ist es genau die Ausrüstung, die er für seinen Plan braucht.

Jetzt aber gilt es erst mal den Jägerzaun zu überwinden, der das Grundstück begrenzt. Matthes setzt den Fuß in eine Lücke, zieht sich hoch, schwingt über die Spitze des Lattengebildes – und plumpst auf der anderen Seite zu Boden. Lampe und Zange klirren im Beutel. Der alte Mann bleibt liegen, hält den Atem an. Aber nichts passiert, lediglich einige Krähen fliegen hoch in den dunklen Nachthimmel, landen aber schon nach wenigen Runden beruhigt wieder auf ihrem Schlafbaum in Müllers Garten.

Puh, nochmal gut gegangen!

Matthes nähert sich gebückt dem Wagen im Carport. Auf dem Rücksitz sieht er eine gepackte Sporttasche. Gepackt für Max. Aber der wird sie morgen nicht brauchen. Dafür muss Matthes jetzt sorgen.

Max und Enkel Moritz sind in die Bezirksauswahl berufen worden, haben ein Landespokalspiel in der sechzig Kilometer entfernten Großstadt. Matthes weiß, dass sich Talentspäher des dortigen Zweitligisten angesagt haben, der für seine gute Jugendarbeit bekannt ist. Sie wollen Max und Moritz beobachten, einen von beiden zu ihrem Klub holen.

Das würde bedeuten: Unterbringung im Internat, weitere Ausbildung auf dem Sportgymnasium, die besten Trainer, eine perfekte sportmedizinische Betreuung, finanzielle Unterstützung, die ganz große Chance, seinen Weg zu machen, Profi zu werden.

Als Matthes den Tipp mit den Scouts bekommen hatte, war ihm sofort klar: Irgendwie muss er dafür sorgen, dass Max nicht antreten kann, dass nur sein Enkel brilliert. Er dachte über die verrücktesten Pläne nach: Eine Entführung? Aber wie sollte das gehen, wie sollte er mit einem sportlichen 16-jährigen fertig werden, wo ihn verstecken und festhalten? Unmöglich!

Ihm beim letzten Training vor dem Spiel ein verdorbenes Getränk unterjubeln, eines das ihm für mehrere Tage Übelkeit und Durchfall zufügen, aber keinen ernsthaften gesundheitlichen Schaden anrichten würde. Doch dabei müsste Moritz mitmachen, nur er könnte in der Kabine die Flaschen vertauschen. Doch das kam für den niemals in Frage. Seinen besten Freund mit unfairen Mitteln ausschalten, das würde der junge Sportler auf keinen Fall tun.

Blieb nur das Auto, um ihn zu seinem Glück zu zwingen. Matthes wusste, dass Horst Müller Max zu dem so wichtigen Match ins Stadion bringen wollte. Irgendwie musste er es schaffen, dass das Gefährt nicht ankam. Der Wagen sollte losfahren, aber dann auf freier Strecke liegen bleiben. Irgendwo, weitab von der nächsten Werkstatt, vom nächsten Taxistand, um die sofortige Weiterfahrt unmöglich zu machen, um zu garantieren, dass Vater und Sohn das Stadion nicht bis zum Anpfiff erreichten.

Mit einem Kumpel von der Tankstelle im Ort hatte Matthes die Möglichkeiten durchgesprochen – rein theoretisch natürlich ...

Ganz schwer sei das, meinte der. Seit die Autoschlosser nicht mehr Autoschlosser, sondern Mechatroniker hießen, signalisiere die Elektronik der Wagen jedes Problem schon nach der ersten Drehung des Zündschlüssels, das Auto komme gar nicht erst in Gang. Um dies zu verändern müsse man ins Motormanagement eingreifen, eine für einen Laien unlösbare Aufgabe. Vielleicht ließe sich die Bremsanlage beschädigen, aber dass könne zu fatalen Folgen führen. So wie bei dem Vermögensberater aus der Nachbarstadt, der nach einem solchen Anschlag mit seiner Frau unkontrolliert in den Gegenverkehr und damit in den Tod gerast war. Allerdings, die Täter habe die Polizei immerhin nicht ermitteln können.

Nein, ein solches Risiko konnte, wollte Mattes nicht eingehen. Bevor er endgültig resignierte, fiel ihm ein, dass Müllers Wagen ein älteres Modell ist. Dann, tröstete ihn der Tankwart, dann helfe der Zuckertrick. Zucker in den Tank, und der Wagen würde zwar losfahren, aber nach einer gewissen Zeit mit Sicherheit nicht mehr weiterkommen.

Diesen Zuckertrick gilt es jetzt in die Tat umzusetzen. Matthes duckt sich hinter den Wagen, sucht mit der Taschenlampe den Tankverschluss. Er wickelt den Lappen um den Deckel, um verräterische Kratzer zu vermeiden, setzt die Zange an, ein kräftiger ruckartiger Dreh und er ist offen. Jetzt die Zuckertüte. Die richtige Menge, das perfekte Timing macht's. Wie beim Fußball: Wird der Ball zu früh auf den stürmenden Kameraden gepasst, kann er beim Gegner landen, kommt das Anspiel zu spät, ist der eigene Mann inzwischen ins Abseits gelaufen, nur der richtige Moment garantiert eine Torchance. Das Gespür für diesen richtigen Moment hat sein Enkel, das wird er morgen den Beobachtern beweisen.

Für Matthes gilt ein anderes Maß: Ein knappes halbes Pfund Zucker würde dafür sorgen, dass der Wagen losfährt und ungefähr auf halber Strecke zum Stadion auf dem flachen Land stehen bleibt. Weit weg von der nächsten Werkstatt, weit weg von einem Taxistand, zu spät für jede Hilfe rechtzeitig vor dem Anpfiff. Moritz hingegen wird auflaufen, denn sein Schwiegersohn bringt ihn an die Spielstätte. Er, der stolze Opa Friedrich, hingegen wollte den Zug nehmen, um den großen Auftritt, das so wichtige Spiel zu erleben.

Am nächsten Morgen im Stadion: Friedrich ›Fritze‹ Matthes sitzt nervös auf der Tribüne, eine Reihe über ihm die Scouts des Zweitligisten. Er hat sie erkannt, weil erst kürzlich eine Reportage über die Jugendarbeit des Klubs mit den Bildern der Talentspähern, beide Altinternationale, in der Heimatzeitung erschienen war. Matthes lauscht fasziniert ihrem Gespräch: »Na, da bin ich ja auf die beiden Busch-Brüder gespannt«.

»Wieso Busch-Brüder?«

»Na, die heißen doch Max und Moritz wie die Lausbuben bei Wilhelm Busch«.

»Bei uns können sie ihre Streiche aber nicht zusammen machen, wir brauchen in diesem Jahrgang nur einen neuen Spieler.«

»Ihr werdet auch nur einen erleben«, schmunzelte Matthes still vor sich hin, »und Euch dann für den entscheiden. Für meinen Moritz.«

Unten auf dem Rasen laufen sich inzwischen die Auswahlspieler warm. Nur zwei fehlen: Max und Moritz. Der Landestrainer blickt immer wieder auf die Uhr und auf den Kabinengang. Matthes zückt sein Senioren-Handy, drückt die Nummer seines Schwiegersohns: »Was ist los? Wo bleibt Ihr? Was ist mit Moritz?«, schreit er ins Telefon als der sich meldet. Die verdatterte Antwort lässt ihm das Blut in den Adern gefrieren: »Wieso? Irgendein Idiot hat mir heute Nacht die Reifen zerstochen, darum habe ich Horst Müller gebeten, ihn abzuholen und mitzunehmen. Die beiden sind schon vor drei Stunden losgefahren«.

Als Matthes den Blick wieder hebt, sieht er wie das Spiel angepfiffen wird – ohne Max, aber auch ohne Moritz. Die beiden Scouts hinter ihm stehen auf.

»Was sollen wir hier noch«, sagt der eine zum anderen. »Die beiden, die wir sehen wollten, sind ja nicht dabei, die anderen kannst du vergessen.«

›Fritze‹ Matthes stolpert die Tribünentreppe hinunter, geht an der Trainerbank vorbei Richtung Ausgang: Dabei fängt er ein Gespräch zwischen den Betreuern auf: »Komisch, Horst Müller hat gerade angerufen. Sein Wagen ist aus unerklärlichen Gründen stotternd auf offener Landstraße mitten auf einer Kreuzung stehen geblieben, ein anderes Auto deswegen in seinen Wagen gedonnert. Dessen Fahrer wurde schwer verletzt. Und Moritz, der mit auf der Rückbank saß, hat irgendwas am Knie abbekommen. Für den ist erst mal Schluss mit Fußball, vielleicht für immer«.

Matthes taumelt, fasst sich an die Brust. »Ein schwarzer Sonntag«, war sein letzter Gedanke, bevor er zusammenbrach.

»Herzinfarkt«, stellt kurz darauf der Notarzt fest. »Dem alten Mann muss irgendwas sehr, sehr zugesetzt haben. Hoffentlich kommt er durch.«

Bernd Merbitz

SPURLOS VERSCHWUNDEN

14. Juni 2014, eine Rocklegende gibt sich in der Red Bull Arena zu Leipzig die Ehre. Udo Lindenberg beginnt um 20.30 Uhr sein viertes und letztes Konzert vor über 40.000 Besuchern. Was für ein Wahnsinn. Plötzlich ist man mitten in der Panik-Welt. In einer Stadt, welche Bach und Wagner beheimatet. Es ist einfach toll in dieser Stadt zu leben. Wie ein Kindergeburtstag wirkte dagegen die Fußball-WM, heißt es am darauffolgenden Tag in einer Zeitung. Riesenparty und Riesenstimmung. Udo und sein Panikorchester rocken ab und mit ihnen die Fans, welche aus allen Teilen Deutschlands zum Konzert des Jahres angereist sind. Drei Stunden Nostalgierock ›Woddy, Woddy, Wodka‹, ›Sie brauchen keinen Führer‹, ›Wozu sind Kriege da‹ …, als Jugendlicher nur im Radio gehört und nun live. Nachdenkliche Balladen gegen Rassismus und Fremdenfeindlichkeit, gegen Nazis und den braunen Spuk in unserer heutigen Zeit. Viele nachdenkliche Gesichter. Mir stehen die Tränen in den Augen.

Riesige LED-Wände, Bilder von den Fans, die vor Begeisterung am liebsten die Bühne stürmen würden. Ihr Idol zum Greifen nah. Ich versuche ein bekanntes Gesicht zu erhaschen. Vergebens. Was ist das? Ein Name einer Fangruppe, ganz einfach ein gelbes Schild mit schwarzer Schrift, ein Schild mit dem Namen der Stadt aus welcher die Fans kommen, Gronau. Gronau eine kleine Stadt mit etwas über 45.000 Einwohnern, im Westfälischen gelegen. Mein Gesicht erstarrt. Kälte durchfährt mich und Uwe, mit dem ich dieses Konzert besuche, versucht auf mich einzureden. Ich sehe nur dieses Schild, diesen Ortsnamen Gronau und im Hintergrund einer meiner Lieblingshits von Udo ›Honky Tonky Show‹. Uwe schüttelt mich und will wissen was mit mir los ist. Ich frage: »Was ist?« Er reicht mir ein Glas Wasser.

* * *

Es geschah vor über 23 Jahren, genau am 18. Januar 1991.

Vom Kriminalkommissariat aus Gronau erhielt ich um 16.45 Uhr einen Anruf. Es war ein alter Bekannter, Tom. Wir hatten uns etwa vor einem Jahr kennengelernt, bei einem Besuch in Gronau. Es war ein gegenseitiges Abtasten, keiner wusste etwas vom anderen, aber beruflich verstanden wir uns sofort. Er zeigte uns seine Dienststelle. Na ja, schon bessere gesehen. Was soll's. Er war mit seinen Leuten auf Vermisstenfälle und Tötungsdelikte spezialisiert. *Wir auch*, dachte ich und ließ ihn einfach erzählen. Als er erfuhr, dass ich der Leiter der Morduntersuchungskommission bin, wurde er etwas wortkarger. Ich glaub wir haben uns sofort verstanden. Seit dieser Zeit wurde daraus eine feste Freundschaft.

»Tom, wie kann ich dir helfen, brauchst du eine Unterkunft in unserem schönen Leipzig? Du wolltest uns doch schon seit längerer Zeit besuchen.«

»Nein«, klang seine etwas dienstliche Stimme, »Ihr müsst uns helfen, in einer Vermisstensache«.

»Wie, in einer Vermisstensache? Die Morduntersuchungskommission von Leipzig soll euch in einer Vermisstensache in Gronau helfen? Machen wir doch gern. Spaß beiseite, was können wir hier in Leipzig für euch tun?«

»Seit dem 16.12.1990 wird bei uns in Gronau der 20-jährige Andreas Menske, genannt Andy, vermisst. Der Vermisste wurde am Abend des 15.12.1990 letztmalig in Gronau gesehen. Danach verliert sich jede Spur. Er ist 188 cm groß, hat eine sportliche Figur, kurze dunkelblonde Haare und dunkelbraune Augen. Er soll zuletzt mit einer Jeanshose und einem grauen Anorak bekleidet gewesen sein.«

»Tom«, unterbrach ich ihn, »und wie können wir dir helfen?«

»Ich glaube, die Spur führt nach Leipzig«, gab Tom zur Antwort.

»Nach Leipzig? Wie nach Leipzig?«

Im September 1989 fassten Andy, also Andreas Menske, Ronny Müller, genannt Romeo, und seine Freundin Yvonne Kleine den Entschluss, die DDR zu verlassen. Ihrer Meinung nach würde in der DDR sowieso bald das Licht ausgehen, und es gebe nur einen Weg in die Freiheit: über die Tschecheslowakei nach Ungarn und über Österreich in die Bundesrepublik. Vor ihnen war es auch schon vielen gelungen. Andys Freund gelang die Flucht schon vor einem halben Jahr. Er wohnte jetzt in München.

Andy und Ronny kannten sich bereits aus der Schule. Gemeinsam überstanden sie auch die Lehre. Sie erlernten den Beruf eines Malers. Der Plan war schnell geschmiedet, die Gelegenheit günstig. Sie hatten schon oft den Gedanken, die DDR zu verlassen. Viele hatten es vor ihnen getan, endlich frei sein und einmal machen können, was man will. Reisen in die ganze Welt, außer vermutlich in die DDR, falls es sie noch geben würde. Egal, die kannte man ja schon fast 20 Jahre. Traumhaft schöne Gedanken. Am 20.09.1989 begann dieser Traum Wirklichkeit zu werden. Abfahrt 20.25 Uhr, Leipzig Hauptbahnhof in Richtung Prag. Ungewöhnlich, der Zug war pünktlich, und doch überkam plötzlich alle ein beklemmendes Gefühl. Es war still im Abteil, angsterregend still. Kurz vor Bad Schandau die erste Kontrolle, zum Glück nur Fahrkartenkontrolle.

»Wo soll's den hingehen?«, fragte im tiefsten Sächsisch der Schaffner.

»Nach Prag«, zischte Ronny.

Als der Schaffner das Abteil verließ, sagte er so vor sich hin: »Ja, bald sind wir nur noch allein hier.«

Yvonne war aufgeregt. »Der weiß, was wir vorhaben!«

Jedes Mal wenn sie aufgeregt war, bekam sie rote Flecken im Gesicht. Jetzt war es wieder soweit. »Die holen uns jetzt raus!«

»Zu spät«, knurrte Andy, »Halte dir etwas vor dein Gesicht, du verrätst uns ja alle mit deinen Flecken.«

Zum Glück ging alles gut. Die Flucht, oder der Weg in die Freiheit, verlief viel unspektakulärer als erwartet. In Österreich angekommen wurden sie per Bus in das Übersiedlerheim Schöppingen verbracht. Befragungen und Formalitäten. Dort trafen sie auch Landsleute, wie man hier so sagte, auch aus Leipzig. Mitte Oktober 1989 wurden sie in Gronau, in einer niedlichen, gut eingerichteten Wohnung untergebracht. Andy und Ronny bekamen sofort Arbeit, als Maler. Andy, also Andreas Menske, bei der Malerfirma Hermann. Dauerte nicht lange, Kündigung im Dezember 1989.

Das Telefongespräch dauerte jetzt schon 20 Minuten und meine erneute Intervention gegenüber Tom half nichts.

»Ich bin gleich fertig.«

Dabei hieß es früher immer so schön: Fasse dich kurz.

»Übrigens wollte dieser Andy eventuell auch wieder nach Leipzig zurück. Dahin, wo er hergekommen ist.«

»Wohin wollte er denn in Leipzig?«

Tom wusste es auch nicht und ich hatte den Eindruck einer Hilflosigkeit, die aus seinen Worten klang.

»Tom, was können wir für dich tun?«

»Ich weiß es nicht! Er ist wie vom Erdboden verschwunden. Seine Eltern sind hilflos. Er ist das einzige Kind.«

»Wo wohnen die Eltern?«

»In Leipzig, gibt es da eine Austel-Straße oder so ähnlich?«

»Ja, gibt es! Fritz-Austel-Straße.«

»Genau dort wohnen sie.«

»Hast du zufällig die Hausnummer? Auch wir haben lange Straßen mit nicht nur zwei oder drei Häusern.«

»Nein, habe ich nicht, wir werden es herausbekommen. Wir melden uns wieder.«

Ich rief Frank, genannte Fränki – ein erfahrener Mitarbeiter der Mordkommission, und Klaus, unser Superhirn, zu mir. Superhirn nannten wir ihn, weil er sich alles merken konnte und blitzschnell Zusammenhänge erkannte. Er war einer der erfolgreichsten in meiner Truppe. Rolf, der Meckerer, stand auch gleich in der Tür und wollte wissen, worum es geht. Eine Vermisstensache in Gronau und die Eltern wohnen hier in Leipzig. Tom hat mich angerufen, wir sollten noch einmal mit den Eltern reden. Das zum Freitag. Jeder vernünftige Mensch hat jetzt Feierabend.

Es war zwischenzeitlich schon 18.00 Uhr. Wie immer hatte Rolf etwas zu meckern. Eigentlich hatte er ja Recht. Ein Zwanzigjähriger ist verschwunden, wir trösten die Eltern und der liegt mit seiner Freundin in irgendeinem Bett. »Jungs, ich habe es Tom versprochen.«

Fränki und Klaus fuhren los und Rolf ging nach Hause. Im Gehen sagte er noch: »Wenn ihr mich braucht, ruft an.«

So war er, erst meckern, aber wenn er gebraucht wurde, war er immer da. Ein brillanter Kriminaltechniker.

* * *

Zwischenzeitlich ist es schon kurz vor Mitternacht. Das Konzert ist längst zu Ende, selbst die Bühne ist bereits aus dem Stadion der Red Bull Arena verschwunden, als uns ein freundlicher, aber sehr bestimmender Securitymitarbeiter erklärt, auch wir müssen jetzt das Stadion verlassen, wir seien die letzten Zuschauer.

Ich verabschiede mich von Uwe und fahre nach Hause. Alles geht in meinem Kopf durcheinander, da waren dieses Livekonzert von Udo Lindenberg, diese Fangruppe aus Gronau und diese unglaubliche Geschichte von Andreas Menske, den seine Freunde nur Andy nannten.

Am darauffolgenden Tag ruft mich kurz nach dem Frühstück Uwe an. Er will wissen, wie es in dem Vermisstenfall weiter ging. Und das zum Sonntag.

Wir treffen uns etwa eine Stunde später im Hotel Fürstenhof. Eines der feineren Hotels, eines der freundlichsten. Ich war schon öfters hier und fühlte mich von Anfang an wohl. Nette Bedienung und eine sehr gute Speisekarte. Hier kann man sich völlig ungestört mit Freunden oder Geschäftspartnern treffen.

»Was ist aus dem Fall geworden, ist er wieder aufgetaucht?«, so die Sprache unter Kriminalisten, wenn ein Vermisster plötzlich sich meldete und alle Aufregung für umsonst war. Uwe selbst war jahrelang einer der erfolgreichsten Kriminalisten in Leipzig, er will natürlich wissen wie es weiter ging. Als Pensionär interessiert er sich für alles, was in Leipzig passierte, natürlich besonders für Kriminalfälle.

* * *

Fränki und Klaus trafen kurz vor zwanzig Uhr bei der Familie Menske ein. Beim Betreten der Wohnung überfiel sie ein schauderhaftes Gefühl. Eine Mutter, angelehnt an ihren Mann, fragte unter Tränen: »Was ist mit meinem Sohn passiert? Lebt er noch?«

Auf eine derartige Reaktion waren Fränki und Klaus nicht vorbereitet. »Wir sind hier im Auftrag der Kripo Gronau und sollten Sie nur fragen, ob Sie etwas Neues über den Verbleib Ihres Sohnes sagen können.«

Plötzlich fing Frau Menske an zu schreien: »Ich will, dass Ihr meinen Sohn wieder zu mir bringt!«

Da war sie wieder, eine solche Situation: Geht mal hin und fragt, ob es etwas Neues gibt, und dann das. Der Mann stützte seine Frau und diese verfiel von einem Weinkrampf in den anderen.

Das Gespräch mit Herrn Menske war von der Besorgnis gezeichnet, seinem Sohn könnte etwas zugestoßen sein. Sein Gesicht war grau, viel zu grau und eingefallen für sein Alter, von Müdigkeit gezeichnet. Es war Angst die ihnen entgegenschlug. Angst, sie könnten mehr wissen und wollten es ihm nicht sagen. So war es aber nicht. Natürlich wollten sie nun etwas mehr wissen, als die Informationen, welche wir von Tom aus Gronau erhielten.

»Andreas ist unser einziger Sohn. Er hat uns viele Sorgen bereitet, aber welches Kind macht das schon nicht. Von seiner Flucht haben wir erst erfahren, als er bereits in Gronau war. Gemeinsam mit Ronny und Yvonne hatte er es im September 1989 über die Tschechoslowakei, Ungarn und Österreich in die Bundesrepublik geschafft. Andreas hatte nach anfänglichen Schwierigkeiten eine Arbeitsstelle gefunden und er verdiente auch gut. Fuhr einen Golf, zwar ein älteres Baujahr, und wir hatten den Eindruck er fühlt sich wohl. Zwar gab es hin und wieder Streit mit Ronny und Yvonne. Andreas sollte immer mehr Miete bezahlen als die beiden zusammen. Das ist nun mal so, wenn drei junge Leute auf so engem Raum wohnen. Übrigens wollte sich Andreas eine neue Wohnung nehmen, und ich glaube, er hatte auch schon etwas in Aussicht.«

Fränki entschuldigte sich bereits vorab bei Herrn Menske, weil er sicher diese Frage schon mehrmals beantwortet hat: »Wann haben sie Ihren Sohn das letzte Mal gesehen?«

»Es war im Sommer«, fiel die Antwort knapp aus.

Klaus schubste Fränki leicht mit dem Fuß unterm Tisch an. Beide hatten den gleichen Gedanken. Doch Herr Menske erzählte von sich aus weiter. Sie glaubten, er war froh sich mit jemand unterhalten zu können, aber vielleicht auch in der Hoffnung, von uns etwas Neues zu erfahren.

»Andreas wollte uns über Weihnachten und Silvester besuchen. Sein letzter Arbeitstag war der 14. Dezember. Abends wollte er noch die Betriebsweihnachtsfeier besuchen und dann sollte es ab nach Leipzig gehen. So gern wollte er mal wieder über den Weihnachtsmarkt schlendern. Glühwein trinken, mit Freunden treffen und gemeinsam sich über alte Zeiten unterhalten ... Wir haben uns auch gefreut, ihn seit so langer Zeit wiederzusehen. Seit dieser Zeit haben wir nichts mehr von ihm gehört.«

Die Stimme wurde immer schwächer und Tränen liefen über seine Wangen. Dann die Frage: »Er wird doch noch am Leben sein? Wissen Sie etwas, dann sagen Sie es mir, bitte.«

»Wir wissen nichts anderes, sonst würden wir es Ihnen sagen. Vielleicht hat er eine neue Liebe kennengelernt.«

»Ja, das haben die uns in Gronau auch gesagt, nur ich glaube nicht daran.«

Genau das falsche getroffen, dachte Fränki, *aber was soll man sonst sagen*, und wir wussten ja über den Fall relativ wenig. »Und Ronny und Yvonne, wissen die nichts?«

»Sie waren vor ein paar Tagen bei uns. Sie wissen auch nichts und machen sich genau solche Sorgen wie wir. Dabei wollten sie Andreas noch beim Umzug helfen, weil der Freund von Ronny, der übrigens auch aus Leipzig ist, in das Zimmer von Andreas' ziehen will. Es soll sich dabei um einen Daniel handeln. Andreas muss ihn auch kennen, von der Schulzeit her.«

Klaus zwinkerte Fränki unauffällig zu, was so viel heißen soll: Wir sollten uns jetzt aus dem Staub machen.

Sie verabschiedeten sich höflich und versprachen, sich sofort zu melden, wenn sie etwas Neues wissen würden. Auf die Frage von Herrn Menske, ob wir jetzt den Fall bearbeitet würden, antworteten sie: »Gemeinsam mit der Kripo von Gronau.«

»Und Sie sind von der Kripo Leipzig?«, fragte Menske.

»Ja«, sagte Klaus, »von der Morduntersuchungskommission.«

Als Herr Menske ›Morduntersuchungskommission‹ hörte, sagte er leise: »Also lebt er nicht mehr.«

»Nein, so dürfen Sie das nicht sehen«, sagte Fränki, »bei uns werden alle Vermisstenfälle durch die Morduntersuchungskommission bearbeitet.«

»Und warum wurde am heutigen Tag in den Westfälischen Nachrichten, Ausgabe Gronau, nach meinen Sohn gefahndet?«

»Herr Menske, das ist so üblich. Bitte beruhigen Sie sich. Sobald wir etwas Neues wissen, bekommen Sie sofort Bescheid.«

Was wir zu diesem Zeitpunkt nicht ahnten, es würde unser Fall werden.

Nach zwei Stunden wieder in der Dienststelle schrieben Fränki und Klaus die Routineprotokolle.

Ich telefonierte mit Tom.

»Und, gibt es etwas Neues?«, war seine erste Frage. Von mir gab es nur ein kaltes: »Nein. Ihr wisst doch schon alles. Wenn wir euch helfen sollen, müsst ihr uns schon etwas mehr erzählen. Es ist schon etwas komisch dieser ganze Fall, das haben übrigens meine Leute auch gesagt. Da fliehen Freunde gemeinsam, dann verschwindet einer und keiner kann dir sagen wohin, und es gibt auch keine Anzeichen dafür, wo der Kerl sich aufhält. Tom, hatte er Feinde, ist er womöglich tot?«

»Hör auf, dafür gibt es keinen, aber auch gar keinen, Grund oder einen Hinweis. Er war beliebt auf seiner Arbeitsstelle. Er hatte Freunde mit denen er die Disko besuchte.

Letztmalig hat man ihn am 14. Dezember dort gesehen. Alles anständige Jungs.«

»Jaja, solange man sie sieht.«

»Nein, hör auf, alle überprüft, und das mehrmals.«

»Es muss doch irgendein Haar in der Suppe sein.«

»Andreas Menske muss aber noch mindestens einmal nach dem 14. Dezember in seiner Wohnung gewesen sein.«

»Woher willst du das wissen?«, fragte ich Tom.

»Nach Auskunft der Nachbarn müssen über Silvester Personen in der Wohnung gewesen sein. Zumindest haben sie Geräusche wahrgenommen. Unsere Nachschau ergab, dass die Wohnung von Andreas Menske bis auf eine Cordmatratze leer war. Also leergeräumt.«

»Umgezogen oder leer geräumt?«

»So oder so«, antwortete Tom ziemlich gereizt.

Ich hatte seinen Nerv getroffen. »Tom beruhige dich, wir wollen doch nun die Sache gemeinsam klären. Dass er sein Zimmer leergeräumt und vermutlich bereits eine neue Wohnung hat, haben uns auch seine Freunde Ronny und Yvonne bestätigt.«

Mir schoss ein Gedanke durch den Kopf: *Woher sollten sie es wissen, wenn sie Andreas gar nicht mehr gesehen haben. Komisch oder blöd. Da stimmt doch etwas nicht.*

»Tom eine letzte Frage …«

»Ja, frag nur.«

»Wo ist das Auto von Andreas Menske , sein weißer Golf?«

»Keine Ahnung. Er wird sicher mit ihm unterwegs sein. Vielleicht ist er in Spanien oder Italien und wir reißen uns hier den Arsch auf.«

»Das ist nun mal unser Job.«

»Hast ja Recht, war nicht so gemeint. Übrigens steht hier in der Akte … warte mal einen Augenblick … am 24. Dezember hat er hier in Gronau noch getankt. Die Tankstellenbesitzerin kann sich noch genau daran erinnern. Andreas Menske hat für 40 oder 50 DM getankt. Er war allein an der Tankstelle. Also, was machen wir uns da für Sorgen. Ich glaube es nicht, zwei Seiten später kann es auch der 16. Dezember gewesen sein. Sie kann sich nicht mehr genau daran erinnern, aber einer von diesen beiden Tagen war es auf jeden Fall. Ja, ja einer dieser beiden Tage war es auf jeden Fall, wie oft haben wir dies schon gehört und dann stimmte nichts. Irren ist ja menschlich, hört man dann immer als Entschuldigung. Wir sind aber schon froh, wenn überhaupt jemand mit uns spricht, und wir erwarten dann eine nahezu perfekte Erinnerung.«

»Tom, nun übertreibe nicht.« Ich beendete das Telefonat mit freundlichen Grüßen aus Leipzig, und Tom grüßte freundlich aus Gronau.

Fränki und Klaus hatten ihr Protokoll geschrieben. »Wir haben uns sehr viel Mühe gegeben für die Kollegen in Gronau.« Es klang etwas ironisch, aber ich hatte Verständnis dafür. Sie wollten gerade gehen, da klingelte erneut das Telefon. »Hier ist Tom aus Gronau.«

»Was gibt es Tom?«

»In Kürze kommen seine Freunde Ronny und Yvonne noch einmal auf die Dienststelle.«

»Wieso, habt ihr etwas Neues?«

»Nein, du kennst es doch, in regelmäßigen Abständen Fragen, gibt es etwas was wir noch nicht wissen, und dann immer in der Hoffnung, er ist wieder da.«

»Tom, kannst du mir noch schnell zwei Fragen beantworten.«

»Ja aber mach schnell, die beiden sind schon da.«

»Hatte Andreas Menske in der Vergangenheit einen Arzttermin, und wurde von seinem Konto Geld abgehoben.«

»Ja, Ja.«

»Was ja, ja?«

»Beides trifft zu. Am 14. Dezember hatte er einen Zahnarzttermin und hat diesen nicht wahrgenommen.«

Dafür habe ich sogar Verständnis, dachte ich bei mir.

»Und Geld wurde auch abgehoben.«

»Wann genau war dies, Tom?«

»Moment, ich schaue doch schon nach. Am 12. Dezember hat Andreas Menske 1.500 DM von seinem Konto abgehoben. Wenn du jetzt wissen willst, ob es vielleicht der Freund von Andreas Menske war, der Ronny, nein, haben wir überprüft. Übrigens hatte diese Person auch die Bankkarte dabei. Nichts Auffälliges. Es gibt einen Zeugen, der Andreas Menske noch am 15. Dezember zwischen 20.30 Uhr und 21.30 Uhr gesehen haben will. Andreas Menske habe ihn auch noch gegrüßt, vor der Disko.«

»Tom, bist du dir sicher, dass Andreas Menske 1.500 DM abgehoben hat?«

»Nein«, sagte Tom, »ich glaube, wir denken das Gleiche. Die Beschreibung passt mehr auf Daniel Krüger, welcher in die Wohnung des Menske ziehen will und auch aus Leipzig stammt. Er war auch schon öfters in Gronau. Ist auch von Beruf Maler.«

»Tom, gibt mir seine Beschreibung.«

»Etwa 20 Jahre alt,170 bis 175 groß, schmächtig und dunkelblondes Haar.

Übrigens fehlen aus Menskes Wohnung mehrere Gegenstände, ein Fernseher, ein Videorecorder und so einiges mehr.«

»Was heißt und so einiges mehr? Könnest du dich etwas genauer ausdrücken?«

»Bei dem Fernseher handelt es sich um einen Farbfernseher der Marke ›Sharp‹ und bei dem Videorecorder um einen Typ ›Yoko‹. Keine Ahnung wie dieses Ding aussieht.«

»Sicher kannst du mir jetzt sagen, wo der Krüger in Leipzig wohnt.«

»Eigentlich nicht.«

»Was, du weißt nicht, wo der Krüger wohnt?«

»Naja der hat noch eine Schwester, die wohnt irgendwo in Mölkau. Gibt es so einen Ort bei euch?«

»Tom, Mölkau gehört zu Leipzig. Es wird Zeit, dass du mal nach Leipzig kommst. Unsere Stadt ist etwas größer als Gronau. Aber nur ein klein wenig«, scherzte ich.

Fränki und Klaus waren die ganze Zeit bei dem Telefonat zugegen. Sie wollten gerade mein Zimmer verlassen, als Klaus mit belehrender Stimme zu mir sagte: »Übrigens, wir sollten vielleicht doch langsam unseren Kriminaltechniker kommen lassen.«

»Ja, ich rufe ihn an. Ihr macht jetzt los, um Krüger oder seine Schwester aufzuspüren. Kommt Jungs legt los!«

Fränki und Klaus gingen zum Auto. Dort wartete schon Andrea, die Sekretärin, mit der Schreibmaschine und der Tasche mit allen Vordrucken. Klaus lästerte: »Wenn die in Gronau wüssten, dass wir sogar eine Schreibmaschine und Vordrucke haben, würden die glatt neidisch werden.

»Er hat ja recht, es reicht nicht einfach auszusagen, dass da mal drei in den Westen geflüchtet sind, einer fehlt und nun seht mal zu, ob er rein zufällig in Leipzig ist.« Fränki hörte im Gehen noch wie unser Chef mit dem Staatsanwalt gesprochen hat und alle Fahndungsgruppen zur Dienststelle befohlen hat. Er vermutet das Gleiche wie wir, aber keiner wollte es aussprechen: Nach so langer Zeit würden wir Andreas Menske nicht mehr lebend finden.

Fränki versuchte in die nachdenkliche Stimmung noch etwas Hoffnung zu bringen: »Die Hoffnung stirbt zuletzt«

»Ja ja«, antwortete Klaus, und Andrea unsere Sekretärin schien ziemlich genervt von Fränkis Sprüchen zu sein.

»Hier wohnt die Schwester von Daniel Krüger. Nur sie heißt nicht Krüger.«

»Logisch«, sagte Andrea, »Ist vielleicht verheiratet.«

Nach einem kurzen Klingeln öffnete eine gutaussehende Frau, Mitte dreißig.

»Mordkommission Leipzig. Ist Ihr Bruder Daniel rein zufällig da?«

»Ach, es geht bestimmt um Andreas Menske. Kommen Sie doch herein. Mein Bruder arbeitet noch.«

Es war zwischenzeitlich fast 23.00 Uhr und das zum Freitag. »Als Maler macht er abends immer etwas länger, naja will sich noch etwas dazuverdienen. Er müsste aber bald kommen. Wissen Sie denn schon etwas Neues über Andreas?«

»Nein, das wollten wir eigentlich Daniel fragen. Wohnt Daniel eigentlich bei Ihnen?«

Der Mann von Daniels Schwester verzog sein Gesicht. »Also ja. Er wollte sich schon lange etwas suchen, aber so genau scheint er es damit nicht zu nehmen.«

Jetzt griff Daniels Schwester ein: »Er hat uns auch die Wohnung gemalert und wollte ja vielleicht wieder nach Gronau. Dort hat es ihm gefallen, und Aussicht auf Arbeit hat er auch, übrigens dort, wo Andreas gearbeitet hat.«

»Was heißt gearbeitet hat?«, ging Klaus etwas unfreundlich dazwischen. »Ich meine arbeitet. Andreas und Daniel haben sich gut verstanden.«

»Wie meinen sie das?«

»Andreas will sich eine neue Wohnung zulegen und sich völlig neu einrichten. Er hat ja Daniel viele seiner Sachen geschenkt.«

»Was denn für Sachen?«, wurde Fränki etwas unpassend laut. Sie zeigte uns einen Farbfernseher vom Typ ›Sharp‹ und einen Videorecorder ›Yoko‹. *Treffer*, ging es Klaus und Fränki durch den Kopf. Blicke sagten alles.

»Bis Daniel eine neue Wohnung hat, dürfen wir diese Geräte nutzen, zumindest was den Fernseher und den Videorecorder betrifft.«

»Das glaube ich nicht«, erwiderte Klaus.

»Wieso?«

»Diese Gegenstände wurden aus Andreas' Wohnung unmittelbar nach seinem Verschwinden gestohlen.«

»Nein, nein, das kann nicht sein.«

»Doch«, sagte Klaus, »und wir werden jetzt diese Gegenstände alle beschlagnahmen.«

»Ich wusste ja schon immer, etwas stimmt damit nicht. Wer verschenkt schon einen Farbfernseher und einen Videorecorder. Das Zeug ist so gut wie neu.«

»Halt deinen Mund!«, schrie Daniels Schwester, »Du weißt immer alles besser!«

»Streiten können Sie sich danach, wenn wir weg sind.«

Rolf war zwischenzeitlich auf der Dienststelle eingetroffen. Völlig entspannt. So kannte man ihn selten. »Nach allem, was ich gehört habe, stinkt doch etwas an der Sache. Ganz sicher, es sieht nicht gut aus. Wir brauchen unbedingt Daniel Krüger.«

Langsam begann die Zeit der Anspannung: Wie wird es weitergehen, und liegen wir mit unserer Überlegung richtig, dass Andreas Menske tot ist?

Das Telefon klingelte, Tom aus Gronau. Rolf winkte ab: »Ich koche uns erst einmal einen Kaffee.«

»Tom, was gibt es?«

Auf diese Frage war Tom nicht gefasst. »Ich wollte wissen, ob es bei euch etwas Neues gibt.«

»Wir haben die Schwester von Daniel Krüger gefunden. Übrigens wohnt der Daniel bei ihr und ihrem Mann.«

»Hat er was gesagt, wo sich Andreas Menske aufhält.«

»Er arbeitet noch.«

»Was um diese Zeit? Macht er bestimmt wegen dir oder wegen uns. Er gönnt uns nun einmal kein Wochenende und das beginnt gewöhnlich mit dem Freitag.«

»Tom, gibt es bei dir etwas Neues?«

»Nein … oder doch. Ronny und Yvonne waren etwa zwei Stunden noch auf der Dienststelle. Keine neuen Erkenntnisse zum Verbleib von Andreas Menske. Bemerkenswert ist aber, auf einem Polaroidfoto hatte eine Bankangestellte eine Person wiedererkannt, welche vom Konto des Menske Geld abgehoben hat. Sie erkannte den Daniel Krüger wieder.«

»Dann haben wir ja etwas«, unterbrach ich Tom.

»Tom, wir haben den Fernseher und Videorecorder von Andreas Menske in der Wohnung seiner Schwester beschlagnahmt. Ich bin mir ganz sicher, Andreas Menske lebt nicht mehr. Alle meine Leute der Mordkommission befinden sich in der Dienststelle.«

»Ronny und Yvonne sind auch auf den Weg nach Leipzig. Dann wird es ja eine tolle Nacht. Sind es deine Vermutungen oder wisst ihr schon mehr.«

»Tom, wir haben den Fernseher und den Videorecorder. Geld soll er auch abgehoben haben. Zeugenaussagen, er wurde am 14. Dezember, dann am 15. Dezember in der Disco gesehen und zuletzt am 16. oder 24. Dezember beim Tanken. Ich glaube alles stimmt nicht. Er ist seit dem 14. Dezember tot, meine Vermutung. Wenn es etwas Neues gibt, rufe ich dich an.«

»Unbedingt, ich bleibe im Büro. Kann aber eine lange Nacht werden. Egal, ich will es jetzt auch wissen. Ruf mich aber als ersten an, wenn es etwas Neues gibt, damit ich meinen Chef verständigen kann. Nicht, dass er es von jemand anderen erfährt.«

»Versprochen Tom.« Ich beendete das Gespräch mit den Worten: »Bis bald«.

Wo ist Daniel Krüger? Das war die alles entscheidende Frage.

Angeblich würde er im Süden von Leipzig für das Rote Kreuz Zimmer malern. Fränki und Klaus wurden in der

Wohnung der Schwester von zwei Kollegen der Fahndungsgruppe abgelöst. Die beschlagnahmten Gegenstände waren auf der Dienststelle. Doch wo war Daniel Krüger? Ungewöhnlich. Fast Mitternacht und er sollte noch arbeiten? Eine Nachfrage beim Roten Kreuz brachte den Hinweis. In Mölkau, unweit der Wohnung seiner Schwester, war er als Maler tätig. Fränki und Klaus fuhren zu der genannten Adresse. Im dritten Stock brannte Licht. Zwei Zimmer waren hell erleuchtet und tatsächlich stand ein junger Mann auf der Leiter und strich die Decke. Richtig professionell machte er es. Ansonsten stockdunkel, zum Fürchten. Die Eingangstür war offen. Ein völlig unbewohntes Gebäude. Wird sicherlich erst renoviert. Im dritten Stock angekommen, brannte zwar Licht in dem großen Raum und auch die Leiter lehnte an der Wand. Wo war Krüger. Hat er sie gehört? Blödes Ding, wenn er ihnen jetzt durch die Lappen gegangen wäre, was so viel bedeutet hätte: Ihr habt euch dumm angestellt. Plötzlich aus dem Dunkel eines Nebenraumes eine Stimme. »Suchen Sie mich?, fragte diese unbekannte Stimme, oder war es die Stimme von Krüger, von Daniel Krüger. Fränki und Klaus, zwei abgebrühte Kerle, zuckten zusammen. Fränki hatte die Hand schon an seiner Pistole.

»Das brauchen Sie nicht, ich bin nicht gefährlich.« Langsam kam die Gestalt aus dem Dunkeln. Ein junger Mann. Er wirkte freundlich und vielleicht auch etwas gelöst. »Schön geworden oder?«

»In der Tat gut gelungen dieses Zimmer. Die Tapete gut ausgewählt. Hier werden sich die alten Leute wohlfühlen, bestimmt, ganz bestimmt.«, sagte Krüger mit nachdenklicher Stimme.

»Deswegen waren wir aber nicht hier.«

»Sie suchen mich?«

»Wir suchen Daniel Krüger.« Die Personenbeschreibung von Tom passte.

»Das bin ich.«

»Würden Sie uns zur Dienststelle begleitet.«

»Sehr gern«, antwortete er, »Eigentlich habe ich schon auf Sie gewartet. Mit meiner Arbeit hier bin ich fertig.«

Ein wenig war er stolz darauf und irgendwie wollte er zum Ausdruck bringen, ich habe etwas geschaffen und das wird bleiben.

»Gehen wir«, sagte er und brannte sich noch eine Zigarette an. Tief nahm er den ersten Zug auf Lunge und begleitete Fränki und Klaus zum Auto. Im Auto fragte er völlig unmotiviert und von sich aus: »Sie suchen doch nicht mich, sondern Andreas Menske?«

»Wissen Sie wo er ist?«, fragte Fränki und wartete gespannt auf die Antwort.

»Sie haben mich in Leipzig gefunden und hoffen über mich, den Andreas zu finden? Hat Ihnen Ronny oder Yvonne schon etwas erzählt?«

Fränki und Klaus schwiegen. »Also nicht«, beantwortet Daniel Krüger sich selbst seine Frage

»Woher wollen Sie das wissen?«, konterte Klaus.

»Sonst hätten Sie etwas zu mir gesagt und nicht geschwiegen. Kriminalisten erzählen auch gern wenn sie etwas wissen.«

Stimmt, dachten Fränki und Klaus und sahen sich betroffen an.

In der Dienststelle angekommen, war schon ein reges Treiben im Gange. Eine der typischsten Fragen, die uns unser Chef immer stellte, kam wie aus der Pistole geschossen: »Wie sieht es aus, hat er schon etwas gesagt?«

Kopfschütteln.

»Wir werden jetzt mit der Vernehmung beginnen.« Fränki und Klaus verschwanden mit Daniel Krüger im Vernehmungszimmer.

Ich sah mir ihn vom Nebenzimmer an, durch einen Spiegel. Krüger konnte mich nicht sehen, ich aber ihn. Er wirkte sicher und gelassen. Zog seine Wattejacke aus und hängte sie über den Stuhl, trank einen Kaffee, welchen Andrea, unsere Sekretärin, ihm gebracht hatte. Krüger wirkte wie ein Kind. Er ein Mörder? Warum Mörder? Vielleicht hat er das Geld nur aus einer Notlage abgehoben. Ist natürlich auch eine Straftat, aber deshalb einen Mord zu begehen. Langsam kamen auch bei mir Zweifel. Diese kommen regelmäßig. Niemanden traut man einen Mord zu und dann!

Rolf unser Kriminaltechniker nahm die Wattejacke und begann mit der Spurensuche. Sein Motto: Jedem Gegenstand, und in diesem Fall der Wattejacke, haften Spuren des Verbrechens an, falls damit ein Verbrechen begangen wurde. Eine gewisse Einschränkung darf es schon geben. Wie immer scherzte er, auch wenn uns nicht immer zum Scherzen zumute war. »Das Rote an der Wattejacke muss ja nicht gleich Blut sein.« Jeder sah, dass es Malerfarben waren. Er sagte gleich darauf: »Man weiß ja nie.«

Nach etwa dreißig Minuten kam Fränki mit ernstem Gesicht aus dem Vernehmerzimmer und sagte zu mir: »Kannst den Staatsanwalt anrufen. Sie haben Andreas Menske umgebracht.«

Eisiges Schweigen breitete sich im Zimmer aus.

»Chef, einen Kaffee?«, fragte Andrea.

»Ja, jetzt brauche ich einen Großen.«

Jeder wusste, was jetzt auf uns zukam. In diesem Augenblick klingelte das Telefon. Es war Andreas' Mutter. Mir stockte der Atem. Was sollte ich ihr jetzt sagen. Ich verstellte mich, sie durfte es auf keinen Fall zum jetzigen Zeitpunkt erfahren. Das schlimmste sind immer die Todesnachrichten.

»Ja, Frau Menske, was gibt es?«

»Ich habe gehört das Ronny und Yvonne, Sie wissen schon, die Freunde von Andreas, morgen nach Leipzig kommen. Sie wollen mich besuchen, sicher wissen sie etwas Neues über Andreas. Das wollte ich Ihnen nur mitteilen.«

»Danke Frau Menske. Rufen Sie mich doch bitte morgen an, wenn Sie etwas Neues erfahren.«

»Mache ich und vielen Dank. Einen schönen Abend noch.«

Es war zwischenzeitlich nach Mitternacht. Schön war der Abend wirklich nicht. »Andrea, verbinde mich mit dem Staatsanwalt.«

»Mache ich Chef.«

Der Staatsanwalt, welcher zuständig für die Bearbeitung Tötungsdelikte war, ist einer meiner besten Freunde. Wie oft waren wir schon gemeinsam im Einsatz, und wie viele Fälle haben wir schon geklärt? Peter meldete sich und fragte wie immer: »Was gibt es?«

»Peter wir haben ein Tötungsdelikt an einem jungen Mann.«

Kaum hatte ich dies ausgesprochen, begann er auch schon wie immer gleich zu fragen: »Haben wir den Täter, wann ist die Tat geschehen?«

Ich unterbrach ihn und sagte: »Diesmal ist alles etwas anders.«

»Ich komme«, antwortete er knapp.

»Peter wir holen dich ab, es könnte etwas länger dauern.«

»Einverstanden.«

Jetzt kam Klaus aus dem Vernehmerzimmer. »Der Krüger ist fix und fertig und weint nur noch. Auf meine Frage woher er den Farbfernseher ›Sharp‹ und den Videorecorder ›Yoko‹ habe, antwortete er, dies von dem Andreas Menske erhalten zu haben. Der wollte sich doch sowie so eine neue Wohnung einrichten.« Er holte sich eine Tasse Kaffee und Zigaretten und verschwand wieder zu Fränki und Krüger.

Krüger merkte gleich, dass er zwei erfahren Kripoleuten gegenübersaß und sie ihn ganz mitleidig ansahen.

Fränki sagte: »Also geschenkt bekommen. Warum schenkt eigentlich nicht uns jemand mal einen Fernseher, einen Farbfernseher und dazu noch einen Videorecorder? Komisch.«

Krüger fragte nach einer Zigarette. Klaus holte die Vernehmerzigaretten. Ernte 23. Vor kurzem waren es noch F6. Wie sich die Zeiten ändern.

»Die Leiche befindet sich in der Nähe von Leipzig!«, platzte Krüger dazwischen.

»Wie in der Nähe von Leipzig ?«

»Sie haben den Menske in Gronau umgebracht und nach Leipzig gebracht?«

Klaus machte weiter und ich versuchte Tom in Gronau zu erreichen. »Tom, wir haben Neuigkeiten, und wie versprochen erfährst du es als Erster. Ronny Müller und Daniel Krüger haben den Menske umgebracht.«

Am anderen Ende des Telefons wurde es ganz still. »Wie, umgebracht?«, fragte Tom mit leiser Stimme.

»Tom, wir sind mitten in der Vernehmung. Ich halte dich auf dem Laufenden.«

»Und wo ist die Leiche?«

»Hier bei uns in Leipzig.«

»Braucht ihr von uns Unterstützung in Leipzig?«

»Tom, wir sind Profis genug. Wir beherrschen unser Handwerk.«

Von diesem Zeitpunkt an erklärte die Staatsanwaltschaft Leipzig ihre Zuständigkeit und beauftragte die Morduntersuchungskommission Leipzig mit der Bearbeitung des Falles. Nach zwei Stunden Vernehmung stand fest: Ronny Müller und Daniel Krüger haben in den späten Nachmittagsstunden des 14. Dezember Andreas Menske in der gemeinsamen Wohnung in Gronau mit einer Eisenstange erschlagen, als er aus der Duschkabine kam, um sich für die bevorstehende Weihnachtsfeier vorzubereiten. Da er nicht sofort tot war, drosselte ihn Ronny Müller mit einem Kabel, welches er zuvor von einem Bügeleisen abgeschnitten hatte. Da dieses riss, nahm er eine Feinstrumpfhose von seiner Freundin Yvonne und drosselte ihn bis der Tod eintrat. Andreas Menske hatte keine Chance zur Gegenwehr. Beide beseitigten die Blutspuren in der Küche und begaben sich danach in einen Baumarkt und kauften blaue Mülltüten. In diese und danach in eine Zeltplane wickelten sie den Menske ein und verbrachten ihn in den Abstellraum. Die zwischenzeitlich nach Hause gekommene Yvonne erfuhr von dieser schrecklichen Tat. In den frühen Morgenstunden brachten sie die Leiche des Menske in das Auto von Ronny und fuhren nach Leipzig. Yvonne brachten sie wie gewohnt zur Arbeit.

Ursprüngliches Ziel war es, die Leiche in einer Parkanlage in Holzhausen zu vergraben. Dies misslang jedoch, weil sie dabei zufällig ein Fußgänger störte. Letztendlich wurde die Leiche zwischen der Ortschaft Kleinpösna und der Autobahn Leipzig-Dresden in einem Graben abgelegt. Auf die Frage warum sie Andreas Menske umgebracht haben, antwortete Krüger und auch Müller, welcher gemeinsam mit seiner Freundin am Sonnabend den 19.01.1991 gegen 10.00 Uhr vor seiner Wohnung festgenommen wurde, »Andreas sollte nicht merken, dass wir von seinem Konto Geld abgehoben haben. Er hätte uns mit Sicherheit angezeigt, und so haben wir uns entschlossen ihn zu töten.« Der gesuchte weiße VW Golf von Andreas Menske wurde durch Daniel Krüger genutzt.

In der Nacht noch suchten wir gemeinsam mit Krüger die Stelle auf, an welcher sie den toten Menske abgelegt hatten. Es war eine der kältesten Nächte, minus 15 Grad. Erst waren wir uns unsicher, ob wir den Ort überhaupt finden würden. Wir fuhren im Dunkeln an Feldern vorbei, manchmal wussten wir schon nicht mehr wo wir waren, und Krüger immer ganz sicher: »Links ... rechts ... den Feldweg entlang und da, wo dieses erleuchtete Werk oder Aufbereitungsanlage steht, befindet sich ein langer Graben zwischen der Baumreihe.«

Peter, der Staatsanwalt, und ich waren uns einig: Zur Glaubwürdigkeit brauchten wir die Leiche. Nach etwa einer Stunde fanden wir dieses Paket in einem Graben. Krüger begleitete uns unter Bewachung. »Da ist er«, sagte Krüger.

Ja, in dieser Zeltplane befand sich Menske, der ermordete Andreas Menske. Ein schauderhafter Anblick.

Am 19.11.1991 erließ das Kreisgericht Leipzig Stadt gegen Daniel Krüger und Ronny Müller Haftbefehl wegen Mordes. Die Untersuchungshaft wurde für beide angeordnet.

Nun gab es noch einen Gang, wie wir es gewohnt waren zu sagen, es ist immer der schlimmste. Den Eltern von Andreas Menske zu erklären, dass ihr geliebter Sohn ermordet wurde. Ermordet von seinen Freunden. Es war sehr schwer für mich, sehr schwer.

Dies war der erste Fall, bei dem Kripobeamte aus West und Ost Hand in Hand arbeiteten und sich gegenseitig schätzen lernten. Die Morduntersuchungskommssion des Bezirkes Leipzig löste sich kurz danach aus den verschiedensten Gründen auf. Profis, die ihre Arbeit verstanden.

* * *

Es ist schon sehr spät geworden. Uwe bedankt sich bei mir, und gemeinsam verlassen wir wortlos das Hotel. Wir würden uns sowie so bald wiedersehen.

Traude Engelmann

MARLENE UND MARION

Schlampe. Diebin. Blöde Kuh. Und so weiter und so fort. Wie viele kränkende Worte es waren, die ihr galten, weiß Marion nicht mehr zu sagen. Jedoch ist sie sicher, dass ihr damit nicht zu unrecht der Kopf gewaschen wurde. Oder besser gespalten. Denn während sie sich im Korridor ihrer Wohnung den Mantel herunterreißt, fühlt Marion sehr schmerzhaft, wie die beiden Kontrahenten ihres derzeitigen Gefühlslebens gegeneinander antreten – tiefe Verletztheit und schlechtes Gewissen. Wobei Letzteres eindeutig den Sieg davonträgt. Denn einen solchen schwerwiegenden Anlass für einen Wutausbruch hat Marion ihrer geliebten Zwillingsschwester Marlene weiß Gott noch nie gegeben. Bestehend in einem finanziellen Verlust von sage und schreibe einer knappen Million Euro. Niemand könnte einen solchen Schicksalsschlag still und gelassen ertragen.

Musste die Erfahrung mit der Aktie so übel enden? Sie selbst, Marion, war es, die Marlene damals den gemeinsamen Einstieg vorgeschlagen hatte. Denn der Konzern, der damit gestützt wurde, ließ Riesengewinne erwarten. Nichtsdestotrotz erwiesen sich alle verführerischen Prognosen später als unhaltbar. Zwar nährte der Kurs eine Zeit lang die schönsten Hoffnungen, indem er steil nach oben strebte und die Anleger in Sicherheit wiegte. Dann aber, als er stürzte, tiefer als jemals zuvor, waren nicht allein die schönen Hoffnungen dahin. Denn ihnen beiden, den ach so optimistischen Neueinsteigerinnen, blieb nur noch der Schatten des Wertes, den ihr Anteil am Anfang besessen hatte. Womit die Hälfte der in Jahrzehnten zusammengeschufteten Hinterlassenschaft der Eltern auf der Strecke geblieben war. Weshalb nun auch die schönsten Wünsche an die Zukunft zu begraben sind. Für sie selbst, Marion, wird es kein Haus mit Garten geben und für Marlene nicht die geringste Möglichkeit, das kränkelnde Unternehmen ihres Ehemannes mit einem kräftigen Zuschuss zu stabilisieren. Dabei war die Schwester allein dieser Absicht zufolge in das verheißungsvolle, aber gefährliche Börsengeschäft mit eingestiegen. Und aus Vertrauen zu ihr, Marion.

Verdammt, sie hat alles vergeigt – den Mammon, die Investition, den Familienzusammenhalt. Und warum? Wegen einer klitzekleinen Nachlässigkeit kurz vor dem Verkauf der Aktie. Marlene hatte unüberhörbar das Wort »sofort« ausgesprochen, aber sie, die offizielle Inhaberin, konnte es nicht lassen, die strikte Anweisung eine Weile zu ignorieren – um der Hoffnung auf einen erneuten Kursanstieg willen. Einer Illusion, der ein Vermögen zum Opfer fiel. Voller Verzweiflung schenkt sich Marion einen Kognak ein. Dann einen zweiten. Dann einen dritten. So gelingt es ihr nach und nach, das Unglück und seine Begleiterscheinungen aus einem selbstgerechteren Blickwinkel als bisher zu betrachten. Schließlich, meint sie demzufolge, sei sie nicht minder benachteiligt als die strenge Schwester. Auch habe sie für diese doch immer alle Hebel in Bewegung gesetzt, um deren eigenwillige Wünsche zu erfüllen. Und ihr einige Schwächen nachgesehen. Aber sicher. Müsse sie sich nun ausgerechnet von dieser Seite einen solchen Ausbruch von Hass bieten lassen? Nein, nein, nein. Schluss mit dem Ducken vor verbaler Gewalt. Nachträglich stellt Marion fest, dass ihr allein der Schwager den Ruin seiner Erfolgsaussichten nicht vorwarf. Obwohl doch auch er allen Grund dazu gehabt hätte.

Aber Ingo ist eben ein durch und durch feiner Mensch. Schon damals, als er sich zum ersten Mal an Marlenes Seite zu Besuch bei Marion aufhielt, beeindruckte er sie mit seiner Sachlichkeit, seinem Gerechtigkeitssinn, seiner Intelligenz. Nicht zu vergessen seinem guten Aussehen. Was ihr eigentlich am allerwenigsten entgangen ist. Muskulöse Gestalt, markantes Gesicht, dunkles Lockenhaar. Und dieser stählerne Blick. Einmalig. Marlene dürfte mit ihrem Partner ein ungeheures Glück gewonnen haben. Manchmal fragt sich Marion, welchen Weg dieses Glück eingeschlagen hätte, wenn Ingo ihr selbst eher begegnet wäre als der Schwester. Zumal sie beide sich äußerlich ähneln wie das berühmte eine Ei dem anderen. Also austauschbar sind. Aber Ingo scheint das gar nicht zu merken. Damals, als Marlene im Krankenhaus lag, hat Marion nicht ganz selbstlos deren Haushalt übernommen, aber sich von dem daheimgebliebenen Schwager ziemlich ignoriert gefühlt. Auch leistete er seinen Dank lediglich mit einem kräftigen Handschlag ab. Ganz wie sich das für einen treuen Ehemann gehört.

Nach dem vierten Kognak gelingt es Marion, ihre Gedanken in eine andere Richtung zu lenken. Das Buch fällt ihr ein, das Ingo ihr vorhin trotz des grußlosen Abschieds voneinander noch rasch zugesteckt hat. Es trägt den Titel ›Die Erotik guten Essens und Trinkens‹ und spricht auch mit der bildlichen Gestaltung alle Leidenschaften an, zu denen sich Marion gern bekennt. Nunmehr lächelnd zieht sie das Mitbringsel aus ihrer Tasche und wirft sich damit auf die Couch – entschlossen, diesem Tag trotz aller bisherigen Niederlagen auch noch eine amüsante Seite abzugewinnen. Aber schon in dem Moment, als sie das Buch aufschlägt, vergisst sie dieses Vorhaben. Denn ihr fallen zwei Eintrittskarten entgegen. Geltend für den heutigen Abend. Opernhaus. Ballett ›Schwanensee‹. Exzellente Besetzung. Die den hohen Preis wahrscheinlich rechtfertigt. Vor allem gegenüber Liebhabern des Musiktheaters. Wie es Ingo und Marlene sind.

Marion springt auf und stürzt zum Telefon. Ihr ist eingefallen, dass Schwager und Schwester schon vor Tagen von der Absicht geschwärmt haben, die herausragende Aufführung nicht verpassen zu wollen. Beginn zwanzig Uhr. Noch eine gute Stunde bis zu diesem Zeitpunkt. Wenn die beiden Musikfans nicht die Nerven verloren haben, könnte alles klappen. Leider aber kommt weder der Ruf über ihren festen noch ihren mobilen Anschluss an. Sind sie schon auf dem Weg zur Oper? Marion entschließt sich, ihren angeschlagenen Zustand zu verdrängen und im Interesse friedlicher Wiedergutmachung nichts unversucht zu lassen. Spontan wirft sie sich den Mantel wieder über und holt das Auto aus der Garage. Als sie das Foyer des Opernhauses betritt, ist eine halbe Stunde vergangen. Noch sind nur wenige Besucher versammelt und die Gesuchten nicht darunter. Das wird trotzdem, redet sich Marion ein, zu viel Pech an einem einzigen Tag darf es nicht geben.

Aber als die große Menschenmasse ohne Marlene und Ingo an ihr vorbeigezogen und im Zuschauerraum verschwunden ist, wird sie anderen Sinnes. Sie verkauft die Karten an zwei leer ausgegangene Nachzügler. Dann fährt sie zu dem Siedlungshaus, das sie vor wenigen Stunden im Zorn verlassen hat. Hinter keinem der Fenster brennt Licht, und das mehrmalige langanhaltende Klingeln verhallt, ohne eine Reaktion zu erzeugen. Was soll das bloß bedeuten? Zuletzt ruft Marion per Handy Uwe Schulze an, der in Ingos Firma als Prokurist arbeitet und als sehr vertrauenswürdig gilt. Aber auch er ist nicht zu erreichen. Daraufhin macht Marion kehrt und fährt zurück in ihre Wohnung. Auf dem Korridor verharrt sie eine Weile. Irgendetwas Fremdes scheint den Raum zu beherrschen. Dieses Gefühl stützt sich aber lediglich auf das winzige weiße Papierröllchen, das unten auf dem Dielenboden liegt und ihr sicher selbst aus der Tasche gefallen ist. Wenn sie auch nicht weiß, wie es hineingeraten sein könnte.

Im Wohnzimmer will sich Marion gerade wieder auf die Couch werfen, als sie feststellt, dass die Tür zum Schlafzimmer einen Spaltbreit offensteht. Hat sie das vor ihrem Weggehen übersehen? Und woher rührt der rote Fleck am Pfosten? Nachdem sie mit wenigen Schritten dort angelangt ist, erkennt sie, dass der rote Fleck aus Blut besteht. Blut? Wieso Blut? Eine plötzlich entstandene Unruhe veranlasst sie, heftig gegen das Türblatt zu treten. Das aber nur etwa einen halben Meter zurückweicht und dann blockiert. Mit einer raschen, geschmeidigen Bewegung schiebt sich Marion ins Schlafzimmer, um sofort einen Entsetzensschrei auszustoßen. Denn zu ihren Füßen breitet sich nun sogar eine große Blutlache aus. Worin starr und stumm ein Mensch liegt. Der merkwürdigerweise nur Marlene sein kann. Aber tot ist.

Tot? Natürlich tot. Marions Bewusstsein sträubt sich gegen diese Botschaft. Horrorgeschichten mochte sie noch nie. Deshalb wünscht sie sich weit weg von diesem penetranten Ort, an den sie zu ihrer Qual sicher ein Teufel geschickt hat. Und siehe da, es scheint auch Engel zu geben. Von denen einer sie in eine Wolke hüllt. In deren sanfter Fülle sie ohne wahnsinnig zu werden tun kann was zu tun ist. Zum Telefon schweben. Den Hörer abnehmen. Drei Ziffern eingeben. Auf einige Fragen antworten. Sich fallen lassen. Und auflösen in nichts.

Als sie wieder zu sich kommt, liegt sie erneut auf der Couch, und in ihrer rechten Armbeuge klebt ein Pflaster. Das Wohnzimmer wimmelt von Menschen – uniformierten, weiß bekittelten, weiß vermummten und solchen, die Zivil tragen. Die Tür zum Schlafzimmer steht jetzt weit offen, sodass dahinter ein unabgedeckter Sarg sichtbar wird. Darin liegt Marlene. Marion begreift es nicht. Was hat sie denn mit diesem unfassbaren Szenario hier zu schaffen? Weiß es der junge Mann in Jeans und Lederjacke, der jetzt auf sie zukommt?

»Hauptkommissar Robert Männlein«, stellt sich der junge Mann vor und setzt sich ungeniert auf die Kante der Couch. »Na, Frau Leonhardt, Streit gehabt?«

»Wer?«, stellt sich Marion ahnungslos, obwohl ihr plötzlich alles wieder bewusst ist – die Aktie, die Auseinandersetzung, die Fahrt in die Oper und zurück, die Heimkehr.

»Dass es sich um Sie und Ihre Schwester Marlene Wagner handelt, wissen Sie besser als ich. Es ist schon spät. Also bitte, lassen Sie es uns kurz machen. Sie hat Sie beleidigt, gedemütigt, vielleicht geschlagen. Im Gegenzug haben Sie einen schweren Gegenstand zur Hand genommen und ihr eine über den Schädel gezogen. Ich sage ja nicht, dass es nicht aus Notwehr passiert ist. Nein, Sie sollen jede Chance erhalten, dass Ihnen mildernde Umstände zuerkannt werden.«

»Mir? Warum? Ich habe keinen schweren Gegenstand zur Hand genommen. Ich wüsste gar nicht welchen.«

»Das Bügeleisen dort auf dem Fußboden. Ihr Bügeleisen, Frau Leonhardt. Nicht zur Hand genommen?«

»Ach so, ich hatte es nicht weggeräumt. Aber als meine Schwester zu Tode kam, war ich abwesend.«

»Abwesend, aha. Von wann bis wann?«

»Zwischen neunzehn und einundzwanzig Uhr.«

»Beweise?«

»Zwei Opernkarten für den heutigen Abend. Hier, in diesem Buch habe ich sie unwissentlich mit nach Hause genommen, aber schon kurz danach gefunden. Ich wusste, dass meine Schwester und mein Schwager versessen waren auf die neue Inszenierung von ›Schwanensee‹. Deshalb bin ich zur Oper gefahren und dann, nach Vorstellungsbeginn, zu ihnen nach Hause. Leider vergeblich.«

»Kann es sein, dass die beiden hier auf Sie gewartet haben?«

»Wenn ja, hätten sie vorher angerufen. Aber da war nichts. Auch auf meine Anrufe hin haben sie nicht reagiert.«

»Dann händigen Sie mir bitte mal die Opernkarten aus!«

»Die habe ich in letzter Minute verkauft.«

»Tatsächlich? Dann gibt es ja gar keine Beweise für Ihre Abwesenheit Eigentlich müsste ich Sie auf der Stelle festnehmen. Aber die Ärztin dort spricht von akuter psychischer Belastungsreaktion und schließt Fluchtgefahr aus. Ich hoffe, sie hat recht. Und nun brauche ich dringend ein paar Auskünfte über Ihre Schwester. Am besten von Ihrem Schwager. Ich nehme an, er weiß noch von nichts. Oder war auch er hier und hat an dem blutigen Gerangel teilgenommen? Dann könnte es sein, dass …«

Der letzte Satz geht in einem langanhaltenden schrillen Klingelton unter. Offensichtlich steht jemand an der Wohnungstür. Wie auf Kommando unterbrechen sämtliche Leute im Raum, in welcher Haltung sie sich auch befinden, ihre Arbeit und rühren sich nicht. Aller Augen sind auf den Kommissar gerichtet. Dieser gibt dem Uniformierten, der auf dem Korridor Posten bezogen hat, einen kaum wahrnehmbaren Wink und setzt ihn damit in Bewegung. Im selben Moment, als der Polizist die Wohnungstür öffnet, stürmt vom Treppenhaus ein Mann herein. Durchquert den Korridor. Erscheint schwer atmend im Wohnzimmer. Sieht sich suchend um. Die beiden weiß Vermummten, die soeben noch am Türpfosten zum Schlafzimmer gekauert haben, springen wie auf Befehl zur Seite und geben den Blick auf den unabgedeckten Sarg frei. Der Mann brüllt auf wie ein angeschossenes Tier, vollführt einen gewaltigen Sprung und wirft sich über die Tote. Dann stößt er etliche gequälte Schreie aus. Bis er verstummt.

Marion hat sofort erkannt, dass es sich bei dem Neuankömmling um Ingo handelt und sich schwerfällig von ihrem Lager erhoben. Langsam, als würde sie träumen, schlurft sie zu dem Unglücklichen hinüber und wünscht sich, an seiner Trauer teilhaben zu können. Aber wie das Vorhaben zu verwirklichen sei, weiß sie nicht. Weder kann sie Tränen weinen noch Mitleid empfinden. Sie glaubt, selbst fast tot zu sein. Als sie dem Schwager Auge in Auge gegenübersteht, ist er ihr fremd geworden. Sie fragt sich, was er ihr und Marlene denn jemals bedeutet habe. Angesichts des blutigen Opfers und des Geheimnisses um dessen Tod kann sie für ihn bestenfalls Gleichgültigkeit empfinden. Und dem Schwager mit seinem leeren Blick scheint es mit ihr nicht anders zu gehen. Der Hauptkommissar nähert sich den beiden Hinterbliebenen, um weder Gesten noch Worte, die zwischen ihnen ausgetauscht werden könnten, zu verpassen. Aber zu verpassen gibt es gar nichts.

»Was ist passiert?«, schreit Ingo verzweifelt und schaut Marion herausfordernd an. »Mit welchen Versprechungen hast du Marlene hierher gelockt? Nach eurem furchtbaren Streit wollte sie für immer die Trennung. Und nun dieses rasche Wiedersehen. Ohne mir Bescheid zu sagen. Ich suche meine Frau seit Stunden.«

»Wieso?«, reagiert Marion begriffsstutzig, ohne die Tragweite des Gesagten wirklich zu begreifen. Sie hat es schwer genug, gegen den dichter werdenden Nebel vor ihren Augen anzukämpfen, um gut hören und sehen zu können.

»Na, da haben wir ja den Streit«, stellt Männlein mit einer gewissen Befriedigung fest. »Sie sind der Ehemann der Ermordeten, wie ich sehe. Mein Beileid, Herr Wagner. Wir versuchen, Sie heute Abend nicht mehr lange zu behelligen. Nur noch eine Frage sei gestattet, vielleicht die letzte. Besaß Ihre Ehefrau einen Schlüssel zu dieser Wohnung hier?«

»Schon lange nicht mehr. Irgendwann, etwa vor drei Monaten, ist er ihr abhanden gekommen.«

»Dann muss Frau Leonhardt Ihrer Schwester die Tür selbst geöffnet haben. Sie behauptet aber, sie sei zum fraglichen Zeitpunkt auswärts gewesen. Um Ihnen und Ihrer Gattin die Opernkarten zurückzubringen.«

»Was für Opernkarten?«

»Zwei Stück. Ballett. Heute Abend.« Männlein schaut skeptisch.

»Davon weiß ich nichts. Kann ich jetzt gehen?« Ingo wendet sich ab, ohne zurückgehalten zu werden. Marion starrt auf ihre tote Schwester. Wenn sie noch mit ihr sprechen könnte, wäre alles klar.

»Kein Alibi, meine Dame«, hört sie den Hauptkommissar aus großer Entfernung trompeten. Der Nebel ist dichter geworden und lässt die Stimmen der Leute nur noch schwach bis an ihr Ohr dringen. Von irgendwoher ruft eine Frau: »Sie fällt. Haltet sie fest!«

Als Marion wieder zu sich kommt, scheint die Morgensonne ins Wohnzimmer. Sie liegt auf der Couch unter einer Decke. Niemand ist bei ihr. Auf dem Beistelltisch steht ein Glas mit Wasser. Dieses beschwert einen Notizzettel mit einer schriftlichen Aufforderung: »Sehr geehrte Frau Leonhardt, wir erwarten Sie 15 Uhr im Kommissariat zu einer Befragung. Die Adresse entnehmen Sie bitte dem Stempel auf der Rückseite. Sie sollten ein Taxi rufen. Mit einem Schock ist nicht zu spaßen, ebenso wenig wie mit den Nebenwirkungen der Gegenmittel. Robert Männlein, Hauptkommissar«

Marion erschrickt. Die Hoffnung, dass sie nur einen Alptraum hatte, erfüllt sich also nicht. Marlene tritt als blutige Leiche in ihre Erinnerung. Die Tür zum Schlafzimmer steht noch weit offen. Die Spuren der Gewalttat sind vom Pfosten nur grob entfernt worden. Das Bügeleisen ist weder auf dem Fußboden noch anderswo zu sehen. Dafür scheint sich in Marions Brust eine eiserne Faust zu ballen. Sie soll ihre geliebte Zwillingsschwester umgebracht haben, ausgerechnet sie. Auf einmal begreift sie die Tragweite der Anschuldigung. Ebenso wie die der Tat. So, dass das plötzlich auftretende Bewusstsein eines furchtbaren Verlustes alle inneren

Widerstände auflöst. Die eiserne Faust sich öffnet. Und sie weinen kann.

Erst viel später ist sie in der Lage, wieder klar zu denken. Als wären es Glieder einer Kette, reiht sie in ihrer Vorstellung die Ereignisse des gestrigen Tages aneinander – die bedeutenden ebenso wie die als belanglos erscheinenden. Sogar dem winzigen weißen Papierröllchen schenkt sie nachträglich Aufmerksamkeit. Sie erinnert sich, dass sie es vom Dielenboden aufgehoben und dann im Korridor auf der Spiegelkonsole der Garderobe abgelegt hat. Marion geht hinaus und findet das Papierröllchen, offensichtlich hat es niemand von den Leuten der Spurensicherung beachtet. Geöffnet entpuppt es sich als lumpiges Stück Zeitungspapier mit der Anzeige eines Dienstleistungsangebots für jedermann: »Putze Ihre Fenster extrem billig für …« Allein die Form des Aufbewahrens ist außergewöhnlich – einmal längs, einmal quer gefaltet, dann gerollt. Auf diese Weise lässt sich das Stück Zeitungspapier unter einem Ring am Finger tragen. Marion kommt ins Grübeln. Bei wem hat sie diese Gepflogenheit schon entdeckt? Auf alle Fälle nicht bei einem ihrer nächsten Mitmenschen. Das wüsste sie sofort.

Nach dem Duschen und Anziehen macht sie sich sorgfältig zurecht. Eigentlich deshalb, um sich am Nachmittag von Männleins Täterprofil deutlicher abzuheben als letzte Nacht. Zum Frühstücken zwingt sie sich gegen elf. Was bedeutet eigentlich der Irrweg der Opernkarten?, hämmert es in ihr, während sie sich Kaffee einschenkt. Sollte Marlene mit einem Liebhaber verabredet gewesen sein? Hier in dieser Wohnung? Was hatte sie eigentlich an? Das kleine Schwarze. Das für einen Theaterbesuch durchaus geeignet ist. Aber wer könnte der Auserwählte sein? Einer von weither oder ein guter Bekannter? Marion fällt der große Blumenstrauß ein, den die Schwester kürzlich aus einem scheinbar belanglosen Anlass geschenkt bekam. Der Absender war Uwe

Schulze, Ingos Prokurist. Eigentlich ein zurückhaltender Mensch. Aber gutaussehend. Marion lässt seine biegsame Gestalt vor ihr geistiges Auge treten und erkennt plötzlich seine Überlegenheit im Umgang mit anderen Angestellten und seine Zielstrebigkeit im Interesse der Firma. Aber auch seine Eigenheiten. Die merkwürdige Art, den Kopf nach hinten zu werfen. Und die Gepflogenheit, unter dem Siegelring kleine Merkzettel mit sich zu führen – erst gefaltet, dann gerollt.

»Schulze ist der Mörder!«, kreischt es aus Marion. Sie springt auf und läuft aufgeregt hin und her. »Er besaß den angeblich verlorengegangenen Wohnungsschlüssel und hat sie hereingelassen. Oder es war umgekehrt. Sicher hat einer von beiden sein Geheimnis lüften müssen, weil ich nicht da war. Sie dürften gewusst haben, dass die Opernkarten mit zu mir gewandert sind. Ingo dagegen war ahnungslos. Auch er ist ein Opfer.«

Mein Gott, Ingo, entsetzt sich Marion. Er hält mich für die Täterin und vertraut Uwe Schulze. Mit vielleicht schlimmen Auswirkungen. Ich muss zu ihm. Sie nimmt ihr Handy und gibt die Nummer der Firma ein. Wie immer meldet sich zunächst Winny Klaus, die preiswerte junge Sekretärin, und gibt Marion freundlich Auskunft. Der Chef werde heute wahrscheinlich nicht erscheinen, raunt sie mit besorgtem Unterton, zuhause sei etwas nicht in Ordnung. Dabei stünden heute mehrere wichtige Termine an, die eigentlich ums Verrecken eingehalten werden müssten. Ach, diese gefährliche Schieflage der Firma. Frau Leonhardt wisse doch sicher, was alles auf dem Spiel stünde. Marion bestätigt diese Vermutung und verabschiedet sich dankend. Dann bestellt sie ein Taxi, zieht den Mantel an und steckt das winzige weiße Röllchen ein. Als sie die Wohnung verlässt, ist es kurz vor dreizehn Uhr. Noch zwei Stunden bis zur Befragung im Kommissariat.

Wie stets tagsüber macht das Siedlungshaus der Wagners auch heute einen hellen, freundlichen Eindruck. Was zu Marions lädiertem Innenleben einen scharfen Kontrast erzeugt. Vor allem zu dem Bild, das die tote Marlene in ihr hinterließ. Die doch den hellen, freundlichen Eindruck des Siedlungshauses einst geschaffen hat und nun bald ihr dunkles Grab finden wird. Wie schmerzlich wird Ingo sie vermissen. Beseelt von dem Wunsch, sein Leiden zu mildern, klingelt Marion stürmisch. Genau wie sie es erwartet hat, wird die Haustür aufgerissen, und sie steht Ingo gegenüber. Allerdings ist sein Gesicht nicht von den ebenfalls erwarteten Furchen des Grams, sondern von zahlreichen Lachfältchen gezeichnet, die sich noch nicht wieder geglättet haben. Auf dieses Phänomen starrt Marion verwirrt und leider auch sprachlos. Denn Ingo nutzt die Sekunden des Schweigens, um seine Stirn in senkrechte Falten zu legen und seine Augen böse zusammen zu kneifen. Dann zischt er: »Mörderin«.

»Ich bin keine Mörderin«, jammert Marion und stellt ein Bein in die Tür, um der drohenden Aussperrung vorzubeugen.

»Natürlich«, höhnt er, »sie hat sich selbst erschlagen. Nimm dein Bein weg!«

»Lass mich hinein! Ich weiß, wer es war. Und kann es beweisen.«

Als hätte sie damit die Parole gesagt, lässt er sie unverzüglich eintreten. In der Diele weist er mit knapper einladender Geste auf die Sitzgruppe. Marion wählt wie üblich den Sessel, von dem aus der Weg zur Küche der kürzeste ist. Wodurch sie die Tür zum benachbarten Schlafzimmer im Blickfeld hat. Während Ingo eine Tasse Kaffee sowie Zucker und Sahne vor sie auf den Couchtisch stellt, mustert sie ihn ein wenig. Er trägt einen orangefarbenen Bademantel, aus dessen spitzem Ausschnitt dunkles Brusthaar quillt. Offensichtlich hat sie für ihren Besuch einen denkbar ungünstigen

Zeitpunkt gefunden. Oder sollte genau das Gegenteil der Fall sein?

»Na, red' schon!«, verlangt er schlecht gelaunt und lehnt sich lässig an den Nachbarsessel.

»Der Mörder ist«, posaunt Marion, Silbe für Silbe betonend, »Uwe Schulze.«

In diesem Moment wird mit gewaltigem Krach die Tür zum Schlafzimmer aufgerissen, und in der Öffnung erscheint ein Mann in einem erdbeerfarbenen Bademantel. Es ist Uwe Schulze. Mit geballten Fäusten und zornrotem Gesicht baut er sich dem Gast gegenüber auf und zeigt, dass er sich seiner gewohnten vornehmen Zurückhaltung rasch zu entledigen vermag. In diesem Fall mit einem Wutschrei, der in der Frage gipfelt: »Lebensmüde, was?«

»Ich …«, versucht es Marion mit einer Antwort, ohne zu wissen, wie dieselbe beschaffen sein solle. Sie ist zutiefst erschrocken und von der neuen Situation sosehr überrascht, dass sie im Moment zu erforderlichen Schlussfolgerungen nicht in der Lage ist.

»Marlene haben allein Sie auf dem Gewissen«, geht Schulze zum Angriff über. »Hätten Sie besser auf die Aktie aufgepasst oder gleich eine erfolgreiche gekauft, wäre unsere Firma jetzt über den Berg. Wegen Ihrer Blödheit mussten wir unser Erfolgsrezept umschreiben und Ihrer Schwester den Garaus machen. Sonst würden wir ewig auf eine Geldspritze warten müssen. Und das käme nun wieder unserem Untergang gleich. Betriebswirtschaftlich und emotional. Sie verstehen? Das Glück will manchmal heraufbeschworen werden.«

»Und das Unglück erschlagen oder erhängt«, ergänzt Ingo grinsend.

»Nicht mit mir«, posaunt Marion, springt auf und wendet sich der Haustür zu. Aber im Handumdrehen sind beide Männer an ihrer Seite und halten sie zurück.

»Es muss wie Selbstmord aussehen«, empfiehlt Schulze mit Blick zur Raumdecke. »Hol mal, was zum Hochsteigen, Schatz!«

»Gute Idee«, lobt Ingo, betritt die Küche und kehrt sofort mit einer großen Bockleiter zurück.

»Bitte, lasst mich gehen«, fleht Marion schluchzend, »ich vergesse alles, was ihr hier gesagt und getan habt.«

»Dummes Gerede«, entgegnet Schulze und stößt Marion in den Sessel zurück. Dann ergänzt er grinsend: »Eine so perfekte Gelegenheit, um sich zu Ihrer Schuld zu bekennen, erhalten Sie nie wieder, meine Dame.

»Die Polizei wird euch schnappen«, heult sie laut auf, »eure Zukunft ist so gut wie zerstört.«

»Sie hat recht«, gibt Ingo zu, während er die Bockleiter neben dem Couchtisch aufstellt, »ein bisschen Alibi muss sein.« Dann zieht er sein Handy aus der Tasche des orangefarbenen Bademantels und tippt eine Nummer ein.

»Ich passe auf, dass sie nicht aufmuckt«, versichert Schulze und schiebt Marion einen Stoß Papiertaschentücher in den Mund.

»Hallo, Winny«, säuselt Ingo ins Handy, »gibt's, was Neues? … Aha. Nein, das macht nichts. Darauf sind wir nicht mehr angewiesen. Die Aussichten haben sich gewaltig verbessert … Natürlich meine ich die betrieblichen. Probleme habe ich nur manchmal im privaten Bereich … Meine Schwägerin? Was wollte sie denn? … Keine Ahnung, ich war noch nicht zu Hause … Ach, geben Sie mir doch gleich mal den Kollegen Schulze … Was, noch nicht eingetroffen? Dann gestaltet sich die Quartalsabrechnung doch schwieriger als gehofft. Am besten, ich fahre noch einmal bei ihm vorbei. Also bis dann. Ich sehe zu, dass ich nachher noch die Dienstberatung in die Reihe kriege. Tschüss.«

»Eine letzte Frage«, wendet sich Schulze an Marion, während er auf der Bockleiter ganz oben stehend das Ende einer

Wäscheleine durch den Haken des Kronleuchters fädelt. »Für wie wenig Geld haben Sie denn die Aktie wieder abgestoßen?« Auf seinen Wink hin entfernt Ingo die Papiertaschentücher aus dem Mund des Opfers.

»Abgestoßen habe ich sie gar nicht«, krächzt Marion. Auf die paar Piepen konnte ich nun auch noch verzichten.«

»Was«, staunt Ingo, »du und Marlene besitzt diesen Schrott noch? Oder du und ich besitzen ihn noch? Sprichst du von allen unseren zwanzigtausend Stück der Aktie?«

»Von mehr. Ich habe die Stückzahl verdoppelt. Der Preis war gering.«

»Wahnsinn«, jauchzt Schulze, »der heutige Kurs ist viel höher als der gestrige, und die Börsenprognose war vielversprechend. Dein Erbe, Schatz, hat mehr Potential als wir dachten. Die Firma dürfte hundertfach gerettet sein. Und reich werden. Juchhuuu …«

Wahrscheinlich geht die Begeisterung momentan mit Schulze durch. Denn ohne Rücksicht auf seine luftige Position auf dem oberen Sockel der Leiter wirft er beide Arme nach hinten. Worauf sein Körper weit aus der Senkrechten schwingt und einem guten alten physikalischen Gesetz zufolge aus mehr als zwei Metern Höhe krachend zu Boden fällt. Dort bleibt er auf dem Rücken liegen – starr, steif und vielleicht sogar tot. Der erdbeerfarbene Bademantel hat sich im unteren Bereich geöffnet, sodass ein beachtliches Stück nackter Haut zum Vorschein gekommen ist. Ingo, wieder brüllend wie ein Tier, wirft sich über den still gewordenen Freund und bedeckt somit dessen Blöße.

Marion erhebt sich und stelzt zur Haustür, die sich aber nicht aufklinken lässt. Wie gut, dass sie den passenden Schlüssel, den Marlene ihr schon vor Jahren ausgehändigt hat, immer bei sich trägt. Als sie ihn soeben zittrig ins Schloss steckt, verstummt hinter ihrem Rücken das Gebrüll. Sie dreht sich um, sieht, dass Ingo auf sie zu springt, und versucht, ihn abzuwehren. Er aber, offensichtlich mit Riesenkräften ausgestattet, packt sie am langen, blonden Haar, das dem der Schwester gleicht, und zieht sie mit sich – erst ins Schlafzimmer, dann ins Bad. Dort schließt er sie ein. Sie weiß, dass ihr damit kein Fluchtweg offen bleibt, weil das Fenster vergittert ist. So gibt sie sich verloren. Lässt sich zu Boden sinken, um, völlig fertig wie sie ist, ans Sterben zu denken. Erst als sie sich ein wenig erholt hat, fällt ihr die Befragung im Kommissariat wieder ein. Sowie das Handy, das sich von der Tasche ihrer engen Jeans kaum abhebt. Gottlob hatte Ingo weder Zeit noch Nerven, auf Besonderheiten an ihrer Bekleidung zu achten. Erfüllt von neuer Hoffnung gibt Marion in ihr Handy jene Telefonnummer ein, die der Stempel auf der Rückseite des Notizzettels enthält.

»Worum geht's?«, meldet sich Männlein.

»Herr Hauptkommissar, hier ist Marion Leonhardt. Zur Befragung kann ich nicht erscheinen. Ich bin im Haus der Wagners eingesperrt worden.«

»Aha, im Haus der Wagners. Was haben Sie dort zu suchen?«

»Die Mörder meiner Schwester. Es sind zwei. Aber einer davon ist wahrscheinlich tot. Er wollte … »

»Am besten, Sie schweigen jetzt, Frau Leonhardt. Wir sind gleich bei Ihnen. Auch wissen wir, was dort los war. Ihr Schwager hat uns Ihren zweiten Mord bereits angezeigt.«

Mandy Kämpf

PHÖNIX DEINER ASCHE

Das Leben hört sich Stereo einfach viel besser an,
doch manchmal läuft es monoton an einem vorbei.
Und manchmal stellt man sich einfach wieder nur hinten an,
im Endeffekt sägt man selber nur am grünen Zweig.

~ Stereo von Westbalkonia

Ich beobachte dich. Schon eine ganze Weile sehe ich dir zu. Ich weiß, wer du bist, kenne deine intimste Seite, deine verletzlichste Stelle. Weiß, wann du lachst, obwohl dir nach Weinen zumute ist und kenne auch deine unechten Tränen. Du bist ich und ich bin du. Auch wenn du mich nicht bemerkst, egal wie freundlich meine Worte sind, und auch wenn du nicht sehen willst, wer ich bin. Doch bald werden wir in Flammen aufgehen und dann werde ich der Phönix sein, der aus deiner Asche steigt.

Ein neues Foto ziert deine persönliche Website, dort wo du dich als Künstlerin zu erkennen gibst. Dein Gesicht, so zart und makellos, ist beschmiert von rotem Blut. In dicken öligen Bahnen läuft es an deinem Kinn herunter und tropft träge aus dem Bildrand. Deine Augen starren mich hellblau und empfindungslos an. In deinen Haaren klebt der Lebenssaft und färbt dein Markenzeichen, deine orangewilde Mähne in ein tiefes rotbraun. ›Der Tod in Stereo‹, steht unter der Fotografie. Und der Name des Fotografen. Ich weiß, er ist einer der Besten auf seinem Gebiet und wahrlich, fast scheint er sich selbst übertroffen zu haben. In deinen Augen sehe ich das Leben, auch wenn der Tod dir ins Gesicht gespuckt hat. Du bist noch immer da. Ich gehe zum offenen Fenster und blicke hinunter auf die Straße. Ein Hund pinkelt an die Laterne vor dem Haus, in dem ich wohne. Ein Mann im Anzug läuft naserümpfend vorbei. Ich lache still in mich hinein und greife nach einem welken Blatt auf dem Fensterbrett. Zwischen meinen Fingern zerbrösele ich es zu groben Staub und lasse es im leichten Wind davonfliegen. Ich stelle mir vor, du wärst es und ein wonniges Gefühl streichelt sanft meine Seele. Mein Plan ist perfekt, das weiß ich. Dann werde ich deine Stelle einnehmen, werde dein Leben leben und niemand wird mehr auf mich herabschauen, auf das kleine Mädchen mit der großen Nase. Auch wenn es diese schon lange nicht mehr gibt, kann ich sie morgens noch im Spiegel sehen. Vor drei Jahren habe ich sie mir neu formen lassen, nach einem Bild von dir. Kleiner, feiner, mit einer runden, mädchenhaften Spitze. Zwanzig alte, dicke Männer hat sie mich gekostet, zwanzig Fettsäcke mit viel Geld, die sich auf und in meinem Körper austobten. Immer wenn sie ihre verkümmerten Schwänze auspackten, habe ich dabei an dich gedacht. Weitere fünfzehn dieser erbärmlichen Typen haben mir deinen Busen bezahlt, der nun prall und groß die Tanktops füllt, welche auch du gern trägst. Das Bleichen meiner Zähne und das Unterspritzen meiner Lippen kostet mich gerade sieben Männer im halben Jahr, das ist der kleinste Preis, den ich zahlen muss, um du zu sein. Und die gefärbten Kontaktlinsen gibt es billig im Internet zu erstehen. Darauf hast auch du mich erst gebracht. Für einen Fotojob warst du auf der Suche nach roten Linsen und mitteilungsfreudig wie du bist, hast du in einem der Internetforen, in welchem ich dir folge, nachgefragt. Du bist nicht gerade sorgsam, was deine Präsenz in der Öffentlichkeit betrifft. Du lebst davon. Doch nur wenige wissen, wer sich wirklich hinter Shiva – dem Tattoo-Model verbirgt. Ich bin eine davon.

Eine die dich besser kennt, als du ahnst. Weil du vergessen hast, dass es mich gibt. Obwohl du an fast jedem Tag deinen Cafè Latte bei mir kaufst, in dem kleinen Stehcafé, an der Ecke zu unserer Straße. Ich bin die Frau mit der Mütze, auf welchem das Logo des Cafés aufgedruckt ist, in der weißen Bluse, die meinen schönen Körper wie ein weites Schutzschild ummantelt. Die Kunden sollen sich auf das Angebot konzentrieren, nicht auf die Bedienung, ist ein Motto meines widerlichen Chefs. Seine anzüglichen Kommentare und sinnfreien Regeln ertrage ich nur, weil ich dich sehen kann. Nur wegen dir arbeite ich dort. Natürlich habe ich versucht, schon eher in deine Fußstapfen zu treten, doch meine Zeit war noch nicht gekommen. Meine Zeit als Model. Immer wieder erhielt ich Absagen mit der Begründung, dass du diesen außergewöhnlichen Typ schon besetzt, sie benötigen kein weiteres Model, was dir so ähnlich ist. Du hast von vornherein diesen Platz besetzt. Wie in der Schule. Auch da warst du die Nummer eins. Ich stand immer in deinem Schatten, deine unscheinbare Freundin mit der großen Nase. Sie haben mich gedemütigt und du hast weggeschaut. Zwerg Nase haben sie mich genannt und du hast mit ihnen gelacht. Sicher erinnerst du dich auch nicht mehr an Antoine, den Ausstauschüler aus Frankreich, in welchen ich so verliebt war. Antoine mit seinen dunklen, warmen Augen und dem süßen Akzent. Ich erzählte dir von meinen intimsten Träumen und du hast sie dir und ihn geklaut. Er war einer von vielen, doch für mich war er der eine, an den ich meine Unschuld verlieren wollte. Das holte später ein Fremder auf dem Spielplatz hinter unserer Schule nach. Er riss nicht nur mein Jungfernhäutchen entzwei, sondern auch meine zaghaften Teenagerträume von Liebe.

Das ist lange her. Keiner weiß davon und niemand wird es jemals erfahren. Es wird Zeit aus deinem Schatten hervorzutreten und an deiner statt zu leben.

Noch immer stehe ich am Fenster und blicke zu dem gegenüberliegenden Haus. Eine wunderschön sanierte Jugendstilvilla, mit Stuckelementen und weißen Marmorengeln an der Fassade über den Balkonen. Die Morgensonne bricht sich in den Buntglasfenstern und erzeugt wilde Farblichter. Ich lächele und sehe mich in Gedanken durch das Haus in meine neue Wohnung gehen. Sie befindet sich rechts oben, unter dem Dach, mit großer Sonnenterasse und Blick ins Grüne. Woher ich das weiß? Es ist deine Wohnung. Noch. Und du schickst immer diese wunderschönen Bilder durch das Internet, kleine Fotos, die dich zeigen, wie du dich gerade beim Anziehen fotografierst, wie du vor dem Spiegel posierst oder mit deiner Katze kuschelst. Du zeigst offen deine Wohnung und wie du lebst, weil du die Zuwendung der anderen brauchst, den Respekt und weil du bist, wer du bist. Außergewöhnlich. Und schön. Dein Körper ist verziert, du hast dein Leben auf ihm in bunten Bildern verewigt. Beine, Arme und der Rücken sind voller Erlebnisse, mit Tinte unter deine Haut geritzt. Ich kenne jedes Detail deiner Tätowierungen, du präsentierst sie und dich damit gern. Und jede einzelne Linie davon, finde ich auf meinem Körper wieder. Ich bin nicht deine Kopie, ich bin du. Es wird Zeit für mich zu gehen, zu dem kleinen Café, in meinen kleinen Job, meines noch kleinen Lebens. Bald wirst du dort erscheinen und ich werde dir wie immer deinen Caffè Latte reichen. Nur wird es dieses Mal dein letzter sein.

Lange habe ich überlegt, wie ich deine Stelle einnehmen kann und die einzige Lösung, das einzige Ziel, ist dein Tod. Nun wirst du sterben. Ich bevorzuge keinen gewaltsamen Tod, ich will dich nicht mit einem Messer entstellen, oder mit einer Waffe ein Loch in deinen wunderbaren Körper schießen. Du sollst mir erhalten bleiben, damit ich, wann immer ich will, in dein kaltes Gesicht lachen kann. Ja, kalt sollst du werden, eingefroren in einer Kühltruhe, damit dein Körper und deine Seele keine Ruhe finden, so wie meine die Stille nicht kennen. Ich habe für alles gesorgt. Die Kühltruhe wird heute Abend in deine Wohnung geliefert, während du schon fest schläfst. Einen Schlaf aus dem du nicht wieder erwachen wirst. Dafür sorgen das Zyankali und ein starkes Schlafmittel in deinem Kaffee. Du wirst ihn auf dem Weg in deine Wohnung trinken, wie du es so oft tust, und das Gebräu wird zu wirken beginnen, während du deine frischen Brötchen belegst. Du wirst erst eine leichte Atemnot bemerken. Wahrscheinlich wirst du dich kurz hinlegen und hoffen, dass sich dadurch dein Zustand bessert. Doch dein Atem wird immer schwächer, dann setzt die Wirkung des Schlafmittels ein, dir wird schwindelig und noch bevor du einen Notruf tätigen kannst, wirst du einschlafen. Bis zu deinem letzten Atemzug. Du wirst sterben und dann werde ich kommen. Vorher jedoch, werde ich meinen ersten Fotojob annehmen. Einen Termin mit einem Fotografen, der dich für Bondage-Aufnahmen gebucht hat. Heute Mittag. Ich habe davon in deinen E-Mails gelesen. Ich weiß, wohin ich gehen muss und ich bin vorbereitet.

Die kleine Kapsel Zyankali und das Schlafmittel habe ich tief in meiner Handtasche verstaut. Es war so einfach alles über das Internet zu bestellen. Erstaunlich was das World Wide Web alles zu bieten hat, wenn man nur genau sucht. Auch den Hinweis mit dem Schlafmittel habe ich dort gefunden. Du sollst schließlich ohne Aufsehen und allein sterben, niemand darf davon erfahren und niemand wird jemals erfahren, dass es dich Shiva nicht mehr gibt. Dein Platz wird meiner werden.

In meiner Arbeitskleidung gehe ich die wenigen Meter zum Café. In einer Stunde wirst du kommen und deinen letzten Cafè Latte bestellen, deine letzten Brötchen kaufen und das letzte Mal die Herbstsonne auf deiner Haut spüren. Bis dahin bediene ich mit einer ausgezeichneten Fröhlichkeit die Gäste im Café. Meine gute Laune fällt sogar meinen widerlichen Chef auf. Diese nimmt er zum Anlass, mir anzüglich über den Hintern zu streicheln und mir eindeutige Worte ins Ohr zu flüstern. »Später Chef«, lache ich ihm in sein speckiges Gesicht.

Wohl wissend um die Kündigung, die neben der Giftmischung in meiner Tasche liegt, werde ich später sein stickiges Büro betreten, die Arbeitsbluse weit aufgeknöpft, so dass er mehr als den Ansatz meines Busens erblicken kann. Ich sehe schon die Schweißperlen an seinem nackten Schädel herunterperlen und fühle seine gierigen Blicke auf mir. Und während ich mich über seinen Tisch beuge, damit er ein letztes Mal tief in mein Dekolleté blicken kann, werde ich ihm den Briefumschlag mit dem Ende meiner Karriere als Kaffeefrau in sein lechzendes Gesicht werfen.

Die Stunde vergeht wie im Flug und ich muss mich zusammennehmen, um mir nichts von meiner Aufregung anmerken zu lassen. Beinahe hätte ich eine heiße Kanne Kaffee über Fräulein Müllers blauen Buntfaltenrock gekippt. Wobei Fräulein Müller eine Dame von 85 Jahren ist und sicher mal etwas Heißes zwischen ihren Beinen benötigt.

Ich stehe hinter der Theke, als du den Laden betrittst. Wie immer schaust du dir die Auslage an und während du auf deinem Handy herumdrückst, gibst du deine Bestellung auf. Einen Caffè Latte und zwei Vollkornbrötchen. Dein Becher steht schon vorbereitet im oberen Fach der Theke. Vor kaum fünf Minuten habe ich die delikaten Zutaten für deinen Kaffee in einem Schluck Milch aufgelöst, sodass du nichts bemerken wirst. Ich biete dir einen Schuss Mandelaroma für dein Getränk an. Natürlich auf Kosten des Hauses. Du nickst abwesend. Schließlich weiß ich nicht, ob du zu den wenigen Menschen gehörst, die Zyankali riechen können. Ein Geruch nach Bittermandeln. Ich beglückwünsche mich selbst zu meiner Umsicht.

Du zahlst die verlangten 4,50 Euro auf den Cent genau und schaust mir für einen Moment ins Gesicht. Ich kann die leichte Irritation darin erkennen, doch schon klingelt dein Handy erneut und das Gespräch annehmend trittst du aus dem Café hinaus. Ich blicke dir hinterher. Ich lächele. Ich wende mich der letzten Stunde meiner Arbeit zu, bevor ich zu meinem neuen, aufregenderen Job und in mein neues wunderbares Leben aufbreche. Ich höre nichts von dem kleinen Tumult auf der Straße unweit des Café und sehe auch nicht den Krankenwagen, der wenig später eintrifft. Alles was ich sehe, ist meine neue, lang ersehnte Zukunft als Shiva, das Tattoo-Model.

Das Studio des Fotografen liegt in einem Hinterhof. Vielmehr ist es eine heruntergekommene Wohnung, die ich betrete. Es stinkt nach Katzenpisse und kaltem Tabakrauch. In dem einzigen großen Raum der Wohnung, steht inmitten des Zimmers ein Metallbett. Von den Wänden fällt der Putz, und etwas, was aussieht wie eine alte Tapete, hängt in Streifen von der Decke herunter. Durch die schmutzig grauen Fensterscheiben gelangt kaum Tageslicht in das Innere. Aus einer alten Stereoanlage krächzen wilde Melodien. Ich schaue den Fotografen fragend an. Ein kleines Männlein mit strähnigen Haaren und einem Goldzahn, der wie verfault durch seine schmalen Lippen schimmert. So habe ich mir meinen ersten Fotoauftrag nicht vorgestellt, ich hatte auf mehr Glamour und vor allem Personal gehofft. Wo war die Visagistin, wo die Stylistin und der Assistent? Diese Fragen beginne ich auch zu stellen. Doch schon beschwichtigt mich das Fotografenmännlein. Heute sollen die Probeaufnahmen stattfinden, er will schauen, wie mein Gesicht und Körper zu der Umgebung passen, welche Lichtquelle er organisieren muss, um meine Schönheit mit dem Verfall des Raumes in Einklang zu bringen.

Liefen so alle Fotoaufnahmen ab, beginne ich mich zu fragen, während er mich auf das Bett bittet. Schlussendlich die einzige Sitzmöglichkeit der Wohnung. An das Kopf- und Fußende hat er Seile befestigt, damit wolle er mich fesseln. Ich beginne fast seiner Professionalität zu misstrauen und verscheuche meine Gedanken gleich darauf, als er beginnt mir das Ergebnis zu schildern. Wortgewand erzeugt er Bilder in meinem Kopf und ich lasse mich von ihm einlullen. Er richtet seine Kamera für erste Aufnahmen auf mich und ich beginne zu posieren, wie ich es schon oft vor dem Spiegel geprobt hatte. Ich bin gut, dass sagt er mir immer wieder, wunderschön und außergewöhnlich. Er streichelt meine wunde Seele mit sanften Worten. Langsam beginne ich mich zu entkleiden, er hält alles mit seiner Kamera fest. Wie in Trance bewege ich mich zu der Musik aus dem Radio. Ich lasse meine Hände spielerisch über meinen Körper tanzen und schließe verzückt meine Augen. Ich sehe nicht seinen wilden Blick, noch ahne ich von seinen tatsächlichen Absichten. Ich bin Shiva. Ich bin du, während du schlafend um dein Leben kämpfst. Je weniger du atmest umso tiefer hole ich Luft. Je weiter du gehst, umso näher bin ich meinem Ziel. Der Fotograf beginnt meinen Körper mit Seilen zu umwinden, sie fühlen sich wie Seide auf meiner Haut an. Dann bindet er mich an den Metallstäben des Bettes fest. Als er mir eine venezianische Maske mit geschlossenen Augen überzieht, weiß ich nicht, dass sein faltiges Gesicht mit den vor Freude blitzenden Augen das Letzte ist, was ich zu sehen bekomme. Dass er der letzte Mann sein wird, den ich zu spüren bekomme. Ich weiß auch nicht, dass du noch lebst, weil ein Stolperunfall mit dem kleinen Hündchen, das sich so gern an Straßenlaternen verlustiert, dir das Leben gerettet hat. Du bist gefallen und hast dir deinen Kopf hart am Pflaster der Straße aufgeschlagen, während dein Caffè Latte in dünnen Bahnen in den Rinnstein tropft.

Christian Barz

KLASSENTREFFEN

Wir waren alle auf der ›Jan Smuts Boy School‹ in Centurion, einem Stadtteil von Johannesburg. Es war ziemlich genau zwanzig Jahre her, dass wir uns alle zum letzten Mal gesehen hatten. Und nun gab es dieses Klassentreffen. Aus den Jungs von damals waren inzwischen Männer geworden. Wir alle saßen in einem großen Kreis um das Lagerfeuer herum. Mein Blick fiel auf Mr. Wellington, den Mathematik- und Sportlehrer. Er war schon fast 70, sah aber immer noch sehr drahtig und durchtrainiert aus. Inzwischen hatte man ihn längst pensioniert. Trotzdem nahm auch er an diesem Treffen teil. Auch Mr. de Burger, der zwar schon auf die 60 zuging, aber noch immer Englisch und Geographie an dem Internat unterrichtete, war gekommen. Alan Bogsley hatte alles organisiert. Er hatte es irgendwie geschafft, einen Großteil der Abschlussklasse von 1994 ausfindig zu machen und sie zu diesem Klassentreffen einzuladen. Auch den Ort, an dem wir nach dieser langen Zeit wieder zusammenfanden, hatte er ausgewählt. Ein schönes Fleckchen Erde. Wir befanden uns irgendwo auf der Südseite des Bronkhorstspruit Damms. Das Licht der Abendsonne schimmerte golden auf den sanften Wellen des Sees. Abseits der Siedlungen am Damm war dies der ideale Ort, um in aller Ruhe und ungestört den gemeinsamen Geschichten über die Schulzeit zu lauschen.

Gemeinsam mit Terence Denston hatte Alan alles vorbereitet. Sie hatten den Platz für das Lagerfeuer hergerichtet, Steaks, Würste und Gemüse zum Grillen sowie ausreichend

Wein und Bier für diesen Abend eingekauft. Und sie hatten die Gräber ausgehoben. Sie waren nur einige Schritte vom knisternden Lagerfeuer entfernt. Ich hatte bereits einen kurzen Blick hineingeworfen, als ich vor einer halben Stunde mit Jeremy Marcks und Andrew Steijnberg hier angekommen war. In jeder der Gruben, die etwas mehr als einen Meter tief waren, lag ein offener Sarg aus Holz. Sie alle sollten noch an diesem Abend befüllt werden.

»Weißt du noch? Als wir damals auf Klassenfahrt in den Drakensbergen waren? Im Alicedale Cottage?«, schaute mich James Burgain erwartungsfroh an.

»Ja«, erwiderte ich mit einem Nicken.

»Das war das erste Mal, dass ich richtig betrunken war. Ich wusste am nächsten Morgen überhaupt nicht mehr, wo ich war«, lachte er und klopfte mir dabei auf die Schulter.

Noch bevor er mit seiner Geschichte fortfahren konnte, wurde er von Alan unterbrochen, der aufgestanden war, um seinen Worten ein größeres Gewicht zu geben.

»Ihr wisst alle, weshalb wir hier sind«, begann er seine Rede.

»Wir sind alle auf die ›Jan Smuts‹ gegangen. Viele von uns waren schon seit der achten Klasse mit dabei, manche sind erst später in der zehnten oder der elften dazu gekommen. So wie Denzel und Mike«, fuhr er fort und nickte den beiden freundlich zu.

»Wenn ich mich so umschaue, haben es die meisten von uns zu etwas gebracht. Vielleicht nicht unbedingt zu Wohlstand und Reichtum, aber ich denke, wir kommen alle ganz gut zurecht. Dennoch sind nicht alle von uns so weit gekommen, weil sie schon viel zu früh von uns gegangen sind. Ich denke dabei an Andries, Walt, Ben und Phil. Sie waren gute Freunde in einer schweren Schulzeit und ich möchte euch bitten, dass wir nun ihrer gedenken.«

»Auf Andries, Walt, Ben und Phil!«, rief Thomas Waterford, sprang auf und erhob seine Flasche.

»Wir wollen ihrer still gedenken, Thomas. Anstoßen können wir später noch. Also steht bitte kurz auf«, schüttelte Alan den Kopf und lächelte zu ihm hinüber.

Wir erhoben uns von den Holzstämmen, auf denen wir Platz genommen hatten, und standen mit gesenkten Köpfen um das Feuer herum. Ich schloss die Augen. Unweigerlich musste ich an Walt denken. Den schüchternen Walt, der immer etwas stiller als alle anderen war, der mit seiner ruhigen und überlegten Art aber auch immer zu den Klassenbesten zählte. Ich mochte ihn gern und ich weiß noch, wie sehr es mich traf, als ich vor etwa vier Jahren von seinem Tod aus der Zeitung erfahren hatte.

»Auch und gerade für diese vier sind wir heute hier. Denn sie alle sind – wie wir – auf dieses Internat gegangen«, durchbrach Alan nach einer knappen Minute die Stille und fuhr mit seiner Ansprache fort.

»Andries, Walt, Ben und Phil haben genau das Gleiche durchgemacht wie wir alle. Nur haben sie es selbst nach all den Jahren nicht geschafft, damit umzugehen oder es einfach zu verdrängen. Ich weiß selbst, wie schwer das ist und auch ich habe oft mit dem Gedanken gespielt, den die vier letztlich in die Tat umgesetzt haben. Ben und Phil haben sich erhängt, Andries hat sich erschossen und Walt ist mit seinem Auto gegen eine Mauer gefahren. Sie haben alle ihren Weg gewählt. Auch wir haben unseren Weg gewählt. Wir haben alle beschlossen, nach dieser Zeit weiterzuleben, haben zum Teil Familien gegründet und sind unseren Berufen nachgegangen. Es waren Entscheidungen, die nicht immer leicht waren und ich muss gestehen, dass auch ich an manchen Tagen meinen Revolver in der Hand hatte …«, sagte Alan und räusperte sich kurz, da ihm die Stimme versagte.

»Mir ging es auch schon so«, nickte Timothy.

»Mir auch«, fügte Denzel schnell an, so als wollte er Alan damit Trost spenden.

»Wie auch immer. Wir haben uns alle gegen diese Option entschieden und deshalb sind wir auch heute gemeinsam hier. Und das freut mich. Denn endlich haben wir nun die Gelegenheit, diese Dämonen ein für alle Mal aus unseren Köpfen zu vertreiben.«

»Das wird auch Zeit! Also lasst uns endlich damit anfangen!«, rief Jeremy voller Tatendrang.

»Du hast recht, Jeremy. Wir haben wirklich lange genug auf diesen Moment gewartet. Nun ist er endlich gekommen und wir wollen ihn auch nicht unnötig lange hinauszögern«, stimmte ihm Terence zu, der sich inzwischen ebenfalls erhoben hatte und neben Alan stand.

»Also gut. Dann lasst mich noch schnell einen letzten Satz sagen: Schön, dass ihr alle hier seid und wir nun gemeinsam dem Ganzen ein Ende bereiten können! Mit wem fangen wir an?«, beendete Alan etwas früher als geplant seine Rede und schaute neugierig in die Runde.

Noch ehe einer der Anwesenden einen Vorschlag machen konnte, blieb Alans Blick an Mr. Wellington hängen.

»Nehmen wir ihn! Er hat Phil auf dem Gewissen«, streckte er seinen Finger aus und deutete auf den ehemaligen Mathe- und Sportlehrer.

»So ein Schwachsinn! Mir reicht es jetzt! Ich will gehen! Macht mich sofort los! Ihr seid doch alle verrückt!«, schrie Mr. Wellington und sprang dabei auf.

Sofort wurde er von seinen beiden Sitznachbarn an den Schultern gepackt und wieder nach unten gezogen. Zwar versuchte Mr. Wellington, sich ihrem Griff zu entziehen, es gelang ihm jedoch nicht. Maurice und Piet, die ihm auf seinem täglichen Gang zum Bäcker im Shopping Center an der Rivonia Road auflauerten, ins Auto zerrten und mit ihm hierhergekommen waren, hatten keine Mühe mit dem alten Mann. Sie hatten ihm noch auf der Fahrt zum Damm die Hände auf dem Rücken mit einem Kabelbinder gefesselt und diesen noch nicht entfernt. Mr. Wellington schwankte ein wenig, als er mit Schwung heruntergezogen wurde, konnte das Gleichgewicht aber noch halten, sodass er nicht von dem Baumstamm, auf dem er wieder platziert wurde, fiel. Sogleich setzte er zu einer weiteren Schimpfkanonade an, die jedoch jäh von Terence unterbrochen wurde.

»Halt die Schnauze, alter Mann! Du machst es sonst nur noch schlimmer!«, fuhr er ihn an und umfasste mit seiner rechten Hand den Hals des Lehrers.

»Lass ihn, Terence. Lass ihn ruhig schreien. Hier hört ihn eh niemand. Das ist das Bauland meines Vaters. Hier entsteht ein Golfclub. Die nächste Siedlung ist über einen Kilometer entfernt. Soll er doch schreien. Es hilft ihm genauso wenig wie es uns damals geholfen hat«, kam nun auch Alan die drei Schritte zu Terence herüber und legte ihm behutsam die Hand auf die Schulter.

»Ich weiß. Es ist nur … Ich hab mir all die Jahre vorgestellt, was ich mit ihm anstellen werde, wenn ich ihn in die Finger bekomme. Und nun sitzt er hier und …«, stammelte Terence, der langsam seinen Griff lockerte.

»Ich weiß genau, was du meinst. Uns allen geht es so. Wir haben alle das Gleiche durchgemacht und sind jede Nacht mit dem Gedanken daran eingeschlafen, wie wir ihn bestrafen sollen. Und heute ist der Tag gekommen. Ich habe keine Ahnung, ob seine Strafe all das wiedergutmachen kann, was er uns angetan hat. Aber er wird auf jeden Fall leiden. Nicht so lange wie jeder Einzelne von uns, doch das spielt jetzt keine Rolle mehr«, redete Alan mit ruhiger Stimme auf ihn ein.

»Hey, hört mal zu. Wir können das hier doch einfach alle vergessen und wieder nach Hause gehen. Ich werde auch niemandem etwas sagen. Ich schwöre es euch! Und seid doch mal ehrlich ... Das ist nun schon so lange her. Meine Frau hatte mich damals verlassen, ich wusste selbst nicht genau, was ich da tat. Wir haben uns alle verändert und ...«, versuchte Mr. Wellington, sich mit billigen Ausreden aus der Sache herauszuwinden.

»Du wusstest ganz genau was du da getan hast. Nach dem Sport-Unterricht in der Umkleide, in der Dusche und im Geräteraum. Oder nach dem Mathe-Unterricht, wenn mal wieder einer von uns nachsitzen musste. Du hast uns doch alle gefickt! Und wir haben vor jeder Stunde Angst gehabt, dass du wieder einen von uns für deine perversen Spielchen aussuchst. Du gottverdammter Wichser! Also wag es nicht noch einmal, dich herauszureden! Was bist du nur für ein jämmerlicher Feigling! Dass du es überhaupt wagst, hier noch einmal den Mund aufzumachen! Und immer wieder hast du dir Phil geschnappt, weil er dir so gut gefallen hat. Ich könnte dich ...!«, stürmte auf ihn nun auch Andrew zu, der jedoch ebenfalls von Alan aufgehalten wurde.

»Wir wissen alle, was er getan hat. Das sind doch nur Ausflüchte. Aber ich habe auch keine Lust mehr, mir das weiter anzuhören. Also los, werft ihn da rein und nagelt die Kiste zu«, wies er Maurice und Piet mit ernster Miene an.

Die beiden erhoben sich von dem Baumstamm, packten Mr. Wellington hart an den Oberarmen und zerrten ihn zu der ausgehobenen Grube auf der linken Seite. Er wehrte sich und versuchte, sich mit seinen Beinen in eine andere Richtung zu stemmen, doch es gelang ihm nicht. Die beiden waren einfach zu stark und Mr. Wellington zu alt. Etwa einen halben Meter, bevor sie die Grube erreicht hatten, legten Maurice und Piet ihre Hände auf Mr. Wellingtons Rücken und stießen ihn kräftig nach vorn. Wieder versuchte er, sich dagegen zu wehren. Er geriet ins Taumeln, verlor den Halt und stürzte seitlich in das offene Grab, ohne dass er sich mit seinen gefesselten Händen irgendwie hätte abstützen können. Krachend schlug er mit dem Kopf auf dem Holzboden des Sarges auf und blieb dort benommen liegen.

»Los. Nagelt ihn zu. Ich will ihn nicht mehr sehen«, befahl Alan.

Maurice und Piet schnappten sich den Sargdeckel, der neben der Grabstelle lag und bugsierten ihn an die richtige Stelle. Für einen kurzen Moment noch drehte Mr. Wellington seinen Kopf und schaute nach oben. Angst, Verzweiflung und Überraschung darüber, dass er nach all der Zeit tatsächlich noch zur Rechenschaft gezogen wurde, mischten sich in seinem Blick. Dann schoben sie den Deckel die letzten Zentimeter zurecht und begannen, die großen Nägel mit ihren Hämmern einzuschlagen. Die panischen Schreie Mr. Wellingtons übertönten zunächst das Klopfen. Doch als alle der Reihe nach begannen, mit den beiden Schaufeln die Erde auf den Sarg zu werfen, wurde sein Rufen immer dumpfer bis es schließlich nicht mehr zu hören war.

»So, das wäre geschafft. Er hat dort ungefähr zwei bis drei Stunden. Dann sollte ihm die Luft spätestens ausgegangen sein. Keine lange Zeit, für das, was er uns angetan hat, aber zumindest kann er noch einmal für einige Momente über seine Taten nachdenken«, sagte Alan und klopfte sich den Schmutz von den Händen.

»Und jetzt?«, schaute Terence ihn an.

»Lasst uns gleich weitermachen«, antwortete Alan und drehte sich zu dem ebenfalls an den Händen gefesselten Lehrer für Biologie und Erdkunde um. »Mr. de Burger, haben Sie noch etwas zu sagen?«

»Ihr seid doch alle verrückt! Holt den Mann da sofort raus! Er ist doch schon fast 70! Jetzt habt doch ein wenig Mitleid! Schnell, bevor es zu spät ist!« Mr. de Burger hoffte, er könne auf diese Weise Einfluss auf die Situation nehmen.

Er erntete jedoch nur Gelächter.

»Glauben Sie wirklich, dass wir den wieder rausholen? Das ist hier kein Spaß. Ihr bezahlt heute für eure Sünden!«

»Für eure Sünden, für eure Sünden ... Was glaubt ihr denn, wer ihr seid? Gott? Ein Gericht? Nichts von dem seid ihr! Nichts! Und deshalb holt ihr ihn da jetzt auch wieder raus! Verstanden?!?«, legte Mr. de Burger den gleichen Befehlston an, den er auch im Klassenzimmer pflegte.

»Wer wir sind? Wir sind die, die vor jeder Stunde vor einem von euch gezittert haben. Wir wussten nie, wen ihr euch aussucht, damit er als euer Lustknabe herhalten durfte. Und ihr wusstet genau, was für eine Angst wir hatten!«, schrie Terence ihn wutentbrannt an.

»Ach, so schlimm kann es ja nicht gewesen sein. Sonst hättet ihr euch doch sicherlich schon mal etwas früher gewehrt. Oder wieso kommt ihr erst jetzt nach zwanzig Jahren damit an?«, erwiderte Mr. de Burger mit abfälligem Blick.

»Wie hätten wir das denn machen sollen? Sie sind doch vom Rektor des Internats gedeckt worden. Einige von uns haben ihn doch davon unterrichtet, aber nachdem dann irgendwann klar war, dass dies keine Folgen für Sie haben würde ... Was hätte es da für einen Sinn gemacht, immer wieder die gleichen Vorwürfe zu erheben? Und unsere Eltern waren alle weit weg. Wir haben sie viel zu selten gesehen, als dass wir uns ihnen hätten anvertrauen können. Wir mussten das mit uns allein ausmachen. Jeder von uns hat gehofft, dass wir irgendwann nach unserem Abschluss darüber hinwegkommen würden. Zeit soll ja angeblich alle Wunden heilen. Aber so ist das nicht! Jeder von uns denkt noch immer jeden Abend an Sie oder Mr. Wellington. Wie Sie abends in unsere Zimmer gekommen sind, unseren Zimmernachbarn unter dem Vorwand, Sie müssten kurz ein wichtiges Gespräch mit uns führen, rausgeschickt und sich dann über uns hergemacht haben ... Das konnte keiner von uns je vergessen!«, erklärte ihm Alan ungewöhnlich ruhig.

»Und als wir von den Selbstmorden von Phil und Andries und später auch von Walt und Ben erfuhren, haben sich einige von uns zusammengesetzt und beratschlagt, ob wir einfach abwarten, bis der Nächste von uns nicht mehr mit der Situation klarkommt und sich umbringt oder ob wir vorher lieber etwas unternehmen sollen. Sie sehen jetzt, wie wir uns entschieden haben!«, klärte Terence Mr. Burger darüber auf, weshalb er sich nun in dieser Lage befand.

»Das ist doch albern. Das hilft doch jetzt auch niemandem mehr. Lasst Mr. Wellington wieder raus und wir gehen alle nach Hause und vergessen, was heute hier passiert ist. Dann werde ich auch davon absehen, zur Polizei zu gehen«, schien Mr. de Burger noch immer davon überzeugt, dass seine Worte Gehör finden würden.

»Sie werden nirgendwo mehr hingehen. Ihre Zeit ist abgelaufen. Unsere Entscheidung steht. Und nicht mal ein Wort der Entschuldigung. Nach all den Jahren«, schüttelte Alan den Kopf.

»Wenn es das ist, was ihr hören wollt ... Es tut mir leid. Wirklich! Es war falsch, was wir getan haben. Ich wünschte, ich könnte es rückgängig machen, aber es lässt sich doch nicht mehr ändern«, begann Mr. de Burger mit einer halbherzigen Entschuldigung.

»Sie glauben doch nicht ernsthaft, dass Ihnen das jemand abnimmt oder dass Ihnen das jetzt helfen könnte?«, schaute Terence den Lehrer ungläubig an.

»Lasst ihn ruhig. Wir haben doch auch immer auf alle möglichen Weisen versucht, uns diesen Bastarden zu entziehen. Es ist uns nur nicht geglückt. Und genauso wenig Erfolg werden Sie auch haben, Mr. de Burger. Los! Werft ihn in seinen Sarg!«, bereitete Alan dem unwürdigen Treiben nun ein Ende.

»Das könnt ihr mit mir nicht machen! Das wird Folgen haben! Hört auf! Lasst mich!«, schrie er und leistete wesentlich mehr Gegenwehr als Mr. Wellington, nachdem Denzel und Mike ihn sich gepackt hatten und zur Grube zerrten.

Er zappelte, schrie und wand seinen Oberkörper zu allen Seiten, doch es half ihm nichts. Denzel und Mike waren einfach sportlicher, stärker und hatten vor allem den Willen, Mr. de Burger die Quittung für das zu geben, was sie alles durch ihn zu erleiden hatten.

»Fahr zur Hölle, du Wichser!«, rief Denzel ihm hinterher, als sie ihn in das ausgehobene Erdloch stießen.

Mr. de Burger landete unsanft auf dem Holzboden des Sarges, rappelte sich jedoch erstaunlich schnell auf und versuchte wieder aus der Grube hinauszugelangen. Mike trat mit seinem Stiefel gegen Mr. de Burgers linke Schulter, der unter der Wucht des Aufpralls laut aufstöhnte und zu Boden fiel.

»Macht den Sarg schnell zu, bevor er noch mehr Ärger macht«, befahl Alan, und Terence eilte den beiden zu Hilfe, um den Deckel zu fixieren.

Er kniete sich auf den Holzdeckel, während Denzel und Mike unter den vehementen Versuchen Mr. de Burgers, die Platte mit seinen Füßen entzwei zu treten, die Nägel einschlugen. Es war eine weitaus mühsamere Angelegenheit als bei Mr. Wellington, jedoch gelang es den dreien nach etwa zehn Minuten, den letzten Nagel im Deckel zu platzieren. Noch immer trat Mr. de Burger von innen gegen den Sargdeckel, stemmte seine Knie mit aller Gewalt gegen ihn und schrie sich die Seele aus dem Leib. Alan zögerte nicht lang und begann als Erster, die ausgehobene Erde auf den Sarg zu schaufeln. Terence, Denzel und Mike folgten seinem Beispiel und warfen mit bloßen Händen die Erde zurück ins Grab. Würden erst einmal einige Schichten Sand und Lehm den Sarg bedecken, so wäre es auch egal, ob es Mr. de Burger noch gelingen würde, den Sargdeckel entzwei zu treten.

Dann gäbe es kein Entrinnen mehr für ihn. Nach kurzer Zeit hatten die vier ihr Vorhaben abgeschlossen. Das Grab war bis zum Rand gefüllt und die Rufe von Mr. de Burger verstummt. Alan stützte sich mit den Händen auf seinen Oberschenkeln ab und schnaufte einmal vor Erschöpfung tief durch.

»Das war ein hartes Stück Arbeit. Ich hoffe, Sie sind so freundlich und ersparen uns diese Mühe«, atmete Alan noch einmal tief aus und drehte seinen Kopf zu mir.

»Ich, ich … Ich weiß doch überhaupt nicht, weshalb ich hier bin! Ich habe euch doch überhaupt nichts getan. Das waren doch nur die beiden! Nicht ich!«, stammelte ich fassungslos.

»Das ist schon richtig, Mr. Stellenkamp. Das ist schon richtig. Vergewaltigt haben uns nur diese beiden Schweine hier …«, nickte Alan und deutete auf die beiden Gräber.

»Na also … Darum verstehe ich ja auch nicht, warum ihr mich auch neben den beiden lebendig begraben wollt. Warum?«, erwiderte ich und schaute auf das letzte freie Grab, das bereits für mich ausgehoben war.

»Das wissen Sie nicht? Das kann doch nicht Ihr Ernst sein, oder?«, sah mich Alan mit einem abschätzigen Blick an.

»Doch! Ich habe euch nie angefasst. Nicht ein einziges Mal! Also warum?«

Alan machte eine kurze Pause und schaute in die Runde. Es saßen insgesamt vierzehn Jungs der Abschlussklasse von 1994 auf den Holzstämmen rund um das Lagerfeuer. Unter ihnen waren auch Jeremy und Andrew, die mich zu dieser Veranstaltung mitgenommen hatten. Sie hatten mir in der Nähe meines Hauses aufgelauert und in einer kleinen Seitengasse neben mir angehalten. Jeremy hatte die Scheibe auf der Beifahrerseite heruntergelassen und mit Verwunderung in der Stimme zu mir herübergerufen, ob ich es tatsächlich sei. Ich musste einen kurzen Moment überlegen, dann erkannte auch ich die beiden wieder und ging näher an den Wagen heran, um sie zu begrüßen. Sie fragten mich, ob sie mich ein Stück in die Stadt mitnehmen könnten und ob wir vielleicht irgendwo einen Kaffee trinken sollten. Nach all den Jahren. Arglos nahm ich ihr Angebot an. Ich setzte mich auf die Rückbank und wunderte mich zunächst darüber, dass Jeremy ausstieg und sich ebenfalls nach hinten setzte. Nur wenige Augenblicke, nachdem Andrew den Wagen wieder in Bewegung gesetzt hatte, erkannte ich seine wirkliche Absicht. Jeremy zog einen Revolver aus seinem Hosenbund und presste ihn mir zwischen die Rippen. Er drehte mich zur Seite und fesselte meine Hände mit dem Kabelbinder. Dann tastete er mich ab, zog mein Telefon aus der Innentasche meines Jacketts, öffnete die Scheibe und warf es hinaus auf die Straße. Keiner der beiden antwortete auf meine vielen Fragen, die ich ihnen unterwegs stellte. Ich ahnte erst, was passieren würde, als sie mit mir an diesen Platz am Bronkhorstspruit Damm fuhren und ich Mr. Wellington und Mr. de Burger gefesselt am Lagerfeuer sitzen sah und mein Blick auf die ausgehobenen Gräber traf.

»Weil Sie unser Rektor waren. In all der Zeit. Die meisten von uns waren mindestens einmal bei Ihnen. Und immer haben Sie unsere Anschuldigungen gegenüber diesen Dreckschweinen einfach so abgetan. Wir hätten uns das einfach nur eingebildet … Wir hätten keine Beweise … Sie müssten zunächst die Lehrer befragen, aber Sie könnten nicht garantieren, ob das nicht möglicherweise Auswirkungen auf unsere Noten hätte … Sie haben uns einfach nur hingehalten und nichts unternommen! Sie hätten dem Ganzen nach kurzer Zeit ein Ende bereiten können, wenn Sie es gewollt hätten. Sie hätten uns diese Jahre voller Angst und Ekel ersparen können. Aber Sie haben es nicht getan. Und deshalb sind Sie heute hier. Reicht Ihnen das als Erklärung?«Alans Stimme klang erregt.

»Ich weiß, dass das ein Fehler war. Ich hätte euch mehr Glauben schenken sollen. Aber es war damals auch nicht einfach für mich. Ich war doch erst seit kurzem Rektor an der Schule, als einer von euch das erste Mal zu mir kam. Mr. de Burger und Mr. Wellington waren beide sehr beliebt und angesehen in der Lehrerschaft und ich wollte es mir nicht gleich in meinem ersten Jahr mit all meinen Kollegen verderben. Ich war doch noch neu. Und als später immer mehr von euch kamen, war es schon zu spät für mich. Ich habe euch doch geglaubt. Aber was wäre mit den früheren Fällen gewesen? Hätte ich Untersuchungen gegen die beiden eingeleitet, dann wäre auch herausgekommen, dass ich die ersten anderthalb Jahre völlig untätig geblieben bin. Das hätte mich meinen Job kosten können. Deshalb habe ich es vorgezogen, ganz zu schweigen und euch immer weiter hinzuhalten. Es tut mir leid! Wirklich!«, versuchte ich meine damalige Situation darzulegen.

»Das ist alles? Das war der Grund? Oh mein Gott! Wir dachten immer, dass die beiden irgendetwas gegen Sie in der Hand hätten. Sie mit irgendetwas erpressen würden und Sie deshalb nichts unternahmen. Aber es ging Ihnen bloß um Ihren Job. Das ist ja unfassbar!«, blickte mich Terence mit weit aufgerissenen Augen an.

Auch Alan schüttelte nur mit dem Kopf.

»Sie hatten die Chance, uns zu helfen und haben es nicht getan. Vielleicht hätten Andries, Walt, Ben und Phil noch leben können, wenn Sie eingegriffen hätten. Aber das haben Sie nicht. Und deshalb ist das dritte Grab für Sie reserviert«, fügte er leise hinzu.

»Es tut mir leid. Es tut mir leid«, wiederholte ich mehrmals.

»Das glaube ich Ihnen sogar, aber das hilft Ihnen nun auch nicht mehr, Mr. Stellenkamp. Na los, bringen wir es zu Ende«, sagte Alan und nickte zu Jeremy und Andrew, die beide neben mir saßen.

Mit festem Griff packten sie mich an den Oberarmen und zogen mich zu der offenen Grabstelle. Ich leistete kaum Widerstand. Zu geschockt war ich noch von dem Anblick, als die beiden Lehrer vor wenigen Minuten lebendig begraben wurden. Ich war wie gelähmt. Meine Arme und Beine fühlten sich taub an, so als ob sie nicht zu meinem Körper gehören würden. Meine Füße schleiften nahezu teilnahmslos über den Boden und ich stolperte zweimal, während mich die beiden zu meinem Grab führten. Erst als ich von oben in den geöffneten Sarg blickte, erwachten die Lebensgeister wieder in mir. Ich versuchte mich aus dem Griff der beiden zu befreien, es gelang mir jedoch nicht. Alans Kommando, mich nun hineinzuwerfen, kam nur als ein dumpfes Rauschen bei mir an. Ich schaute mich nach allen Seiten um, so als ob ich die Welt um mich herum ein letztes Mal betrachten wollte. Nur kurz währte dieser Moment, dann merkte ich, dass ich nach unten stürzte und hart mit den Knien auf dem hölzernen Boden des Sarges aufschlug. Einer der beiden versetzte mir noch von hinten einen Tritt auf den Rücken, sodass ich unsanft mit meinem Gesicht aufschlug. Langsam drehte ich mich um und sah, wie sie den Deckel über die Öffnung schoben. Ein letzter Lichtstrahl. Über mir die Äste und Blätter eines Baumes. Dann wurde es dunkel. Ich spürte an den leichten Erschütterungen der Kiste, dass sie nun begannen den ersten Nagel einzuschlagen. Immer wieder hörte ich das ›Poch Poch‹ des Hammers, der auf die Nägel traf. Einige Male versuchte ich, meine Knie gegen den Deckel zu stemmen. Jedoch ohne Erfolg. Mindestens einer von ihnen hockte auf ihm und es machte keinen Sinn, weitere Versuche zu unternehmen. Ich fand mich irgendwie mit der Situation ab. Ich drehte meinen Kopf von rechts nach links. Dicht neben mir mussten die Seitenwände des Sarges sein, doch ich konnte sie nur erahnen. Meine Hände, die noch immer zusammengebunden waren, drückten in meinem Rücken und ich versuchte eine Position zu finden, die am wenigsten schmerzhaft war. Dann plötzlich verstummten die Schläge des Hammers. Der letzte Nagel in meinen Sarg war eingeschlagen. Für einen kurzen Moment kehrte Stille ein, dann setzten jedoch das Prasseln des Sandes und das Klatschen des Lehms ein, der auf den Sargdeckel geworfen wurde. Sie beerdigten mich tatsächlich. Meine Atemfrequenz erhöhte sich. Ich war aufgeregt, aber nicht panisch. Ein letztes Mal versuchte ich mit meinen Knien den Deckel aufzustemmen, doch er saß einfach zu fest. Ich hörte, wie immer mehr Erde auf den Sarg geschaufelt wurde. Ein Fluchtversuch hätte in wenigen Minuten sicherlich keinen Erfolg mehr. Denn würde es mir tatsächlich gelingen, den Holzdeckel von innen zu zertreten oder aufzustemmen, so würden sogleich die Erdmassen in das Sarginnere hineinrutschen und meinen Sauerstoffvorrat nur noch weiter dezimieren.

Nach kurzer Zeit waren keine Geräusche mehr zu hören. Sie hatten aufgehört zu schaufeln. Mich umgab eine vollkommene Stille und Dunkelheit. Wieder atmete ich tief ein und aus. Wie lange würde die Luft wohl noch reichen? Wie viele Atemzüge würden mir noch bleiben, bis der Sauerstoff im Sarg endgültig zur Neige ging? Ich musste kontrollierter atmen, wenn ich diesen Moment noch hinauszögern wollte. Ich zwang mich, nach jedem Atemzug so lang wie möglich die Luft anzuhalten, um auf diese Weise ein paar zusätzliche Minuten zu gewinnen. Aber was würde das bringen? Ob ich nun zwei, drei oder vier Stunden in meinem dunklen Gefängnis überleben würde. An eine Rettung war ohnehin nicht zu glauben, denn an diese Stelle des Dammes würde sich vermutlich kein Wanderer verirren. Erst recht nicht, weil dieses Gebiet zu allem Überfluss als Bauland ausgewiesen war und die einzige Zufahrtstraße für Unbefugte gesperrt war. Für mich gab es kein Entrinnen. Meine Gedanken kreisten um die Schüler, die mich vergraben hatten, um Mr. Wellington und Mr. de Burger, denen ich diese Lage zu verdanken hatte und immer wieder um meine Familie, meine Frau und meine beiden Söhne, die ich vermutlich nie wiedersehen würde und von denen ich mich nicht einmal verabschieden konnte. Tränen schossen mir in die Augen und ich musste schluchzen. Tränen, die niemand sehen und ein Schluchzen, das niemand außer mir hören konnte. Ich war hier unten vollkommen allein. Eine Panikattacke überfiel mich heftig und ohne Vorwarnung. Ich schrie wie von Sinnen, strampelte mit den Beinen, rutschte mit den Schultern gegen die Seitenwände des Sarges und schlug schließlich sogar mit dem Kopf gegen den hölzernen Boden, auf dem ich in wenigen Stunden sterben würde. Es dauerte einige Momente, bis ich mich wieder besann. Ich musste mich mit dieser Lage einfach abfinden. Erneut dachte ich an die beiden Lehrer, die nur wenige Meter neben mir unter der Erde lagen. Ob sie schon tot waren? Wie viel Luft ihnen wohl noch blieb? Schließlich waren sie beide vor mir begraben worden. Noch immer war es vollkommen still. Einzig meinen Herzschlag, der in meinen Ohren pochte, konnte ich hören. Er war viel zu schnell. Viel Zeit würde mir nicht mehr bleiben. In Gedanken ging ich mein Leben durch, dachte an meine Kindheit, meine Eltern, meine Familie und an viele schöne Augenblicke, an die ich mich nun am Ende meines Lebens zurückerinnern wollte. Über all diese Gedanken verlor ich jegliches Zeitgefühl und konnte nur noch sehr vage einschätzen, wie lange ich schon hier lag. Die Luft im Sarg wurde jedoch merklich stickiger, was mir untrügerisch, aber ebenso dramatisch zeigte, dass es bald dem Ende zugehen würde.

Plötzlich vernahm ich ein Geräusch über mir. Es war ein Kratzen und ein Knirschen. Ein Tier, das sich zufällig hierher verirrt haben könnte, schied als Verursacher aus. Dafür lag ich einfach zu tief unter der Erde, als dass ich dies hätte hören können. Es musste etwas Größeres sein. Immer lauter wurde das Schaben. Jemand grub mich wieder aus! Instinktiv begann ich zu schreien und zu rufen. Lange Minuten vergingen, bis die Schaufel endlich zum ersten Mal auf den Sargdeckel traf. Auch das Freischaufeln der Ränder benötigte eine Weile, in der ich wider meine Erwartung die Hoffnung schöpfte, heil aus dieser Sache herauszukommen. Es krachte laut, als jemand dort oben versuchte, die Nägel aus dem Deckel zu entfernen, da das Holz an vielen Stellen brach und splitterte. Frische Luft strömte ins Innere des Sarges. Erleichtert atmete ich sie mehrere Male tief ein und wieder aus. Nur sehr spärlich drang jedoch das Licht zu mir herunter, da es inzwischen auch dort draußen stockfinstere Nacht war. Noch konnte ich nicht erkennen, wer mein Retter war. Es gelang ihm jedoch wenige Minuten später, den Deckel des Sarges komplett zu entfernen. Schemenhaft stand er über mir. Seine Füße stützten sich auf die schmalen Seitenränder des Holzsarges.

»Danke! Danke! Danke, dass du mich gerettet hast! Wer bist du?«, fragte ich noch immer auf dem Boden liegend.

»Ich. James Burgain«, antwortete die Stimme von oben herab.

Er schaltete seine Taschenlampe an und leuchtete erst sich und dann mir ins Gesicht.

»Danke, James! Ich bin so froh …«, war ich überglücklich und versuchte mich im Sarg aufzurichten.

»Weißt du noch? Als wir damals auf Klassenfahrt in den Drakensbergen waren? Im Alicedale Cottage?«, schaute mich James Burgain diesmal sehr ernst an.

»Ja. Das hast du mich doch vorhin schon einmal gefragt. Du warst zum ersten Mal richtig betrunken. Wieso fragst du?«, erwiderte ich verwundert.

»Weißt du noch, weshalb ich betrunken war?«

»Nein, keine Ahnung. Auf so einer Klassenfahrt ist doch jeder einmal betrunken. Kannst du mir bitte die Fesseln abnehmen? Meine Handgelenke schmerzen ziemlich«, war ich gerade mit einem anderen Problem beschäftigt.

James Burgain ging nicht auf meine Bitte ein, sondern zog es vor, zunächst die Antwort auf seine eigene Frage zu geben.

»Weil ich am Nachmittag desselben Tages zu dir gekommen bin. Ich hatte dir davon berichtet, dass sich Mr. de Burger an mich herangemacht hat. Du hast mich aber wieder weggeschickt und nichts unternommen. Noch am Abend, kurz vor dem gemeinsamen Essen, hat er mich dann zu sich in sein Zimmer geholt und ist über mich hergefallen. Und du hättest es verhindern können! Ich habe mich an diesem Abend nur betrunken, um das alles wieder zu vergessen. Das war der Grund«, erklärte er mir zornig.

»Das konnte ich ja nicht wissen. Entschuldige bitte!« Ich ahnte, dass James möglicherweise doch nicht an meiner Befreiung gelegen war.

»Ich will dich hier nicht einfach in deinem Sarg sterben lassen. Ich will es selbst erledigen. Ich will dir in die Augen sehen, wenn du stirbst. So wie du mir in die Augen gesehen hast, als du mich damals weggeschickt hast.«

»James, das war doch … Du kannst doch nicht …«, flehte ich.

Doch es nützte nichts. James Burgain erfasste die Schaufel, mit der er mich ausgebuddelt hatte, mit beiden Händen, drehte sie um 90 Grad und streckte sie hoch über den Kopf. Dann schlug er zu. Die scharfe Kante des metallenen Schaufelblatts sauste auf mich herunter. Ich spürte noch, wie sich das Metall durch meine Stirn bis hinunter zur Nasenwurzel fraß. Dann kippte ich nach hinten. Zurück in meinen Sarg.

Matthias Seydewitz

ZUR ENDSTATION

Felix steht zwischen Schreibtisch und Bücherregal am Fenster und sieht in die Nacht hinaus. Der Mond ist kalt und kommt ihm vor wie ein seit Jahren immer wieder aufpoliertes Geldstück in einer nicht mehr gültigen Währung. Auf der Straße ist es still, sonntagabendstill. Bis vor einer Stunde hat es noch geregnet. Das Straßenpflaster glänzt feucht im Laternenlicht. Auf der gegenüberliegenden Straßenseite stehen Autos. Sie werfen Schatten.

Sobald er das Fenster verlässt, landen seine Gedanken wieder bei Sophie. Er weiß, es tut ihm nicht gut, so an sie zu denken. Sein Arzt verbietet es ihm. Depressionen schwächten das Immunsystem. Das mache ihn anfällig für alle möglichen Krankheiten.

Er geht ins Bad. Er bleibt vorm Spiegel stehen. Er streicht sich durchs gebleichte Haar. Er kontrolliert seinen Gesichtsausdruck. Jetzt nur nicht weich werden. Sein Plan bedingt, dass er immer genau weiß, was er tut.

Auf seiner Jeans ist das Symbol von Levi Strauss und auf seinem T-Shirt steht groß ›Metallica‹. Er ist dreiunddreißig Jahre alt, Architekt von Beruf und seit drei Jahren im Besitz einer illegalen Schusswaffe.

Die Pistole hat sein Leben verändert. Bis zu dem Tag, an dem er sie zum ersten Mal in der Hand hielt, hatte er nicht einen Moment im Ernst daran gedacht, einmal einen Menschen zu töten. Danach schon.

Es war die Zeit, als das zwischen Sophie und Hans Jürgen losgegangen war. Dieser Kerl tauchte einfach immer wieder bei ihnen auf. Er gab sich als langjähriger Freund Sophies aus, spielte den Lebensweisen, zitierte Hamlet und flirtete mit ihr in drei verschiedenen Sprachen. Eines Abends bat er sie bei einer solchen Gelegenheit sogar, mit ihm wegzugehen.

»Ich mache dich glücklich! Du wirst sehen, das Leben beginnt von vorn.«

Das war genau die Situation, in der Felix Steiner die Knarre in beiden Händen hielt und sich überlegte, den Kerl zu erschießen. Die Tatsache, dass er damit riskierte, als Mörder verurteilt zu werden und für Jahre in den Knast zu kommen, interessierte ihn in dem Moment überhaupt nicht.

Er muss noch mal aus dem Haus. Es ist die Unruhe. So langsam bekommt er das Gefühl, dass ihm die Zeit davonläuft. Er wird älter, ohne die Stunden mit Leben füllen zu können. Er möchte etwas tun. Dabei kann er nur zusehen und warten. Und hoffen. Er zieht sich eine Jacke an, Schuhe, tritt ins Treppenhaus. Die Wohnungstür fällt hinter ihm mit einem Knall ins Schloss. Er verlässt das Haus, in dem er nun schon beinah ein Jahr wohnt.

Als er noch mit Sophie zusammen war, ist er sonntagsabends oft in den Wald gefahren. Dabei war es ihm nicht einfach nur darum gegangen, mit sich allein zu sein oder gar das Feld seinem Nebenbuhler zu überlassen. Nein, er musste sich Klarheit darüber verschaffen, was er wollte, wie er mit dem Kerl an Sophies Seite und mit sich selbst weiter umgehen wollte.

Er suchte sich einen stattlichen Baum und hängte eine Büchse in dessen Zweige. Sie musste hoch genug hängen und er musste sie fest zurren, dass sie nicht gleich beim ersten Treffer runterfiel. Als er damit fertig war, trat er vom Baum zurück, soweit, dass er sein blechernes Opfer gerade noch sehen konnte.

Wie er die Pistole halten musste, wusste er aus unzähligen Fernsehkrimis. Er hielt sie mit beiden Händen, streckte die Arme aus. Schließlich feuerte er die Waffe ab. Er stellte sich kein Gesicht am Baum vor, er ahmte auch keine kultige Pose aus irgendeinem Film nach. Er versuchte die Büchse einfach nur zu treffen.

Mit diesen Übungen hatte er das Gefühl, die Situation allmählich wieder in den Griff zu bekommen. Sollten die beiden daheim sich nur vergnügen und Pläne schmieden. Er hatte die Macht, es zu beenden, und zwar für immer. Bei diesen Gedanken kam ihm die Idee, wie er es machen würde.

Am Sonntag drauf nahm er Sophie mit zu seinen Schießübungen.

»Wieso schleppst du mich hierher?«

Sie stand hinter ihm und hielt sich die Ohren zu, während er unentwegt auf seine Blechbüchse schoss. Auf ihre Frage hin drehte er sich zu ihr um und gab ihr die Pistole in die Hand. »Du bist dran.«

Sophie sah ihn irritiert an. Felix achtete nicht darauf.

»Schieß!«

Sophie machte Anstalten, ihm die Pistole wieder zurück zu geben. Sie schüttelte mit dem Kopf.

»Das ist dein Spielzeug.«

Felix wehrte ab. Er wusste, sie gehört zu den Menschen, die sich auf Dauer nichts gefallen lassen. Eine Schusswaffe war die perfekte Hardware für das System ihres Lebens.

»Schieß!«

Er brüllte sie an.

»Ich weiß, ich bin dir im Weg. Also stell dir vor, ich bin da am Baum gefesselt. Schieß auf mich und du bist mich für immer los.«

Sie ging ein paar Schritte auf den Baum zu und schoss. Felix feuerte sie an.

»Schieß weiter! Sobald du triffst, wirst du dich befreit fühlen. Du sollst nie wieder unglücklich sein.«

Sophie schoss weiter. Das Magazin musste nachgeladen werden. Danach schoss sie weiter und traf schließlich. Doch auch danach hörte sie nicht auf. Sie schoss solange, bis sie den Draht traf, mit dem die Büchse am Baum befestigt war. Die Büchse fiel runter und Sophie drehte sich zu Felix um, zielte auf ihn.

Er erschrak. Sie war im Rausch. In dem Moment konnte alles Mögliche passieren. In seinen Adern stockte das Blut. Er wurde blass. Doch Sophie schoss nicht. Sie richtete stattdessen das Wort an ihn. Ihre Miene dabei war eiskalt.

»Ziehst du demnächst bei mir aus oder willst du, dass ich Ernst mache?«

Nachdem sie diese Frage gestellt hatte, hielt sie einen Augenblick inne, dann lachte sie und gab Felix die Waffe zurück. Aber er wusste, dass das alles andere als nur Spaß war. Und er wusste auch, was als Nächstes zu tun war.

Am Bahnhof angekommen, geht er bis zu den Gleisen, wo gerade ein Zug hält. Niemand steigt ein, niemand aus. Er überlegt einen Moment, mitzufahren. Dass er nicht weiß, wie der Ort heißt, in dessen Richtung der Zug fährt, spielt keine Rolle. Der Zug bleibt ungefähr eine Minute lang stehen, dann fährt er auf ein Signal hin weiter.

Mit dem Blick in die vorbeihuschenden Abteile versucht er sein gerade erst aufkommendes Fernweh wieder abzustreifen. Er sieht Mädchen und Jungen aus der Stadt. Er sieht einen Zeitungsleser, eine Dame mit einem Hündchen im Arm. Er sieht den Schaffner. Er sieht die Lichter, die sich vom Bahnhof entfernen.

Wenn es vorbei ist, sagt er sich, wird er nicht hier stehen, sondern in dem Zug sitzen. Sophie und die Kinder werden bei ihm sein und alles wird gut werden.

Er verlässt den Bahnhof wieder, geht die Bahnhofsstraße zurück und biegt an ihrem Ende in die kleine, enge Straße ein, in der er für ein paar Jahre bei Sophie zu Hause war.

Schon von weitem erkennt er das nachtblaue Auto Hans Jürgens, einen 5er BMW. Er ist also bei ihr. Vielleicht klappt es diesmal. Jeder Tag, an dem er bei ihr ist, eignet sich für das Finale.

Er klingelt nicht, er geht nicht mal bis vor die Haustür. Auf dem Weg, der in den Garten führt, drückt er sich an den Sträuchern entlang. Schließlich gelangt er zum Seitenflügel des Hauses, in dem sich das Wohnzimmer und die Küche befinden.

Das Wohnzimmerfenster, das so groß ist wie ein Schaufenster in einem Ladenlokal, ist von Kerzenschein erhellt, welches sich dämmrig in den Raum ergießt.

Bevor er etwas erkennen kann, muss er daran denken, wie er mit Sophie auf dem Teppich vor dem Fernseher das letzte Mal Sex hatte. Er weiß noch genau, wie es sich angefühlt hatte und dass es so plötzlich über sie gekommen war, mit einer Wucht, dass für einen Wechsel in ein anderes Zimmer keine Zeit blieb.

Er bleibt, verdeckt von der Trauerweide, unmittelbar vor dem Fenster stehen. Das ist sein Platz, den er, seit er von ihr getrennt ist, immer wieder einnimmt.

Sophie sitzt mit Hans Jürgen auf der Couch. Auf dem Tisch stehen eine angebrochene Flasche Rotwein und zwei halbvolle Gläser. Hans Jürgen spielt mal wieder den Hamlet. Sophie schweigt. Sie sieht Hans Jürgen zu, so als schaue sie auf die Mattscheibe ihres Fernsehers. Er steht auf und wirft sich vor ihr auf die Knie.

»Fräulein, soll ich in Eurem Schoße liegen? Was ist es doch für ein schöner Gedanke, zwischen den Beinen einer schönen Frau zu liegen!«

Sagt es und legt seinen Kopf in Sophies Schoß. Und sie, die nicht darum gebeten hatte, verdreht die Augen.

Über Felix Gesicht huscht ein Lächeln. Er hat das Gefühl, dass die Zeit endlich reif ist.

Hans Jürgen ist schlank, was daran liegt, dass er vier Mal die Woche Sport treibt und sich seit Jahren von Trennkost ernährt. Er trägt Jeans und sein Hemd offen. Sein Haar ist grau, mausgrau. Seine Stirn ist zerfurcht, so als habe er einen Mann mit einer Harke in seinem Leben, der ihm täglich kleine Furchen in die Stirn zieht. Sein Blick ist undurchdringlich, wie von jemandem, der schon alles gesehen hat in seinem Leben. Er ist charmant, humorvoll und hasst die Vorstellung, sich zu binden, sich auf einen Alltag einzulassen, von dem er gar nicht wissen will, wie der aussehen soll.

Sophie wollte von Anfang an, dass er ganz und für immer zu ihr kommt. Und eigentlich will sie das immer noch, aber sie hat die Hoffnung darauf aufgegeben.

Sie weiß, sie spielt im Leben von Hans Jürgen die Rolle der schönen Ophelia. Und sie weiß auch, sie ist nur eine mögliche Besetzung von vielen. Dass sie irgendwann tot sein wird, ist ihr erst seit kurzem bewusst. Denkt sie daran und blickt in den Spiegel, sieht sie sich als Leiche. Und dann weiß sie, dass es wohl sehr bald passieren wird, denn eine alternde Ophelia ist etwas, das es nicht gibt.

Neuerdings geht sie öfter auf Friedhöfen spazieren und sucht in Grabsteininschrift nach der heimlichen Genugtuung von Hinterbliebenen, etwa wie: ›Ich habe dir gesagt, du sollst nicht wiederkommen. Tot ist tot.‹

Mit der flach erhobenen Hand unterbricht Sophie die Hamlet-Aufführung ihres Gastes. Ihr Blick ist hart und so als verlange jede Faser ihres Körpers danach, ihm weh zu tun.

»Hör auf damit. Ich hab genug von deinem Hamlet.«

Im Gesicht ihres Gastes zeichnet sich Fassungslosigkeit ab.

»Was ist denn los mit dir?«

Sophie sieht ihn mit wütenden Augen an. Hans Jürgen wird sichtlich unwohl zumute.

»Ich hab dich etwas gefragt. Musst du jetzt diesen Abend zerstören? Ich hab mich den ganzen Tag darauf gefreut.«

Sophie bläst die Kerze aus, nimmt ihr Glas vom Tisch, hält es in die Höhe und schaut durch es hindurch.

»Ich möchte, dass du jetzt gehst. Und ich will dich hier nicht wiedersehen.«

Sie spricht diesen Satz ganz langsam, ohne Betonung, ohne erkennbare Regung.

»Das zwischen uns hat keinen Sinn. Wir werden niemals ein Paar sein. Ich bin nur eine Traumfigur in deiner Parallelwelt.«

Sophie nimmt einen Schluck aus ihrem Glas und wirft einen Blick zur Zimmerdecke.

»Du spielst mit mir, aber ich bin eine erwachsene Frau – hörst du? Ich will verdammt sein, wenn ich mich noch länger wie ein Kind benehme und mich mit dir einlasse.«

Hans Jürgen sitzt versunken, rührt sich nicht von der Stelle.

»Du willst, dass sich was ändert? Du willst, dass ich für immer zu dir komme? Dann gib mir verdammt noch mal Zeit.«

Sophie steht auf, setzt sich in einen der Sessel.

»Zeit … Du willst mehr Zeit. Oh, ich verstehe, du musst dein Leben erst noch ordnen.

Sie legt die Stirn in Falten.

»Was willst du den anderen sagen – dass du jetzt in festen Händen bist? Das glaubt dir kein Mensch.«

Sie zuckt mit den Schultern.

»Und außerdem muss ich dir wegen der Zeit leider sagen, dass mein Leben nicht unendlich ist.«

Sie richtet sich in ihrem Sessel auf, wirft einen Blick durch den Raum und wendet sich ihm dann wieder zu.

»Deine verdammte Zeit ist abgelaufen. Hörst du! Ich will, dass du deine Sachen nimmst und gehst. Und ich will, dass du dich hier nicht wieder blicken lässt.«

Dieses Mal sieht sie ihm bei diesen Worten lächelnd ins Gesicht. Hans Jürgen sieht an ihr vorbei.

»Gut, wenn du willst, dass ich gehe, dann gehe ich. Aber ich komme wieder. Du wirst sehen, wie schnell du mich vermisst. Vielleicht rufst du mich morgen schon an. Soll ich wirklich alles mitnehmen? Ich könnte wenigstens die Pantoffeln hier lassen. Du weißt, ich vergesse sie immer wenn ich zurückkomme. Und dann bist du wieder sauer, weil ich noch mal nach Hause muss.«

Sophie springt aus ihrem Sessel.

»Hör endlich auf! Ich kann das nicht mehr hören.«

Sie geht um den Couchtisch herum zur Schrankwand und greift nach dem linken oberen Schubfach.

Felix steht da draußen in der Dunkelheit.

Er kann nicht hören, was Sophie und Hans Jürgen miteinander reden, aber er weiß, was Sophie im linken oberen Schubfach der Schrankwand aufbewahrt: seine Pistole. Er hat sie ganz bewusst dort zurückgelassen als er ausgezogen ist. Er ballt die Hände zu Fäusten. Er spürt sein Herz klopfen.

Sophie zieht das Schubfach auf, hält einen Moment inne, schaut zur Couch zurück, in Hans Jürgens Gesicht, in dem sich keinerlei Regung abzeichnet, und wendet sich wieder dem Schubfach zu. Mit einem Ruck dreht sie sich schließlich von der Schrankwand zurück in den Raum hinein und hat die Pistole in der Hand.

Hans Jürgen erhebt sich von der Couch. Die Bewegung seines Körpers ist verlangsamt. Er bleibt hilflos vor ihr stehen, so als wüsste er nicht, warum er eigentlich aufgestanden ist. In seinem Gesicht ist Widerwillen zu erkennen. Er will etwas sagen, aber er kann Sophie nur irritiert ansehen, wie sie da so vor ihm steht, mit der Pistole in der Hand und diesem merkwürdigen Ausdruck im Gesicht.

Und Felix, der bis eben noch vor dem Fenster ausharrte, verlässt augenblicklich seinen Posten. Er muss vermeiden, dass sie sich über einen möglichen Blickkontakt sein Okay holt.

Mit wenigen Schritten ist er um das Haus herum. Dort weiß er zunächst nicht wohin mit sich. Dann fällt ihm ein, dass es wohl besser wäre, wenn die Nachbarn ihn im Moment nicht vor Sophies Haus sehen. Er begibt sich auf die andere Straßenseite. Dort ist ein kleiner Wassergraben. Dahinter ist eine Wiese. Er überquert den Graben und legt sich flach ins Gras.

Jetzt heißt es warten.

Doch nichts rührt sich.

Nach einer scheinbar unendlich langen Zeit, in der nichts geschieht, kommt er sich erbärmlich vor im Gras. Er wollte immer dabei sein, wenn es geschieht. Warum sollte er sie nicht noch mal anfeuern? Vielleicht braucht sie das noch mal, wie sie es damals im Wald gebraucht hatte. Er erhebt sich und begibt sich zum Fenster zurück.

Die Situation im Wohnzimmer ist unverändert. Sophie hält immer noch die Waffe auf Hans Jürgen gerichtet, aber nunmehr so, als wolle sie selbst nicht dabei sein, wenn sie ihn damit erschießt. Sie zittert ein wenig. Hans Jürgen selbst steht da wie angewurzelt. Er will nicht gehen, aber er muss.

Er hat zum ersten Mal in seinem Leben das Gefühl, dass er nichts mehr zu verlieren hat.

In dem Moment betritt Mike, Sophies Sohn das Wohnzimmer.

Er will seiner Mutter sagen, dass da jemand sei, der ums Haus schleicht. Doch er bleibt wie versteinert im Türrahmen stehen. Sophie sieht ihn mit großen Augen an und hört ihre Tochter in der Küche telefonieren. Annalisa redet ganz schnell und ohne Luft zu holen. Sie will nicht hören, was da im Wohnzimmer gerade passiert.

»Geh zu deiner Schwester. Sag ihr, sie soll auf dich aufpassen.«

Felix steht nun wieder am Wohnzimmerfenster, verdeckt von der Trauerweide, und sieht zu, wie sich da drinnen Hans Jürgen heimlich von Sophie abwendet und zur Tür geht.

Mike sieht ihn langsam auf sich zukommen und blickt ihm in die Augen. Seine Mutter hatte ihm beigebracht, anderen Menschen stets in die Augen zu sehen. Er zieht sich langsam wieder aus dem Zimmer zurück und schließt hinter sich die Tür. Sophie sieht ihrem Sohn noch nach, dann fordert sie Hans Jürgen auf, stehen zu bleiben.

»Bleib gefälligst stehen. Und dreh dich zu mir um solange ich noch mit dir rede!«

Sie ist rasend vor Wut. Sie möchte am liebsten einen Besen holen und ihn damit verprügeln. Aber sie hat ja diese Pistole in der Hand. Sie möchte sie weglegen, aber sie weiß, dass das nicht geht.

Der Angesprochene reagiert nicht mehr auf sie. Er geht einfach weiter. Sophie schreit ihn an.

»Dreh dich zu mir um, hab ich gesagt! Ich will dir ins Gesicht sehen, wenn ich dich erschieße.«

Sie würde sie gern wieder weglegen, diese verdammte Pistole, am besten in das Schubfach zurück.

Hans Jürgen schüttelt mit dem Kopf. Dann dreht er sich langsam zu ihr um und sieht in den Lauf der Pistole.

»Was soll dieser Quatsch? Du weißt genau, dass du mich nicht erschießen kannst. Und das ist auch nicht nötig. Du hast gesagt, ich soll gehen. Dann gehe ich einfach und alles ist gut. Über den Rest können wir morgen reden oder übermorgen.«

Sie entsichert die Waffe. Es kommt ihr vor, als hätte sie das schon hundertmal getan oder hundertmal im Kino gesehen.

Hans Jürgen wirft währenddessen einen Blick zum Fenster und entdeckt beim genaueren Hinsehen Felix.

»Du bekommst Besuch. Wollte dein Sohn dir vorhin nicht sagen, dass da draußen jemand ist? Geh zu Tür und lass ihn rein, dann reden wir zu dritt weiter.

Die Angesprochene hört nicht, was er sagt. Sie hat den Finger am Abzug, starrt Hans Jürgen mit großen, leeren Augen an. Sie wartet darauf, dass er noch wegzulaufen versucht oder sich auf den Boden fallen lässt oder versucht, ein Möbelstück nach ihr zu werfen. Sie will, dass er sie wenigstens in dieser Situation ernst nimmt. Doch Hans Jürgen rührt sich nicht von der Stelle. In seinem Gesicht ist keine Regung zu erkennen. Auf seiner Stirn steht kein Schweiß.

Sie schließt kurz die Augen, öffnet sie wieder und drückt ab. Drei kurz hintereinander fallende Schüsse zerstören die Stille des Abends.

Die ersten beiden Projektile verfehlen Hans Jürgens Kopf nur knapp, bohren sich hinter ihm in die Wand. Mit dem dritten Schuss trifft sie den Mann mit dem undurchdringlichen Blick zwischen die Augen. Seine Pupillen erstarren. In seiner Stirn wird ein rot umrandetes Loch sichtbar, das in einem Bruchteil von Sekunden ausläuft, wie bei einem Kunstmaler, der zu viel Farbe im Pinsel führt. Hans Jürgen oder das, was von ihm übrig ist, steht erstarrt im Raum. Sein

Mund ist offen, so als wollte er seinen letzten Satz widerrufen oder noch mal wiederholen. Ein paar Sekunden vergehen, in denen, wie bei einem angehaltenen Film, nichts zu passieren scheint. Dann endlich fällt er in sich zusammen, wie ein morsches Haus, dessen tragende Wände gesprengt wurden.

Sophie steht mit gesenktem Blick in ihrem Wohnzimmer, die Pistole noch in der Hand. Sie ist blass. Sie versucht ein Lächeln. Sie weiß nicht, ob er es sehen kann, aber es ist für Felix bestimmt. Ihre Kinder kommen ins Zimmer gerannt, bleiben vor ihr stehen und starren auf ihre kleinen weißen Zähne.

Felix steht immer noch da draußen am Fenster, nunmehr mit der Stirn an die Scheibe gedrückt. Er kann es noch nicht fassen, aber die Show ist vorbei. Er weiß, es war seine Show.

Sophie, die Frau, mit der er so lange glücklich war, mit der er einmal alt werden wollte, die er für immer halten und niemals loslassen wollte, auch nicht als sie sich schon lange zu Hans Jürgen bekannt hatte, diese Sophie scheint plötzlich unerreichbar für ihn. Es kommt ihm vor, als habe sie ihn erst in dieser Minute verlassen. Aber das zu denken ist zu schmerzlich. Der Arzt hatte ihm gesagt, Depressionen seien was für Verlierer und nicht gut fürs Immunsystem.

Felix kommt sich wie ein Zoobesucher im Aquarium vor, der gerade einem Hai zuschaut, wie der einen anderen Zoobesucher zwischen seinen beiden Zahnreihen zermalmt.

Sophie gibt sich einen Ruck, nimmt ihren Sohn in die Arme, drückt ihn und bringt ihn aus dem Zimmer.

Felix verlässt sein Fenster, an dem er so viele Nachmittage und Abende darauf gewartet hatte, dass es endlich vorbei geht, und begibt sich zur Eingangstür. Annalisa öffnet sie ihm. Sie will Felix etwas sagen, doch der drückt sie nur kurz, streicht ihr durchs Haar und schiebt sich an ihr vorbei. Er geht ins Wohnzimmer. Sophie steht mitten im Raum.

»Wie heißt es so schön, wenn so etwas passiert im Leben ...«

Ihre Stimme klingt wie die eines kleinen Mädchens, das gerade ein Märchen vorgelesen bekommen hat.

»... ist hinterher nichts mehr wie es einmal war.«

Mit diesen Worten fällt sie Felix in die Arme.

»Sag, wird jetzt alles gut?«

Er schaut über ihre Schulter in die Blutlache ihres Mordopfers.

»Ich weiß nicht. Hier ist gerade ein Mann erschossen worden.«

Darauf löst sich Sophie aus seiner Umarmung und gibt ihm die Pistole in die Hand.

»Ja, du hast ihn endlich erschossen. Mit deiner Pistole hast du ihn erschossen. Wieso hast du das nicht schon früher getan?«

Felix steht da, die Pistole in der Hand, und weiß nicht, was er sagen soll. Schließlich sichert er die Waffe und steckt sie sich in die Jackentasche.

Ist er jetzt eigentlich doch der Verlierer? Er entschließt sich, später darüber nachzudenken.

Eine halbe Stunde später steigen Sophie, Felix und die Kinder zusammen in einen Zug. Sie haben vorher noch gepackt, das Schulzeug der Kinder, Kleidung, die wichtigsten Papiere.

Sophie ist außer Atem. Felix schaut sich um, sucht den Wagon nach Blicken ab, die womöglich auf seine Begleiterin gerichtet sind. Dann sieht er nach den Kindern.

Der Schaffner fragt, wo sie hin wollen. Sophie antwortet ihm.

»Bis zur Endstelle.«

Der Mann in der dunkelblauen Uniform sieht sie daraufhin verwundert an. Dann sagt er den Namen des Ortes. Sophie nickt abwesend.

Mike setzt sich auf den erstbesten freien Platz, wirft sich in die Lehne und kneift die Augen zusammen. Annalisa setzt sich an seine Seite, hält seine Hand. Felix steht da, mit dem Rücken zu Sophie und überlegt, was er eigentlich in diesem Zug soll. Er dachte ursprünglich, wenn Hans Jürgen tot ist, kann er mit Sophie ein neues Leben anfangen. Aber das war ein Irrtum. Denn plötzlich graut es ihm, wenn er sich vorstellt, mit ihr auch nur einen Tag zusammenzuleben.

Er geht zu den Kindern und fragt Annalisa, ob es in Ordnung für sie sei, woanders noch mal ganz neu anzufangen. Sie schaut zu Boden und nickt mehrmals langsam mit dem Kopf.

»Ist schon okay. Ich werde Mike doch jetzt nicht allein lassen.«

Ihr Blick liegt auf dem Boden. Sie hebt eine Hand, um Felix' Hand zu drücken. Ihr Arm ist schwer. Sie schließt kurz die Augen, dann wendet sie sich wieder ihrem kleinen Bruder zu, streicht ihm durchs Haar.

»Nimm dich in Acht vor ihr. Du weißt jetzt, wozu sie imstande ist.«

Diese Worte sind an Felix gerichtet. Er setzt an, etwas zu sagen, doch in dem Moment kommt eine Ansage.

Felix drückt Annalisa den Arm. Sie sieht ihm ins Gesicht. Er nickt. Sie nickt zurück.

»Wirst du klarkommen?«

Sie hebt die Schultern, lächelt.

»Du weißt, wo du mich findest. Versprich mir, dass du dich meldest, wenn nicht.«

Sie nickt. Er drückt sie, streicht Mike über den Kopf.

Im Gepäcknetz über Sophies Sitz ist sein Koffer.

Er geht zu ihr. Sie steht auf und gibt ihm den Koffer.

Sie stehen sich noch kurz gegenüber. Niemand sagt etwas. Er wendet sich von ihr ab und geht. Sie ruft ihm hinterher.

»Danke für alles.«

Der Zug hält. Er steigt aus, ohne sich noch mal umzusehen. Auf dem Weg über den Bahnsteig sieht er wie Polizisten und zwei Herren in Zivil in den Zug steigen. Er greift unwillkürlich nach seiner Jacketttasche.

Die Polizisten haben ein Foto bei sich. Das haben sie aus dem Haus mitgenommen, in dem sie die Leiche gefunden haben. Sie schauen sich das Foto noch mal an. Dann durchkämmen sie den Zug. Bei Sophie bleiben sie stehen. Einer der Zivilen hält ihr seinen Ausweis vors Gesicht.

»Kommissar Lenz. Sind Sie Sophie Fenske?«

Sophie nickt und sieht aus dem Fenster. Felix spürt ihren Blick und schaut zu ihr zurück, bleibt kurz stehen.

Der Kommissar, der sie gerade nach ihrem Namen gefragt hat, spricht sie erneut an.

»Kennen Sie den Mann?«

Sophie starrt vor sich hin.

»Ja, ich kannte ihn. Bis vor kurzem kannte ich ihn.«

Einer der Uniformierten spricht in sein Funkgerät. Sophie sieht zu wie Felix in der Unterführung verschwindet. Währenddessen fordert Kommissar Lenz sie auf, sich von ihrem Sitz zu erheben. Als sie nicht reagiert, wird sie von den Uniformierten an den Armen hochgezogen. Lenz hält ein Paar Handschellen hoch.

»Frau Fenske, ich nehme Sie hiermit fest. Sie stehen unter dem dringenden Verdacht, Hans Jürgen Fähnchen erschossen zu haben.«

Felix geht durch die Unterführung. Er fühlt sich befreit. Jetzt, weiß er, kann ein neues Leben beginnen. Er wird mit einem Taxi nach Hause fahren. Diesen Luxus, sagt er sich, hat er sich verdient.

Er steht vor der Treppe. Laternenlicht liegt auf den Stufen, zum Greifen nah. Doch vor ihm stehen zwei Polizisten, bitten ihn, mit aufs Revier zu kommen. Er solle als Zeuge in einem Mordfall vernommen werden.

traurig

Anne Mehlhorn

MASKERADE

»Ich muss darüber nachdenken. Ich ruf' Sie zurück.« Siggi ließ den Telefonhörer auf das Kissen sinken. Er blinzelte verschlafen und stellte mit einem Blick auf den Wecker fest, dass es 14 Uhr war. Stöhnend drehte Siggi sich auf den Rücken und starrte an die Decke. Hinter seiner Stirn spürte er ein unablässiges, dumpfes Pochen, und der bittere Geschmack von Galle hatte sich in seiner Kehle festgesetzt. Er atmete tief durch, um die Übelkeit zurückzudrängen. Was für ein Dreckszeug hatte ihm Emilio da gestern – oder war es vorgestern gewesen – bloß angedreht?

Es dauerte einige Minuten, bis der Inhalt des Telefongesprächs in seiner ganzen Bedeutung in Siggis Bewusstsein drang. Seine Großmutter – Oma Birgit, wie er stets gezwungen worden war, sie zu nennen – sollte entlassen werden, aus der Klapsmühle, in der sie die letzten knapp anderthalb Jahre verbracht hatte. Siggi wusste nicht einmal genau warum. Irgendwelche Psychosen, Stimmen, Halluzinationen, was auch immer. Ihn hatte es nicht gewundert, er war schon immer der Meinung gewesen, dass seine Großmutter einen kompletten Dachschaden hatte – lange, bevor sie eingeliefert wurde. Aber laut dem Arzt, einem Doktor Neuhauser, ging es ihr inzwischen gut genug, dass sie nicht länger in der Klinik bleiben musste. Nur eben alleine wohnen, das könne die alte Frau wohl nicht mehr, und da sie sich seit der Krankheit mit ihren Kindern zerstritten habe … Und ob Siggi nicht vielleicht …? Als Enkel …?

Siggi fuhr sich mit der Hand über seine schwitzige Stirn.

Er stemmte sich mühsam im Bett nach oben und stand auf. Wischte mit der Fußspitze einige herumliegende leere Flaschen beiseite und schlurfte in die Küche. Irgendwo in dem Haufen aus Pizzakartons, Chipstüten, Bierflaschen und dreckigen Klamotten, fand er schließlich Papers und drehte sich mit zittrigen Fingern einen Joint. Das Feuerzeug war fast leer, aber nach mehreren Anläufen schaffte Siggi es, ihm noch ein kleines Flämmchen zu entlocken. Schon nach wenigen Zügen entspannte er sich und spürte, wie sich der Nebel in seinem Kopf lichtete.

Seine Großmutter hatte Kohle, soviel wusste er mit Sicherheit. Ihr gehörten drei oder vier Häuser und noch ein ganzer Batzen Bargeld. Und wenn sie irgendwann mal abkratzte, würden das alles ihre Töchter – Siggis Mutter und Tante – bekommen. Siggi würde keinen Cent davon zwischen die Finger kriegen; seine Eltern hatten ihm klar gemacht, dass sie ihn nicht mehr in ihrem Leben haben wollten. Verdammte Bagage, dachte Siggi und nahm einen besonders tiefen Zug. Aber bitte, er brauchte sie schließlich nicht, diese verödeten Spießer. »Scheiß auf die«, murmelte er. Seine Großmutter war genauso. Siggi konnte sich nicht erinnern, dass diese verrückte alte Schachtel jemals etwas Nettes zu ihm gesagt hatte.

Nachdenklich drückte er seinen Joint aus und ging zum Fenster. Sie hatte sich also mit ihren Töchtern zerstritten … Und Siggi sollte sich jetzt um sie kümmern, ja?

Siggi musste unwillkürlich lächeln. Warum eigentlich nicht? Er musste seiner Großmutter nur den perfekten Enkelsohn vorspielen, der sich völlig geändert hatte und sich aufopferungsvoll um sie kümmerte. Wenn er sie dann noch ein wenig gegen ihre Töchter aufbrachte …

Zielstrebig ging er zurück zum Bett, griff nach dem Telefon und drückte die Rückruftaste. Während er dem gleichmäßigen Tuten aus dem Hörer lauschte, sah er sich in seiner

Wohnung um und versuchte, sie mit den Augen seiner Großmutter zu betrachten. Einen Vorzeigeenkel spielen … Er seufzte. Das würde eine ganze Menge Arbeit bedeuten.

Zwei Tage später stand er vor dem Eingang der Klinik, um seine Großmutter abzuholen. Den ganzen Vormittag hatte er damit zugebracht, sich als Klosterschüler zu verkleiden – er hatte sich gründlich rasiert, die Fingernägel geschrubbt, und sich sogar schweren Herzens von seinen Dreadlocks getrennt. Stattdessen trug er nun einen langweiligen allerwelts-Haarschnitt frisch vom Frisör. Dazu hatte er das einzige weiße Hemd angezogen, das er besaß, und eine braune Cordhose. Seine Großmutter würde ihn in diesem Aufzug kaum wiedererkennen.

Sie hingegen erkannte er sofort, als die gläsernen Eingangstüren sich öffneten und sie nach draußen trat. Eine dürre, kleine Gestalt mit schwarz gefärbtem, dünnem Haar und einem Mund, der beinahe lippenlos schien, wenn sie ihn fest geschlossen hatte. Sie trug Kleidung wie aus den 50ern – ein langes, graues Kleid mit einem schwarzen Gürtel um die Hüfte und sogar schwarze Spitzenhandschuhe – Gott, die Frau hatte Nerven.

Mit großen Schritten kam sie auf Siggi zu und musterte ihn von oben bis unten. Ihr Blick verweilte einen Moment länger auf seinem rechten Handrücken – die ›Lordi‹-Tätowierung konnte er leider nicht verstecken – und kehrte dann zurück zu seinem Gesicht.

»Das wird aber auch Zeit!«, raunzte sie, in einer Lautstärke, die ein Außenstehender der alten Dame niemals zugetraut hätte. Aber Siggi kannte ihr Organ noch zur Genüge.

Sie stemmte die Hände in die Hüften und schaffte es, obwohl sie zwei Köpfe kleiner als er war, ihn von oben herab anzusehen. »Hilfst du mir jetzt mit meinem Gepäck oder willst du nur faul hier herumstehen?!«

»Ich freu mich, dich zu sehen, Oma Birgit«, Siggi zwang sich zu einem falschen Lächeln.

»Hast du mir nicht zugehört? Meine Koffer tragen sich nicht von alleine!«

»Doch, Oma, ich gehe jetzt gleich nach oben und hole alles.«

»Gut, ich setze mich so lange ins Auto«, sagte sie, und blickte dabei über den Parkplatz. »Welches ist deins?«

»Der rote Audi.« Siggi drückte ihr den Schlüssel in die Hand. »Dort drüben, gleich an der Ecke.« Seine Großmutter schürzte missbilligend die Lippen; in seine tiefergelegte Rostlaube zu steigen schien für sie eine Beleidigung zu sein. Doch dann stöckelte sie los, ohne noch etwas zu sagen.

Siggi ballte seine Hände zu Fäusten. Tief durchatmen jetzt. Bloß nicht aufregen. *Ich liebe meine Oma Birgit,* sagte er zu sich selbst. *Ich liebe sie, und freue mich, dass sie bei mir einzieht …*. Während er im Fahrstuhl ins fünfte Stockwerk fuhr, redete er sich diese Sätze immer weiter ein, sodass er beim Aussteigen schon wieder zu einem Lächeln fähig war.

Er wechselte noch einige Worte mit dem Arzt, der ihn auf allerlei Zeugs aufmerksam machte, wie dass seine Großmutter sich nicht aufregen solle, dass sie ihre Tabletten nehmen müsse, dass er laute Geräusche vermeiden solle … Siggi schaltete nach kurzer Zeit ab und nickte nur noch lächelnd zu allem. Dann holte er das Gepäck seiner Großmutter und wuchtete es in den Fahrstuhl und danach bis zum Auto. Als endlich alles im Kofferraum verstaut war, schwitzte er wie ein Fixer auf kaltem Entzug. Kaum dass er die Wagentür geöffnet hatte, blaffte seine Großmutter ihm schon entgegen: »Warum hat denn das so lange gedauert?!«

Nach einer kurzen Fahrt hielten sie vor dem Neubaublock, in dem Siggi wohnte. Im Treppenhaus wanderte der Blick seiner Großmutter missbilligend über die Graffitis an den Wänden und die zahllosen Scherben unter einem der

Briefkästen. Ihr Leben lang hatte sie einen Bogen um Viertel wie dieses gemacht – und um Menschen wie Siggi.

Während sie, in Anbetracht ihres Alters geradezu leichtfüßig, die Treppen hinauf stieg, hievte er ihre beiden Koffer – hatte sie Steine da hinein gepackt?! – ächzend Stufe für Stufe nach oben.

Siggi hatte alles getan, um seine Wohnung zurechtzumachen. Er hatte nicht nur gesaugt, geputzt und aufgeräumt, sondern auch die meisten seiner Sachen, wie Porno-DVDs, Zombie-Computerspiele, seine Bong und nicht zuletzt die Hanfpflanzen, entweder bei Kumpels oder im Keller untergebracht. Was er jedoch nicht verbergen konnte, waren die halbkaputten Möbel, der Schimmel unter der Spüle und der Geruch nach Gras, der sich in die Tapeten gefressen hatte.

Als seine Großmutter die Tür zum Gästezimmer öffnete, das eigentlich Siggis Schlafzimmer war, seufzte sie unüberhörbar.

»Und hier soll ich schlafen?«

»Ich … ja, Oma. Ich habe es für dich freigeräumt.«

Sie hob die Bettdecke an und betrachtete mit gerunzelter Stirn die fleckige Matratze.

»Womit habe ich das verdient?«, murmelte die Großmutter und wandte sich dann Siggi zu. »Du wirst jetzt losfahren und Folgendes kaufen: eine neue Matratze, neue Bettwäsche, einen Überwurf für dein Sofa und …«, sie rümpfte die Nase, »und vier oder fünf Lufterfrischer, würde ich meinen.«

Siggi spürte eine Ader an seiner Schläfe pochen. Reflexhaft ballte er seine Hände zu Fäusten. »Natürlich«, sagte er gepresst. »Brauchst du sonst noch etwas, Oma?«

Sie verschränkte ihre Arme vor der Brust und schnalzte mit der Zunge. »Ich nehme an, nach gutem Essen brauche ich in deiner Küche nicht zu suchen?« Bevor Siggi zu einer Antwort ansetzen konnte, fuhr sie fort: »Also bring noch ein paar anständige Lebensmittel mit. Keine Tiefkühlpizza oder Pferdefleischlasagne, ich spreche von frischem Obst, Wurst, Brot. Falls du davon schon einmal gehört hast.«

Immer hartnäckiger drängten sich vor Siggis Augen Szenen, in denen er den Kopf seiner Großmutter auf dem Glastisch zertrümmerte. Nur unter Anstrengung gelang es ihm, diese Bilder zurückzudrängen und durch die eines tiefergelegten BMW, eines Strandhauses in der Toskana und jede Menge nackter Weiber zu ersetzen ... Er durfte es jetzt nicht vermasseln.

»Ich würde all das gern kaufen«, sagte er mit ruhiger, betont gleichgültiger Stimme, »aber ich habe nicht so viel Geld, Oma.«

»Dann gebe ich dir welches, meine Güte, nun stell dich bloß nicht dümmer als du bist.« In ihren Augen bemerkte Siggi eine kaum merkliche Veränderung. »Ich weiß doch genau, dass mein Geld alles ist, was die Leute an mir interessiert!«

Siggi schleppte zuerst die Einkäufe und dann noch die sperrige Matratze die Treppe hinauf in den fünften Stock ohne zu Murren. Nachdem er die Einkäufe in der Küche abgeladen hatte, fand er seine Großmutter auf der Couch sitzend vor. In der Hand hielt sie die Fernbedienung, doch der Fernseher war ausgeschaltet und sie starrte nur auf den schwarzen Bildschirm. Vielleicht war das ein guter Moment. Siggi musste es irgendwie schaffen, Zugang zu ihr zu bekommen.

»Ich bin wieder da.« Sie drehte sich nicht zu ihm um.

»Na bestens, dann kannst du ja mein Bett beziehen und uns etwas kochen.«

Mit langsamen Schritten ging er zum Sofa und setzte sich neben sie.

»Darf ich dich etwas fragen, Oma?« Er legte soviel Wärme in seine Stimme, wie er nur konnte.

Sie antwortete nicht, doch er wertete diese Reaktion als ein Ja.

»Warum hast du dich mit meiner Mutter gestritten? Und mit Beate?«

»Gestritten«, zischte sie, wobei ihre knochigen Finger sich fest um die Fernbedienung schlossen. »So kann man das wohl kaum nennen.«

Siggi rutschte ein Stück näher an sie heran. »Das war, was der Arzt mir erzählt hat«, sagte er. »Ich hab schon eine Weile keinen Kontakt mehr zu meinen Eltern, deswegen habe ich das nicht …«

»Geschämt haben sie sich für mich! Geschämt!« Ihre Stimme zitterte vor Wut. »Gut, ich habe ein paar unschöne Dinge getan, aber ich war krank, meine Güte, ich konnte nichts dafür!«

Siggi war nicht sicher, ob er etwas Bestätigendes sagen sollte, also gab er nur ein unverbindliches »Hm« von sich.

»Kaum dass ich in der Klinik war, haben sie nichts mehr von sich hören lassen. Haben mich nicht besucht, nicht gefragt, wie es mir geht. Meine sogenannten ›Kinder‹ waren froh, mich los zu sein.«

Das war der richtige Moment. »Sowas sieht ihnen ähnlich«, rief er, »mich haben sie auch …«

»Ach, jetzt tu bloß nicht so«, schnappte seine Großmutter. »Als ob du dich je für mich interessiert hättest. Du hoffst doch bloß, etwas von meinem Geld abzubekommen.«

Siggi biss sich auf die Zunge, um nicht zu sagen, was ihm durch den Kopf ging. Nach einer längeren Pause fragte er: »Und warum wolltest du dann zu mir, wenn ich so furchtbar bin?«

Nun drehte seine Großmutter sich zu ihm um und sah ihm direkt in die Augen. »Sigmund, ich erwarte von dir absolut nichts. Du warst schon immer ein Taugenichts. Von meinen Töchtern hatte ich erwartet, dass sie sich um mich kümmern und wurde enttäuscht. Du dagegen kannst mich nicht enttäuschen.«

Siggi hob den Kopf. »Ich habe mich verändert, weißt du«, sagte er. »Ich bin nicht mehr so wie früher. Ich habe eine Ausbildung angefangen und alles.«

»So? Was für eine Ausbildung?«

»Zum … äh … Informatiker.«

Seine Großmutter hob eine Augenbraue. »Tatsächlich …«, murmelte sie zweifelnd. »Was ist der Unterschied zwischen einem RAM und einem ROM?«

Verdammt, warum war diese Frau so scheiß gebildet? Sie war alt, sie sollte keine Ahnung von Computern haben!

»Ich … habe erst vor ein paar Monaten damit angefangen«, erklärte er ausweichend.

»Du musst mir nichts vormachen, Sigmund. Jetzt geh und beziehe das Bett, ich bin müde.« Sie wandte sich wieder dem leeren Fernsehbildschirm zu und Siggi stand – vielleicht etwas zu abrupt – auf und stapfte ins Schlafzimmer.

Sobald er die Tür hinter sich geschlossen hatte, trat er mit voller Wucht gegen den Koffer auf dem Boden. Wenn das so weiter ging, würde er innerhalb kürzester Zeit wahnsinnig werden. Und es konnte Monate dauern, wenn nicht Jahre, bis er sie endlich so weit hatte, ihr Testament zu ändern! Da war es wahrscheinlicher, dass er sie vorher um die Ecke brachte.

Beim Aufschütteln der Decke fiel sein Blick auf die Sachen seiner Großmutter, die sie auf der Schlafzimmerkommode ausgebreitet hatte. Darunter war eine größere, weiße Pillenbox. Siggi ging näher heran und öffnete sie. Sie war unterteilt in zahlreiche kleinerer Fächer – angeordnet nach den sieben Tagen der Woche und den jeweiligen Tageszeiten: morgens, mittags, abends und nachts. In jedem Fach lagen verschiedenfarbige Tabletten. Klar, seine Großmutter war eine alte Frau und nahm sicher alles Mögliche ein, für ihr

Herz, für ihren Blutdruck und sicher auch irgendwelches Psychozeugs.

Siggi nahm eine der bläulich gefärbten, runden Tabletten heraus und betrachtete sie. Es wäre ein Kinderspiel die gegen Valium zu ersetzen. Er kannte einen Typen, der ihm alle möglichen rezeptpflichtigen Sachen besorgen konnte. Und unter Valium – tja, da würde sie auf jeden Fall leichter zu handhaben sein. Sie würde die ganze Zeit schlafen und Siggi könnte sie aufopferungsvoll pflegen …

Als er die Pillendose schloss und zurück ins Wohnzimmer ging, konnte er sich ein Grinsen nicht verkneifen.

Nachdem Siggi das Valium in die Pillendose geschmuggelt hatte, dauerte es nicht lange, bis er die Wirkung am Gesichtsausdruck seiner Großmutter ablesen konnte. Zwar bemühte sie sich offensichtlich, die Schläfrigkeit und Schwäche vor ihm zu verbergen, aber sie blinzelte doch deutlich häufiger und wenn sie ihn anmotzte, klang es ein wenig kraftlos. Schon am nächsten Tag verhielt sie sich endlich, wie eine 80-Jährige sich zu verhalten hatte: Sie schlief lange, aß wenig, hatte keine Lust nach draußen zu gehen und lag die meiste Zeit mit geschlossenen Augen auf dem Sofa.

Siggi verhielt sich leise, um sie nicht zu stören, ließ sie jeden Morgen ausschlafen und brachte ihr dann Zwieback und Tee ans Bett. Er kaufte ihr eine CD von Max Raabe, schüttelte regelmäßig ihr Kissen auf und ließ sie stets das Fernsehprogramm wählen. Regelmäßig fuhr er zur Apotheke und besorgte ihr jedes Mittelchen, nach dem sie verlangte. Er beklagte sich nicht, und lächelte, so oft es ging.

Trotz all dieser Pflege ging seine Großmutter ihm nun kaum noch auf die Nerven; sie redete wenig, verlangte wenig und da sie so viel schlief, konnte er die meiste Zeit tun, was er wollte. Er hätte nicht erwartet, dass es so leicht sein würde. Die Idee mit dem Valium war brillant gewesen.

Ein wenig Sorgen machte er sich, als er seine Großmutter zur Klinik fuhr, weil ihr behandelnder Arzt wissen wollte, wie es ihr ging. Siggi saß während der gesamten zwei Stunden aufs Lenkrad trommelnd und Nägel kauend im Auto. Doch auch dieses Mal hatte er Glück: Als seine Großmutter zurückkam, teilte sie ihm kurz angebunden mit, der Arzt sei nicht besorgt gewesen; sie sei eben nicht mehr die Jüngste und in ihrem Alter könne man sich schon einmal schlapp fühlen.

Das ging fast drei Wochen lang so, und Siggi begann sich zu fragen, ob er das Thema Geld einfach ansprechen oder besser abwarten sollte, bis seine Großmutter sich ihm öffnete. Ein falsches Wort, eine unbedachte Bemerkung, konnte die ganze Arbeit zunichte machen.

Zu seiner Überraschung war es die Großmutter selbst, die ihn darauf ansprach.

Es war Samstagabend, im Radio lief eine Live-Übertragung der olympischen Spiele. Siggi schmierte Brote und fragte sich, ob er es riskieren könnte, zu einem Kumpel zu fahren und mal wieder einen durchzuziehen, wenn seine Großmutter ins Bett gegangen war. Da sagte sie: »Sigmund, mach bitte einmal den Ton leiser, ich möchte etwas mit dir besprechen.«

Er stand auf, tat, was sie verlangt hatte und blieb neben dem Radio stehen. Sie faltete langsam ihre Serviette und setzte sich sehr gerade hin. Die leisen Stimmen, die noch aus dem Radio drangen, knisterten zwischen ihnen durch das Zimmer.

Der Gesichtsausdruck seiner Großmutter war sehr ernst. »Sigmund, ich möchte mich bei dir bedanken.«

»Ach, das brauchst du doch nicht …«

»Lass mich ausreden, Sigmund.«

Sie blinzelte und einen Moment lang schien sie nicht mehr zu wissen, was sie sagen wollte. Sie runzelte die Stirn, blickte von ihm zur Spüle und wieder zurück und schüttelte dann den Kopf. Schließlich setzte sie erneut an: »Ich habe dir gesagt, dass ich nur zu dir gekommen bin, weil du mich nicht enttäuschen kannst. Das war nicht die ganze Wahrheit.«

Siggi sagte nichts und blickte sie nur fragend an.

»Weißt du, als ich damals … krank geworden bin … hat die ganze Familie sich für mich geschämt. Ich war oft cholerisch, habe sie beschimpft und solche Dinge … auch peinliche Sachen, die Nachbarn haben geredet, wenn ich halbnackt durch die Straße geirrt bin … Aber ich wusste einfach oft nicht, was wirklich war und …« Sie drehte ihre Gabel zwischen den Fingern, während sie sprach.

»Du warst eben krank, du konntest ja nichts dafür.«

»Ich weiß.« Trotzig reckte sie ihr Kinn nach vorn. »Und trotzdem wollten sie nichts mehr mit mir zu tun haben.«

Siggi erinnerte sich noch gut an den Moment, als seine Mutter ihn rausgeworfen hatte. Natürlich hatte er es irgendwo provoziert, aber als sie ihm ins Gesicht schleuderte, dass er ein Nichtsnutz sei und sie sich schäme, so einen Sohn zu haben, hatte es sich trotzdem beschissen angefühlt. Zum ersten Mal hatte Siggi das Gefühl, seine Großmutter ein wenig zu verstehen. Er legte ihr eine Hand auf die Schulter, doch sie schüttelte ihn sofort ab.

»Ich hätte mir die beste private Pflege leisten können. Aber ich wollte gern, dass wenigstens ein Mitglied meiner Familie für mich da ist und sich um mich kümmert.«

Ja, dachte Siggi, *ja, ja,* jetzt hatte er sie so weit. Jetzt würde sie gleich anfangen zu heulen und ihm sagen, wie dankbar sie ihm war!

Sie zog die Schultern nach hinten und drückte den Rücken durch.

Nervös rieb Siggi seine schweißfeuchten Hände an seiner Hose ab. »Siegmund«, sagte sie nun etwas lauter, »ich weiß, dass du es nur wegen des Geldes gemacht hast.«

Siggis Herz zog sich zusammen. Scheiße! Er öffnete den Mund, um zu widersprechen, doch sie ließ ihm keine Zeit: »Mir ist es egal, weißt du. Ich bin alt, ich brauche das ganze Geld nicht mehr. Immerhin hast du dir wirklich Mühe gegeben, und ich meine, du hast es mehr verdient als meine undankbaren Töchter. Ich gebe dir, was du willst, und dann musst du mir kein Theater mehr vorspielen.«

Oh mein Gott, jetzt kein falsches Wort!, dachte Siggi. Wie konnte es nur so unfassbar einfach sein?

»Danke, Oma«, sagte er nur, und schaute ihr tief in die Augen.

»Mein Testament ist in einer Mappe, die in dem Koffer unter dem Bett liegt. Holst du es bitte?«

Wortlos stand Siggi auf und ging ins Schlafzimmer. Seine Finger zitterten, und er brauchte mehrere Versuche, bis er die Kofferverschlüsse aufbekam.

Es waren nur wenige Blätter, zusammengetackert und lose in einen kaputten Klemmhefter gelegt, doch Siggi nahm sie heraus wie einen heiligen Schatz. Er trug das Testament zurück in die Küche und legte es vor seiner Großmutter auf den Tisch. Dann schob er ihr noch einen Stift und die Brille dazu und setzte sich wieder.

Es dauerte keine fünf Minuten. Seine Großmutter erklärte ihm, dass ihre Töchter dennoch einen Mindestanteil zu bekommen hätten, er aber den gesamten Rest erhalten würde. Sie unterschrieb die veränderte Version und notierte das aktuelle Datum darunter. Dann reichte sie ihm das Papier und sah ihn lange, prüfend an.

Siggi wusste, was sie ihm mitteilen wollte: Sie würde sein Verhalten in Zukunft beobachten. Wenn seine Hilfsbereitschaft nachließ, könnte sie das Testament jederzeit wieder ändern.

Siggi legte das Papier vorsichtig zurück in den Klemmhefter. »Ich … danke«, sagte er leise.

Nachdem seine Großmutter zu Bett gegangen war, zog Siggi den Hefter noch einmal aus der Schublade hervor, wo er ihn sorgsam verstaut hatte. Minutenlang starrte er auf das Papier, auf die Tinte, welche die Unterschrift seiner Großmutter bildete, auf das Datum, gut lesbar. Daran gab es nichts zu rütteln.

Um kurz vor Mitternacht stieg Siggi in seinen Wagen, fuhr ziellos durch die Stadt, und hielt schließlich an einer heruntergekommenen Bar, um sich zu betrinken. Während er am Tresen wartete und dabei die Leute beobachtete, stieg ein mulmiges Gefühl in ihm auf, kroch aus seinem Magen bis hinauf in seinen Hals. Dort setzte es sich fest, sodass ihm bei jedem Schlucken übel wurde. Was war nur los mit ihm? Er hätte in Feierlaune sein sollen, schließlich war er endlich am Ziel – das Testament war geändert.

Siggi beobachtete den Barkeeper, der für ein paar heiße Weiber am anderen Ende des Tresens Drinks mixte.

Dann glitt sein Blick langsam tiefer, den Tresen entlang, bis zu seinen eigenen Fingerspitzen. Sie zitterten fast unmerklich.

Was brachte es ihm, dass seine Großmutter das Testament geändert hatte? Die Alte konnte noch fünf, zehn oder sogar zwanzig Jahre lang leben. Er seufzte. Der Barkeeper knallte den ersten Tequila vor ihm auf das Holz. Siggi umschloss das Glas fest mit einer Hand. Er hatte das Ganze nie wirklich bis zu Ende gedacht; sich nie getraut, den Gedanken auszuformulieren: Dass jetzt der Zeitpunkt gekommen war, wo er sie umbringen musste.

Siggi nahm einen Schluck Tequila. Das Brennen linderte den Druck in seiner Kehle etwas.

Obwohl er schon eine Menge Scheiße gebaut hatte, war kaltblütiger Mord neu für ihn. Ob er das überhaupt fertig brächte?

Er nahm noch einen Schluck.

Fakt war, dass er es nicht sofort tun konnte, das wäre viel zu auffällig, wenn die Alte einen Tag nach der Testamentsänderung plötzlich sterben würde.

Siggi kippte den Rest seines Glases hinter und sah noch einmal zu den Mädchen hinüber. Sie kicherten und warfen dem Barkeeper immer wieder verstohlene Blicke zu. Siggi beachteten sie nicht. Keiner hatte ihn je beachtet. Ohne pralles Konto oder gutes Aussehen war man in dieser Welt ein Niemand. Siggi hickste. So war das nun einmal, jeder war nur seinem eigenen Glück verpflichtet, was kümmerte ihn schon diese alte Schachtel?

»Noch einen!«, rief er und knallte das Glas auf den Tresen.

In einer Nacht wenige Wochen später schlich Siggi mit einem Kissen ins Schlafzimmer, wo seine Großmutter im Bett lag und schnarchte. Einige Minuten lang stand er mit dem Rücken zur Tür da und beobachtete, wie ihr Brustkorb sich gleichmäßig hob und senkte. Er achtete auf jedes Geräusch, auf die Schritte aus der Wohnung über ihnen, auf ein vorbeifahrendes Auto, das Ticken des Weckers auf dem Nachttisch. All das wurde übertönt von seinem eigenen Atem, der ihm so laut vorkam, dass er nicht begriff, warum seine Großmutter davon nicht aufwachte.

Siggi straffte sich, wischte seine schwitzigen Hände an der Jeans ab und atmete tief ein. War es das wirklich wert? Was, wenn sie ihn drankriegten? Doch unwirsch schüttelte er den Kopf, um alle Zweifel abzuschütteln. Das hier war seine Chance. Jetzt oder nie.

Er schwang sich rittlings auf das Bett. Drückte das Kissen fest auf ihr Gesicht. Sie erwachte nicht sofort. Doch dann bäumte sie sich unter ihm auf. Ihre Arme fuchtelten hilflos, ihre Finger schlossen sich um seine Arme. Sie zuckte, stöhnte in das Kissen. Sein Verstand war weit weg, er starrte nur auf das Kissen, seine weißen Fingerknöchel; fühlte nichts mehr. Lange, nachdem sie sich nicht mehr gerührt hatte, drückte er immer noch auf das Kissen

Unfassbar, wie einfach es gewesen war. Nicht nur der Mord – auch alles andere. Einfacher, als Siggi es sich je hätte vorstellen können.

Er hatte erwartet, dass sein Gewissen ihn quälen würde. Dass er Alpträume bekäme, Horrortrips, dass seine Großmutter ihn nun für immer verfolgen würde. Doch er empfand nichts beim Gedanken an sie.

Es gab auch keinerlei Ermittlungen. Anscheinend interessierte sich niemand sonderlich dafür, wenn eine alte Frau über Nacht in ihrem Bett verstarb. Der Notarzt, den Siggi am nächsten Morgen gerufen hatte, untersuchte sie keine drei Minuten lang, sprach Siggi sein Beileid aus und das war's.

Er hatte erwartet, dass zumindest seine Mutter Verdacht schöpfen würde. Doch anscheinend traute nicht einmal sie Siggi einen Mord zu. Statt sich um den Tod der Großmutter Gedanken zu machen, sprach sie immer nur von dem geänderten Testament, beschimpfte Siggi und drohte mit einem Anwalt. Das juckte ihn nicht. Er hatte die Unterschrift, daran gab es nichts zu rütteln.

Drei Wochen später klingelte sein Telefon. Als er die Stimme des Mannes am anderen Ende hörte, hatte er kurz ein Déjà-vu. Es war derselbe Mann, der ihn vor einigen Monaten angerufen hatte, um ihn zu fragen, ob er seine Großmutter bei sich aufnehmen könnte: Doktor Neuhauser.

Ob er in der Klinik vorbeikommen könne, er habe noch etwas Wichtiges mit ihm zu besprechen. Siggi bejahte, legte auf und machte sich auf den Weg.

Angekommen, nahm der Arzt ihn gleich in Empfang und führte ihn in eines der Behandlungszimmer. Er bat Siggi, sich zu setzen und nahm ihm gegenüber am Schreibtisch Platz. Sein Mund war fest verschlossen und seine schmalen Augenbrauen zogen sich zusammen, sodass die Stirn in Falten lag. Einen Moment lang schwiegen sie beide. Siggi betrachtete die langweiligen Landschaftsbilder an den Wänden und die unzähligen Buchrücken in einem Bücherregal.

»Herr Peters«, begann der Arzt, »es ist mir wirklich unangenehm, Sie zu diesem Gespräch bitten zu müssen ... Zunächst möchte ich Ihnen sagen, wie leid mit Ihr Verlust tut.«

Siggi nickte. »Vielen Dank.«

»Ihre Großmutter war eine bemerkenswerte Frau. Trotz ihrer schweren psychischen Erkrankung verlor sie nie ihren Lebensmut. Es ist traurig, dass nun ... nun ja ...«

Siggi sagte nichts. Er wartete ab. Warum hatte der Mann ihn hierher bestellt?

»Wissen Sie, bei ihrem letzten Termin bei mir, da vertraute Ihre Großmutter mir ein paar Dinge an. Sie war wirklich froh, dass Sie sie aufgenommen haben. Sie mochte Sie, obwohl sie es wohl nicht immer zeigen konnte ...«

Siggi schluckte. Da war es wieder, dieses erstickende Gefühl in seiner Kehle. Doch er versuchte, sich nichts anmerken zu lassen.

»Das ... freut mich zu hören«, sagte er leise. »Ich hatte sie auch gern.« Ein paar Tränen wären jetzt wirkungsvoll gewesen, aber die brachte er beim besten Willen nicht heraus.

»Ja«, sagte er der Arzt, »aber wissen Sie, da war noch etwas ... Ihre Großmutter teilte mir mit, dass Ihre Symptome wieder zugenommen hatten. Das heißt, dass sie wieder Stimmen hörte und auch optische Halluzinationen hatte.«

»Was?«, fragte Siggi verwirrt, »aber davon hat sie nie etwas gesagt.«

»Nun ja, sie wollte es Ihnen nicht sagen, weil sie Angst hatte, dass Sie sie dann ablehnen würden. Es ging ihr nicht gut, sie hatte Angst und war sehr verunsichert. Eigentlich hätte sie zurück in die Klinik gemusst.« Der Arzt drehte nachdenklich einen Kugelschreiber zwischen seinen Fingern. »Aber ich wollte ihr erst noch etwas Zeit geben. Manchmal kommen solche Symptome nur kurzzeitig vor, weil der Patient sich erst an seine neue Umgebung gewöhnen muss …«

Nun blickte der Arzt Siggi direkt an. »Mir ist das ein Rätsel. Sie hatte so gut auf die Therapie mit Neuroleptika angesprochen …«

Vor Siggis geistigem Auge erschienen die bläulichen Tabletten aus der Pillendose. Die Tabletten, die er gegen Valium ausgetauscht hatte.

»Warum erzählen Sie mir das?«, fragte er schließlich und gab sich Mühe, seine Stimme traurig klingen zu lassen, und nicht schuldbewusst.

»Weil …«, setzte der Arzt an und es schien ihm schwer zu fallen, weiter zu sprechen. »Weil der Anwalt Ihrer Mutter bei mir war und mich zum Geisteszustand Ihrer Großmutter befragt hat. Und auch, wenn es mir wirklich leid tut, aber nach allem, was mir bekannt ist … Ihre Großmutter war zum Zeitpunkt der Testamentsänderung nicht zurechnungsfähig. Etwas anderes kann und werde ich vor Gericht nicht aussagen.«

Joachim Anlauf

KILLER AUF SENDUNG

»Du bist der schlechteste Polizist Sachsens!«

»Kater, lass es dir erklären …«

»Da gibt es nichts zu erklären. Hast du die Sendung aufgezeichnet oder nicht?«

»Ja, nein. Also, …«

»Sei still. Sonst stecke ich dich wieder in das Poldi-Kostüm«, drohte Kriminalhauptkommissar Carlo Hoffmann seinem Mitarbeiter, Polizeihauptmeister Peter Richter, die größtmögliche aller denkbaren Strafen an. Normalerweise ein üblicher Flachs unter Kollegen, aber Mimik und Tonfall ließen Peter, den alle im Leipziger Revier Pfeffi nannten, vermuten, dass es seinem Vorgesetzten diesmal ernst war. Verdammt ernst! Und wer wollte schon im Hochsommer im verschwitzten Gummikostüm des Polizeidinosauriers, der Imagefigur der sächsischen Polizei, stecken und Kinder bei Präventionsveranstaltungen belustigen? Und der Sommer in Leipzig war heiß …

»Und?«

»Und was?«

»Du bist tatsächlich so blöd wie du aussiehst.«

Carlo Hoffmann, im Kollegen- und Freundeskreis in Anlehnung an Disneys Trickfilmfigur respektvoll Kater genannt, riss endgültig der Geduldsfaden. Mit einer ordentlichen Schimpfkanonade, die etliche Verwünschungen für seinen Kollegen beinhaltete, machte er seinem Ärger Luft. Es war ja auch zum Haareraufen. Nicht einmal die einfachsten Aufgaben konnte dieser Polizeihauptmeister bewältigen. Gerade jetzt, als es endlich eine realistische Chance gab, den spektakulären Lindberg-Fall aufzuklären, hatte dieses Superhirn wieder eine wahre Meisterleistung abgeliefert. Der Kommissar schaute aus dem Fenster seines Dienstzimmers, das sich im Polizeigebäude an der Dimitroffstraße befand. Draußen ratterte eine gelbe Tatra-Straßenbahn auf dem Peterssteinweg in Richtung Karli.

»Wo bekommen wir jetzt den Mitschnitt der Sendung her?«

»Vielleicht bietet es der Mitteldeutsche Rundfunk im Internet in seiner Mediathek an?«, die Miene des Vielgescholtenen erhellte sich.

»Du weißt genau, dass der MDR nur eine begrenzte Auswahl zum Abrufen bereit hält, aber nicht die ganze Sendung. Und wir müssen jedes gesprochene Wort auswerten.«

»Dann muss wohl einer zum Sender fahren und höflich um die Herausgabe des Filmmaterials bitten.«

Pfeffi fand seine Idee gar nicht so übel, war aber auf der Hut. Und sein Gefühl trog ihn nicht. Elegant wich er den von seinem Vorgesetzten geworfenen Textmarker aus.

»Ach, und wer soll das deiner geschätzten Meinung wohl sein?«

Carlo Hoffmann war immer noch auf Krawall gebürstet.

»Na, du, Kater. Du kannst die Fernsehfritzen sicherlich am besten um die Kralle wickeln.«

»Natürlich. Ich muss das machen. Was denkst du dir eigentlich, du Nichtsnutz von einem Polizeihauptmeister. Jeder Stern auf deiner Schulterklappe ist mindestens einer zu viel. Die müssten sie dir alle wegnehmen. Du bist eine Schande unserer Zunft. Der Tag, an dem du durch diese Tür gekommen bist und dich unserem Kollektiv angeschlossen hast, war mein größter Unglückstag …«

»Och, Kater«, meinte Pfeffi beschwichtigend.

»Nichts Kater. Es hat sich ausgekatert. Ein für allemal. Sieh zu, dass du dir diesmal selbst aus der Patsche hilfst.«

* * *

Natürlich schaute ER sich unter normalen Umständen diese Sendung nicht an. Harald Schmidt würde ›Großer Bruder‹, das neue Fernseh-Event des Mitteldeutschen Rundfunks, gnadenlos als Unterschichtenfernsehen bezeichnen. Aber die Quote stimmte, und diese hohe Aufmerksamkeit war gefährlich. »Großer Bruder«, die sächsische und öffentlich-rechtliche Variante von »Big Brother«, erlaubte einigen abgehalfterten Stars und manchem aufstrebenden Sternchen den Aufenthalt im wärmenden Scheinwerferlicht des öffentlichen Interesses. Die Spielregeln waren hinlänglich bekannt: Zehn Personen zogen für einen festgelegten Zeitraum als eine Art Wohngemeinschaft in ein Fernsehstudio ein. Dieses befand sich in einer alten Schlachthofhalle auf dem MDR-Gelände im Leipziger Süden. In allen Räumen waren Kameras und Mikrofone installiert, die jede Aktivität der Bewohner erfassten. Über verschiedene Fernseh- und Internetformate konnten Zuschauer live oder zeitversetzt an diesem Trash-TV teilnehmen. Die Insassen des neuen ›Containers‹ hatten Aufgaben zu erledigen, alle drei Tage konnte das Publikum einen Bewohner herauswählen. Am Ende sollte es einen Gewinner geben. Oder, so überlegte ER, waren nicht doch alle Kandidaten von vornherein Verlierer? Neben der Verpflichtung der üblichen Verdächtigen war den MDR-Verantwortlichen ein Coup gelungen: Mark Kuntze hatte seine Haftstrafe vorzeitig wegen guter Führung beendet und war nahtlos vom einen in den anderen ›Knast‹ gewechselt. Kuntze war bei dem Aufsehen erregenden ›Mord ohne Leiche‹, wie die Medien den Fall betitelten, als Tatbeteiligter verurteilt worden. Der Unternehmer Lindberg blieb nach einem Raubüberfall verschwunden. Die Spuren am Tatort ließen jedoch darauf schließen, dass dieser aufgrund des nachweisbar hohen Blutverlustes unmöglich überlebt haben konnte. Standhaft schwieg Kuntze, bei dem die Polizei einen geringen Teil der Beute gefunden hatte. Keinen Mucks sagte er zu möglichen Komplizen oder Motiven. Bis zum heutigen Tag. Jetzt konnte ein unbedachtes Wort den Lindberg-Fall wieder ins Rollen bringen. Das musste ER unbedingt verhindern.

* * *

»Entschuldigung. Finden Sie das nicht maßlos übertrieben?«

Carlo Hoffmann spürte mit jedem seiner Sinne den aufkeimenden Triumph des »Großen Bruder«-Produzenten. Es war peinlich und demütigend und erniedrigend. Aber es half nichts. Nun musste er vor diesem Glotzen-Großmaul zu Kreuze kriechen. Warum hatte er sich nur bequatschen lassen und Pfeffi und Rocco, die sächsische Antwort auf Florian Silbereisen und Atze Schröder in einer Person, überhaupt mitgenommen?

»Wie belieben?«, Kater stellte sich dumm.

TV-Macher Alois Wiesner plusterte sich in seinem schwarzen Leder-Chefsessel auf und schaute abwechselnd die Polizeibeamten streng an.

»Sie platzen hier zu dritt ohne Anmeldung herein, erzählen meiner Assistentin eine Horrorgeschichte. Ich sehe mich gezwungen, ja geradezu vergewaltigt, alles stehen und liegen zu lassen. Und jetzt verlangen Sie, dass ich Ihnen sämtliches Filmmaterial zur Verfügung stelle. Zu dritt. Wohlgemerkt zu dritt! Haben wir in dieser Stadt keine anderen Sicherheitsprobleme? Mit Verlaub: Als Steuerzahler komme ich mir jetzt gelinde gesagt verschaukelt vor.« Wiesner lief zur Höchstform auf und wuchs mit jeder Silbe in Höhe und Breite.

»Werter Herr Wiesner. Ich versichere Ihnen, unser dienstlicher Besuch – auch in dieser fachlichen Konstellation – ist immens wichtig. Wir bitten Sie, unsere polizeilichen Ermittlungen bestmöglich zu unterstützen …«

»Fachliche Konstellation? Dass ich nicht lache. Was sind Sie denn für Experten?«

Jetzt wurde es kritisch. Sollte Kater wahrheitsgemäß ausplaudern, dass Pfeffi allein für diesen Job überfordert gewesen wäre und Kriminalkommissar Rocco Meißner insgeheim hoffte, ein Autogramm zu erhaschen? Und zwar von Leipzigs neuem Star, der RTL-Dschungelkönigin, die ebenfalls in den Schlachthof eingezogen war. Besser nicht!

»Also, der Kollege zu meiner Linken, Polizeihauptmeister Peter Richter ist Absolvent der Sächsischen Profiler-Akademie. Er ist darauf spezialisiert, die kleinsten und unscheinbarsten Hinweise zu entschlüsseln …«

Pfeffi glotzte ihn mit großen Augen blöd an. Mit einem ansatzlosen und irgendwie unbeabsichtigt wirkenden, aber zutiefst wirkungsvollen Knuff seines Ellenbogens versetzte Kater seinen »Spezialisten« in den gewünschten Funktionsmodus. Tatsächlich nickte Pfeffi danach hoheitsvoll.

»… und der Kollege zu meiner Rechten gehört einer diskret operierenden Einheit des Landeskriminalamtes an. So diskret, dass ich seinen Namen und seine Funktion selbst nicht kenne«. Rocco Meißners Oberkörper straffte sich und ein süffisantes Lächeln breitete sich unterhalb der getönten Gläser seiner Pilotenbrille aus.

»Wollen Sie mich verscheißern?«

Kater merkte, dass er mit seiner Vorstellungsrunde keinen Eindruck schinden konnte und wechselte die Taktik: »Herr Wiesner, wir sollten uns jetzt nicht mit Formalitäten aufhalten. Die Leipziger Polizei hat die Ermittlungen im

Lindberg-Fall wieder aufgenommen. Wir müssen davon ausgehen, dass der uns leider noch unbekannte Komplize genau weiß, dass Mark Kuntze ihn möglicherweise mit einer unbedachten Äußerung verraten kann. Dieses Risiko wird der mutmaßliche Hauptverdächtige nicht lange eingehen wollen. Er wird versuchen, Kuntze zum Schweigen zu bringen. Ihr Großer-Bruder-Kandidat schwebt in höchster Lebensgefahr. Wir müssen dem Killer zuvorkommen. Deshalb sollten Sie mit uns kooperieren.«

»Was haben Sie denn geraucht, Mann? Ich höre nur Killer und Gefahr. Kuntze hat seine Strafe abgesessen. Er ist ein freier Mann, der tun und lassen kann, was er will. Wir als MDR geben ihm die Chance, sich wieder in die Gesellschaft einzugewöhnen. Wenn Sie so wollen, helfen wir ihm bei seiner Resozialisierung … Was ist denn?«

Geräuschlos war Wiesners Assistentin, dieser blonde Engel, in das Büro hereingeschwebt und hatte sich neben den Schreibtisch postiert.

»Es ist etwas passiert! Sachsen-Paule hatte solche Schmerzen, dass er den Schlachthof verlassen musste. Es sieht wohl nach einer Lebensmittelvergiftung aus.«

»Wie konnte das passieren? Ist das ausgestrahlt worden?«

In der Stimme des TV-Produzenten war nicht eine Spur von Mitgefühl zu hören.

»Nein, zur gleichen Zeit lief die Sackhüpf-Rallye. Wir müssen nur bald entscheiden, wie wir erklären wollen, dass Sachsen-Paule nicht mehr im Schlachthof ist«, sagte der Engel eindringlich.

»Gibt es eine Chance, dass er bald zurückkehrt, ohne dass es da draußen jemand bemerkt?« Wiesner warf seinen Besuchern einen warnenden Blick zu.

»Nein, unser Anstaltsarzt hat ihn auf die Intensivstation des St. Elisabeth-Krankenhauses einweisen lassen.«

»Verflucht!«

Der TV-Produzent erhob sich von seinem Schreibtisch und steuerte den zu seinem Büro angrenzenden Wintergarten an. Von vier Augenpaaren beobachtet, schritt er in dem kleinen Gartenparadies auf und ab. Unvermittelt kehrte er von seinem Ausflug ins Grüne in sein Büro zurück.

»Wie geht es den anderen Kandidaten?«

»Bislang keine Auffälligkeiten.«

»Gut. Dann spielen wir innerhalb der nächsten zwei Stunden das vorbereitete Ausstiegsmaterial ein. Sachsen-Paule hat das ja ganz ordentlich gemacht. Wer steht als Ersatz bereit?«

»Kurzfristig leider niemand«.

»Das ist schlecht, das ist ganz schlecht. Rufen Sie sofort bei den Kollegen von der Sachsenklinik an, ob da ein Schauspieler dabei ist, den die kurzfristig entbehren können.«

Wie auf einer Wolke entschwand das himmlische Wesen so leise wie es auch gekommen war.

»Finden Sie nicht, Herr Wiesner, dass das ein merkwürdiger Zufall ist?«

Kater schmiedete das Eisen, solange es heiß war.

»Was meinen Sie damit?«

»Ein Kandidat fällt mit Lebensmittelvergiftung aus. Ich finde das verdächtig, sehr verdächtig. Was sagt unser Profiler dazu?«

Diesmal malträtierte Kater Pfeffis Schienbein.

»Verdächtig, sehr verdächtig!«, pflichtete dieser seinem Vorgesetzten bei.

»Sehen Sie, da haben wir es. Wahrscheinlich galt der Anschlag Kuntze. Der Killer hat mit seiner Jagd begonnen. Es ist nur eine Frage der Zeit, wann er wieder zuschlägt.«

»Was erzählen Sie da? Sind Sie von allen guten Geistern verlassen?«

Wiesner hatte beide Hände auf die Schreibtischkante gestützt und setzte zum Sprung an.

»Wollen Sie das Risiko auf sich nehmen? Ich mache Ihnen folgenden Vorschlag. Mein Kollege vom Landeskriminalamt wird mit einer Identität Ihrer Wahl in den Schlachthof einziehen«, diesmal trat Kater zur anderen Seite aus, »und Kuntze beschützen. Damit schlagen wir zwei Fliegen mit einer Klappe. Was halten Sie davon?«

Wiesner wirkte überrumpelt, es brauchte einige Sekunden bis sich sein Gesicht erhellte.

»Einverstanden. Aber nur unter einer Bedingung: Statt unseren Geheimpolizisten einzusetzen, sollten wir lieber den Fähigkeiten unseres geschätzten Profilers vertrauen«, Wiesner zeigte auf den verdutzten Pfeffi, »und ihn als Bodyguard einziehen lassen.«

»Kater, das meint der doch nicht ernst, oder? Kater, sag doch was«.

***

Künstlerpech. Einfach Künstlerpech. Woher sollte ER auch wissen, dass Kuntze im Knast Vegetarier geworden ist und Sachsen-Paule allein die vergiftete Leberwurst gefuttert hat. Der nächste Schuss musste sitzen, bevor Kuntze schwach wird und sich möglicherweise verplappert. Diese Gefahr hatte noch zugenommen. Dieser Dicke, der Sachsen-Paule ersetzt hatte, wich ihm nicht mehr von der Seite und quatschte ihn ununterbrochen auf den Lindberg-Fall an. Und seit wann erlaubt der MDR diese Unmengen von Alkohol? Ist das ein Zugeständnis an den Hauptsponsor, diesen sächsischen Likörhersteller, oder soll Kuntze durch übermäßigen Genuss gefügig gemacht werden?

Das gefällt mir nicht, das gefällt mir überhaupt nicht, dachte ER sich und fasste einen Entschluss.

***

Entgegen seiner ersten Befürchtungen gefiel es Pfeffi ausgesprochen gut in seiner neuen Bleibe. Der MDR hatte ihn mit der fiktiven Biografie eines legendären sächsischen Barkeepers eingeschleust, der kurz nach der Wiedervereinigung auf einem Kreuzfahrtschiff angeheuert hatte und nun nach zigfacher Weltumrundung wieder in Sachsen vor Anker gegangen ist. Mit dieser Identität konnte sich Pfeffi seinem kriminellen Mitbewohner, der offensichtlich Hochprozentigem nicht abgeneigt war, intensiv widmen und ihm einen Cocktail nach dem anderen kredenzen. Dies alles beobachtete Kriminalhauptkommissar Carlo Hoffmann von zu Hause aus. Es ging auf Mitternacht zu und Kater, der schon in den Federn lag, zappte in immer kürzeren Abständen durch die weiteren TV-Kanäle. Die ersten drei Tage von Pfeffis Fernsehkarriere waren schnell erzählt. Nachdem der Sender seinem Publikum eine harmlose Version des Ausstiegs von Sachsen-Paule vorgeführt hatte, wurde der sagenumwobene Barkeeper Hotte Mangold alias Peter Richter mit ›einem großen Bahnhof‹ empfangen. Kurioserweise hatte jeder der Kandidaten irgendwann und irgendwo schon mal etwas von ihm gehört. Und einer konnte sich angeblich daran erinnern, wie Hotte seiner damaligen Begleitung bei Windstärke 8 einen Cocktail in den Ausschnitt gekippt hatte. Pfeffi war nur schwer wiederzuerkennen. Die Fernsehfritzen hatten ihm eine Perücke mit vollem, schwarzem, etwas gelocktem Haar verpasst. Des Weiteren trug Katers Kollege eine markante, dunkelrote Brille. Anscheinend ließ er sich einen Drei-Tage-Bart stehen. In seiner neuen Rolle schien der Polizeihauptmeister voll aufzugehen. Selten hatte Kater bei ihm diesen Elan und aufopferungsvollen Einsatz erlebt. Pfeffi erzählte ohne Pause Seemannsgarn und hatte das Cocktail-Shaken als neuen Sport für sich entdeckt. Mark Kuntze, sein Zielobjekt, war mittlerweile so zugedröhnt, dass er sich den Wortschwall widerstandslos gefallen ließ.

Den anderen Bewohnern des Schlachthofes ging Pfeffi jedoch kolossal auf die Nerven, zumal er gebetsmühlenartig versuchte, Kuntze Einzelheiten zum Lindberg-Fall zu entlocken. Aber dieser hielt stand – noch.
Kater war müde. Mit zwei kurzen Fingerbewegungen knipste er Fernseher und Nachttischlampe aus.

* * *

»An Bord war das Leben schon aufregend ... wenn man so die sieben Weltmeere überquert ... so mit fliegenden Fischen und Meerjungfrauen ... falls du verstehst?«

Polizeihauptmeister Peter Richter alias Hotte Mangold lallte scheinbar zusammenhangloses Zeug. Schlachthof-Mitbewohner und Ex-Knacki Mark Kuntze saß reglos auf einem Barhocker und bewies bewundernswerte Nehmerqualitäten. Pfeffi setzte unverdrossen zu einer neuen Runde seiner Verhörtechnik an: »Aber du hast sicherlich auch ganz schön was erlebt. Das Räuberleben hat ja auch seine romantischen Seiten. So wie Bonnie und Clyde auf der Flucht. Warst du eigentlich eher Bonnie oder Clyde? Ihr wart doch zu zweit, oder? Klar, alleine kann man das nicht schaffen«.

Pfeffi schielte zu seinem Gesprächspartner, der so gar keine Reaktion zeigte. Der Polizeibeamte inkognito griff nach einer Flasche und füllte großzügig zwei Gläser.

»Eisgekühlter Bommerlunder, Bommerlunder, eisgekühlt«, sang Pfeffi die Liedzeilen einer Düsseldorfer Punkband, »so, das ist unser Betthupferl. Morgen müssen wir wieder fit sein.«

Er reichte Mark Kuntze das Glas.

»Morgen wartet eine besondere Aufgabe auf uns. Die müssen wir unbedingt bestehen. Wir müssen doch mal wieder etwas essen und können uns nicht nur von Alkohol ernähren. Haha!«

Wie ein Wachkomapatient nahm Kuntze im Reflex das Glas und trank einige hastige Züge.

»Ich habe aufgeschnappt, dass ein echter Barbier einziehen soll. Der will die Messer wetzen und uns alle rasieren. Männer wie Frauen. Haha! Und die Gruppe, die am meisten Haare lässt, die bekommt den Kühlschrank gefüllt. Mann, so ein Scheiß!«

Kuntze ließ uninteressiert noch einen Schluck die Kehle hinunter rinnen.

»Ich hoffe ja für dich, dass du die Kohle gut versteckt hast oder dass dein Kumpel es ehrlich verwaltet. Wäre doch zu schade, wenn du für nichts und wieder nichts allein die Strafe abgesessen hättest, oder?«

Ein Wunder. Kuntze drehte abrupt seinen Kopf in Richtung des vermeintlichen Barkeepers, kniff sein linkes Auge zu und fixierte die einzige zu dieser späten Stunde noch anwesende Person im Raum. Dieses Lebenszeichen spornte den Polizeihauptmeister zusätzlich an: »Der Unternehmer Lindberg ist nicht mehr aufgetaucht. Weißt du, was ich glaube? Der steckt mit dir unter einer Decke. Vielleicht ist er gar nicht tot, sondern der Kopf eurer Bande. Und dann hat er sich mit dem ganzen Zaster aus dem Staub gemacht und lebt jetzt in Saus und Braus. Das darfst du dir nicht gefallen lassen.«

Kuntze versuchte etwas zu sagen. Sein Körper vibrierte und mit großer Anstrengung zischte er so etwas wie: »Ssssei sstilll. Dasss geht dich gar nichtss an«, – und fiel vom Hocker.

* * *

Heute war der entscheidende Tag. ER konnte nicht länger warten. Auf Mark Kuntze war kein Verlass mehr. Vor allem die Sache mit diesem angeblichen Barkeeper war oberfaul.

ER schaute auf seinen Koffer. Aus dem Ärmel seines gestreiften Schlafanzugs lugte der Schalldämpfer seiner Walther P22 Q hervor. Für alle Fälle! Ebenso gehörte ein kleines Werkzeug-Set zu seinem Reisegepäck. Liebevoll betrachtete ER den länglichen Metallkasten in seinen Händen, dessen Deckel geöffnet war. Darin lagen ein Rasierpinsel und ein Rasiermesser. Beides waren Erbstücke seines Großvaters, der – im Gegensatz zu ihm – noch ein ehrbares Handwerk gelernt hatte. ER klappte den Deckel zu und verstaute den Kasten in seinem Koffer.

* * *

»Wissen Sie, die Leute schalten die Glotze ein, weil sie emotional berührt sind. Entweder lieben sie jemanden oder sie hassen jemanden. Und Ihren Kollegen hassen unsere Zuschauer wie die Pest. Das ist hervorragend für unsere Quote, aber ich fürchte, unser Hotte Mangold wird in dieser Runde mit großem Abstand aus dem Schlachthof herausgewählt. Da müsste schon ein Wunder geschehen.« Alois Wiesner schien angesichts seiner eigenen Weissagung betrübt zu sein. »Hier, sehen Sie, das ist der aktuelle Zwischenstand.«

Der TV-Produzent reichte Kriminalhauptkommissar Carlo Hoffmann ein Blatt, das mit einer Tabelle bedruckt war.

»Wie lange haben wir noch Zeit?«

»Zeit? Die Telefone sind noch gut vier Stunden geschaltet. Aber das Ding ist durch. Da passiert nichts mehr.«

»Zum Zweitplatzierten beträgt die Differenz gut 2.000 Anrufe. Das können wir schaffen!«

»Wie wollen Sie das schaffen? Tausende Anrufe beschlagnahmen?«

»Nein. In unseren Leipziger Dienststellen gibt es Hunderte Telefone. Ich werde eine polizeiliche Telefonaktion beantragen.«

»Mit meinen Steuergeldern? Sind Sie noch bei Trost?«

»Für den Mist, den Sie mit meinen Gebühren finanzieren? Jawoll!«

»Na, dann nur zu«, sagte der TV-Produzent spöttisch, »aber bedenken Sie, dass der Abstand ständig wächst. Ihr werter Kollege kann stolz auf mehrere Hassseiten im Internet sein. Außerdem läuft sogar eine Online-Petition gegen ihn.«

In diesem Moment betrat Wiesners Assistentin den Raum. Ihre Stimme klang diesmal eher wie die Trompeten von Jericho: »Wir haben Probleme mit einzelnen Kameras.«

»In welchem Bereich?«

»Der Regieraum empfängt keine Signale mehr aus den Schlafräumen und den Bädern. Die fallen aus wie Dominosteine um.«

Der TV-Produzent schaute auf den Bildschirm. Dort wetzte der für die neue ›Challenge‹ engagierte Barbier gerade ein Messer. Im aktuellen Wettkampf, einer Enthaarungsaktion, ging es darum, welches Team mehr Kilogramm auf die Waage brachte. Eine Störung war für die Zuschauer nicht wahrnehmbar.

»Schick die Techniker in die WG. Die sollen dort vorsichtig, die Kameras wieder auf Vordermann bringen.«

Während die Assistentin per Handy den Auftrag ausführte, ließ sich Alois Wiesner mit dem Regisseur verbinden.

»Was ist los?«

»Wir haben Schwierigkeiten mit der Stromversorgung. Die Stromkreise brechen nacheinander zusammen. Und die Notstromaggregate springen nicht an.«

»Wie viele Kameras habt ihr noch im Einsatz?«

Wiesner verfolgte das live ausgestrahlte Geschehen im Schlachthof. Der eingeschleuste Polizeibeamte saß auf einem Sessel. Der Barbier setzte sein Messer an dessen Hals und begann den Drei-Tage-Bart zu schneiden. Eine Mitbewohnerin zerrte am Haarschopf des Barkeepers, um ihn zu animieren, sich eine Glatze rasieren zu lassen. Zur großen Verwunderung aller hatte sie daraufhin die Perücke in der Hand. Pfeffi war enttarnt. Plötzlich flackerte das Bild. Schemenhaft war zu erkennen, dass Pfeffi aus dem Sessel aufsprang und aus dem Bild lief. Der Barbier folgte ihm mit erhobenem Messer. Dann war das Bild weg und die Mattscheibe schwarz.

»Schnell. Macht eine Werbepause!«

Auf dem Bildschirm war einen Wimpernschlag später Daniela Katzenberger in einem Spot zu sehen.

»Die Techniker kommen nicht in die WG. Die Türen sind manipuliert worden«, flötete der Engel energisch.

Kater lief los.

***

Nachdem Carlo Hoffmann das MDR-Verwaltungsgebäude nach einer unendlich erscheinenden Fahrstuhlfahrt verlassen hatte, rannte er in ungestümem Galopp in Richtung der denkmalgeschützten Schlachthofgebäude. Dabei passierte er einen Baustellenbereich, in dem ein Schaufelbagger zum Einsatz kam. Geistesgegenwärtig gab er dem Fahrer ein Zeichen zum Anhalten. Dann erklomm er die Stufen zur Kabine, öffnete die Tür und drängte den Fahrer vom Sitz. Kater legte den Gang ein und drückte das Gaspedal durch. Der Schaufelbagger nahm Fahrt auf. Kurz vor dem Schlachthofgebäude, in dem das Fernsehstudio eingerichtet war, hatte der Kommissar die Höchstgeschwindigkeit erreicht. Er machte keine Anstalten zu bremsen und hob mit einer Hebelbewegung die Schaufel in die Höhe. Der Fahrer erkannte, was der Verrückte vor hatte, und rettete sich mit einem kühnen Sprung. Mit 60 km/h durchbrach der 400 PS starke Schaufelbagger die Mauer. Es gab einen ohrenbetäubenden

Lärm, eine riesige Staubwolke nahm Kater die Sicht. Von oben prasselten Ziegelsteine auf die Fahrerkabine. Der Kommissar machte eine Vollbremsung. Er blutete im Gesicht und an seiner rechten Hand. Davon unbeeindruckt befreite er sich mit gezückter Dienstwaffe aus der Kabine und versuchte sich in dem Chaos aus Trümmern und Staub zu orientieren. Er fand Pfeffi und den Barbier in der Gemeinschaftsküche. Seinem Kollegen war es bei einem Handgemenge gelungen, dem mutmaßlichen Killer das Messer aus der Hand zu schlagen. Mit der ihm eigenen, in keinem Lehrbuch der Welt stehenden Kampftechnik bezwang Pfeffi den Barbier und warf ihn auf den Boden. Indem er sich auf dessen Brustkorb thronend niederließ, war der Killer außer Gefecht gesetzt. Vorsichtshalber ließ Kater die Handschellen klicken und umarmte Pfeffi.

»Du bist und bleibst der schlechteste Polizist Sachsens. Ich bin stolz auf dich!«

»Danke, Kater!«

Stefan B. Meyer

PARTNER

Der Mann ist nackt. Sein Kopf liegt bleischwer auf der Matratze und schmerzt. Es fühlt sich an, als würde jemand versuchen durch beide Schläfen gleichzeitig lange stumpfe Nägel zu treiben. Sein gesamter Körper scheint gelähmt, aber er weiß auch ohne die Augen zu öffnen – wozu er momentan ohnehin nicht in der Lage wäre – dass es längst taghell im Zimmer ist. Er weiß auch, dass er am Leben ist, klar, irgendwie. Aber er ist sich nicht sicher, ob das eine gute Nachricht ist, und allein dies lässt ihn darüber nachdenken, wie er überhaupt in diese hilflose Lage gelangt war …

Uwe Voigt und Bernd Plathe waren in Voigts Wagen angereist, hatten im RIOT-Hotel eingecheckt, ihre Zimmer bezogen und sich für eine halbe Stunde später in der Lobby verabredet. Sie machten sich keine Illusionen darüber, worum es bei diesem, als ›geselliger Infoabend‹ bezeichneten Treffen gehen würde, zu welchem die Vertreter des Konzerns sechs der insgesamt 28 Stadträte ihrer Kleinstadt in die etwa eine Autostunde entfernte Großstadt eingeladen hatten.

Uwe Voigt, 47, Schulleiter am städtischen Gymnasium, kam exakt drei Minuten vor dem vereinbarten Zeitpunkt, frisch geduscht und leger mit Jeans, Pulli und Sakko bekleidet. Er setzte sich in einen der mit rotem Kunstleder überzogenen Sessel, blätterte in einer Tageszeitung und leistete sich einen vorwurfsvollen Blick, als sein Kollege mit fünfminütiger Verspätung erschien.

»Du siehst aus wie ein Oberlehrer, der zu einer Oberlehrerkonferenz will«, spottete Bernd Plathe, 52, Außendienstmitarbeiter eines Verlages. Er besaß nur zwei Sorten von Anzügen - die eine zum Arbeiten, die andere zum Joggen. Er trug einen Anzug für die Arbeit.

»Und du siehst aus wie ein Vertreter«, konterte Uwe Voigt.

Bernd Plathe nickte. »Wir vertreten ja auch unsere liebenswerte kleine Stadt, schon vergessen? Und gleich wird man uns Honig ums Maul schmieren.«

Uwe Voigt zuckte die Schultern, legte die Zeitung weg und stand auf.

»Dann lass uns mal in die Raubtierhöhle gehen!«

»Sei nicht albern, sie werden uns schon nicht auffressen!«

Das Hotelrestaurant war eher unterdurchschnittlich besucht. Der Mann an der Bar polierte zum Zeitvertreib Gläser und zeigte ihnen auf Nachfrage den Weg zu einem separaten Raum, in dem ihre Gastgeber eine kleine Tafel reserviert hatten. Uwe Voigt und Bernd Plathe komplettierten als letzte Eintreffende die neunköpfige Runde und wurden dementsprechend freudig begrüßt, denn nun konnten endlich die Sektgläser erhoben werden, um den noch jungen Abend zu eröffnen. Einer der beiden anwesenden Konzernanwälte hielt eine dankenswert kurze Rede und stellte den mitgebrachten Vorsteher einer brandenburgischen Kommune vor. Danach prosteten sich alle zu und die Stadträte stießen untereinander an - der Schulleiter und der Verlagsmitarbeiter, Aumann, ein kleiner übergewichtiger Mittvierziger, der eine Fahrschule betrieb und einen Hang zu pompösen Gesten hatte, Blaschke, Ende Fünfzig, Betriebsrat eines Autozulieferers, dessen notorische Skepsis manche für eine Krankheit hielten, weil sie täglich deutlichere Spuren in seinem Gesicht hinterließ, Conrad, dem erst vor einem halben Jahr, kurz nachdem er selbst das halbe Jahrhundert seiner Geburt gefeiert hatte, die Leitung der städtischen Filiale einer Großbäckerei übertragen worden war, und Dörner, mit 32 der mit

Abstand jüngste ihres Gremiums, ein Biolandwirt vom eingemeindeten Stadtrand, der mit den Solaranlagen auf seinen Ställen und Scheunen mittlerweile mehr Geld verdiente, als mit seinen Hühnereiern und der Milch.

Der jüngere der beiden Anwälte, wie sein Kollege mit feinen dunkelgrauen Hosen, weißem Hemd und Krawatte in den schwarz-blau-gestreiften Farben von MyEnergie, winkte dezent einer bereits warteten Kellnerin, woraufhin umgehend die Vorspeise serviert wurde. Während des Essens krempelte sich der ältere Anwalt, der auch unter den Stadträten eine gewisse Prominenz als ehemaliger Präsident eines bundesweit bekannten Profifußballunternehmens genoss, die Ärmel hoch und hielt eine Eloge auf die für beide Seiten profitable, zukünftig mögliche Lage der Dinge. Falls, so beschwor er abschließend, man im Stadtrat bereit sei, sich den Argumenten der Vernunft zu stellen. Danach, das Filetsteak wurde eben aufgetragen, erteilte er generös dem Brandenburger das Wort. Dieser redete dann zehn Minuten, auch schon mal mit vollem Mund, über die Zusammenarbeit, die seine Kommune seit einiger Zeit mit MyEnergie betrieb. Und er war dabei so clever, nicht zu oft zu erwähnen, wie großartig das beide Vertragspartner fanden. Am Ende seines Vortrages wurde das Dessert gereicht und Bernd Plathe beobachtete im Durcheinander der nun entstehenden Gespräche wie der prominente Anwalt dem Brandenburger, der in Jeans und Holzfällerhemd erschienen war, mit einem anerkennenden Seitenblick ein symbolisches Schulterklopfen zukommen ließ.

Bernd Plathe stieß seinen Freund unter dem Tisch mit dem Fuß an. Uwe Voigt benötigte einen Moment, da er eben mit Aumann getuschelt hatte.

»Was ist?« sagte er, automatisch seine Stimme senkend, da er davon ausging, dass der Stoß unter dem Tisch konspirativ gemeint war.

»Du hattest Recht mit den Raubtieren«, flüsterte Bernd Plathe.

»Aha?«, flüsterte Uwe Voigt zurück, ohne sich ein befriedigtes Grinsen zu verkneifen.

»Jetzt lass mal deine lehrerhafte Augenbraue wieder runterrutschen!«, meinte Bernd Plathe. Er deutete unterhalb der Tischplatte auf die Anwälte. »Das da sind die Wölfe, okay?«

»Sag ich doch«, raunte Uwe Voigt.

»Eben!« Bernd Plathe bemühte sich, seine Stimme leise zu halten. »Und wir sind die Menschen, die die Wölfe von unseren Siedlungen fernhalten müssen!«

»Klar«, sagte Uwe Voigt und ließ einen oberlehrerhaften Rundumblick über die anderen kreisen. »Aber ich bezweifle, dass das die anderen genauso sehen.«

Der Mann ist nackt. Immer noch zu jeder Bewegung unfähig, versucht er, von seinem schmerzenden Kopf ausgehend, einen gedanklichen Weg zu seinem Körper, zu seinen Gliedmaßen zu bahnen. Er stellt fest, dass er auf dem Bauch liegt. Er glaubt, seine rechte Schulter zu spüren und sein rudimentäres Bewusstsein meldet die beruhigende Nachricht, dass sich diese genau dort befindet, wo ein auf dem Bauch liegender Mann das erwartet. Weiter zum Ellenbogen – steif, aber an der richtigen Stelle. Unterarm, vorhanden. Hand. Finger. Finger? Der Mann erahnt eine Faust, aber er ahnt nicht, um was sich seine Finger da schließen. Und warum sie sich überhaupt um etwas schließen.

Zeit, die Augen aufzumachen. Es ist anstrengend und es tut weh, das klagende Stöhnen, das er hört, scheint aus seinem eigenen Mund zu kommen. Zuerst sieht er die tapezierte Wand und die gerahmte Reproduktion eines abstrakten Gemäldes, und er erinnert sich, dieselbe Wand mit demselben Bild schon aus anderer Perspektive gesehen zu haben. Gestern, vermutet er, und während er seine Erinnerung zu vertiefen sucht, bemerkt er plötzlich, dass sich sein Arm bewegt. Genau jener Arm, wegen dessen Fingern er die Augen geöffnet hatte. Gespannt wartet er, bis seine über die Matratze gleitende Faust in sein Blickfeld gerät, und er erstarrt, als er endlich sieht, was seine Finger da umklammern. Das *ist zweifellos eine Pistole, denkt er. Die verdammt echt aussieht, denkt er, und er fragt sich, was diese verdammt echt aussehende Pistole in seiner armen unschuldigen Hand zu suchen hat. Und warum? Womöglich ein Traum. Zeit, die Augen wieder zu schließen und auf ein neues, ein besseres Aufwachen zu hoffen …*

Aus Sicht von Bernd Plathe verlief der Abend erwartungsgemäß. Uwe Voigt, ebenfalls entschiedener Gegner der Privatisierung kommunalen Eigentums und öffentlicher Aufgaben, sah das ebenso. Nach dem Essen tauchte ein hemdsärmeliger Konzernoffizieller von MyEnergie auf und schlug, flankiert von den Anwälten, eine spontane, zwanglose Tour durch das Leipziger Nachtleben vor. Bernd Plathe beobachtete, dass das smarte Lächeln, welches seine Worte begleitete, bei Aumann und Conrad fast so etwas wie Verheißung hervorzurufen schien, Dörner wirkte eher desinteressiert, wollte sich dies aber nicht anmerken lassen, und Blaschke, der Skeptiker, suchte erst Blickkontakt zu den anderen, bevor selbst in seinen Augen ein erwartungsvoller Glanz aufleuchtete.

Das Essen war bezahlt. Eine Einladung, die die Eingeladenen längst ausdiskutiert hatten. Sie wussten, dass es hier um ihre Stimmen im Stadtrat ging, sie wussten, dass die Annahme der Einladung kein Grund war, ihnen etwas vorzuwerfen, und sie hatten sich vorher darauf geeinigt, sich anzuschauen, mit welchen Mitteln man versuchen würde, sie auf die Seite der Privatisierungsbefürworter zu ziehen. 12 Stimmen für die Privatisierung galten als sicher. Und vorausgesetzt, der Stadtrat tagte zum Abstimmungszeitpunkt ohne Ausfälle, brauchte MyEnergie noch mindestens zwei

Stimmen für eine Mehrheit. Dass gegen den Bürgermeister zur Zeit ein Ermittlungsverfahren lief, weil er vor sechs Jahren beim Bau der Mehrzweckhalle, deren exorbitant gestiegene Kosten die Kommune heute noch schwer belasteten, den damaligen Stadtrat übergangen haben und stattdessen private Bestechungsgelder kassiert haben soll, war nur eine Anekdote am Rande. Aber da auch MyEnergie nicht entgangen war, dass ihr bisheriger Hauptansprechpartner und -befürworter zurzeit schlechte Presse bekam, hatten sie ihre Strategie geändert. Aumann und Conrad, die beide der Partei des Bürgermeisters angehörten, aber sich auf Grund der Vorwürfe distanziert hatten, dürften zu den Hauptzielen des Konzerns gehören, aber ein oder zwei weitere Stimmen konnten nicht schaden.

Bernd Plathe neigte sich in der allgemein herrschenden Aufbruchsstimmung seinem Nachbarn zu. »Wo ist denn dein Mann?«, wollte er wissen.

»Keine Ahnung, er meldet sich nicht mehr.« Uwe Voigt vergewisserte sich auf dem Display seines Telefons, dass ihm kein Anruf entgangen war.

Vor zwei Tagen hatte er von einem Journalisten einer örtlichen Tageszeitung eine Zusage erhalten, dass dieser über den heutigen Abend berichten und die Sache mit der Privatisierung in einem Artikel unterbringen würde. Gestern erfuhr der Journalist telefonisch von Uwe Voigt Zeit- und Treffpunkt ihrer Runde, aber seitdem herrschte Funkstille.

»Nun«, unterbrach der Hemdsärmelige seine Grübeleien, »ich schlage vor, wir fahren in den Süden der Stadt. Dort gibt es eine Kneipenmeile, und da wir zu zehnt sind, können wir uns dort zwanglos unter die Leute mischen.« Und auch wenn das Wort ›zwanglos‹ aus dem Mund des Managers eher wie eine Zumutung klang, schienen einige Stadtratkollegen immer noch an eine freudige Überraschung zu glauben. Jedenfalls schien es so, wenn man Aumann, der außer dem Begrüßungssekt noch zwei Gläser Wein intus hatte, in die glänzenden Augen schaute.

Vor dem Hotel warteten schon ein Großraum- und ein normales Taxi. »Ich kann Ihre Abneigung gegenüber unserem Modell durchaus verstehen«, sagte der prominente Anwalt während der Fahrt unvermittelt zu dem neben ihm auf der Rückbank sitzenden Uwe Voigt.

»Tatsächlich?«, entgegnete der Schulleiter.

»Unser Modell genießt in der Öffentlichkeit nicht das allergrößte Ansehen«, fuhr der Anwalt fort.

»Das mag daran liegen, dass ihr Modell, wie Sie es nennen, im Grunde öffentlichkeitsscheu ist.«

»Sehen Sie, genau wegen solcher, wir würden es Fehleinschätzungen nennen, Sie fänden möglicherweise ein anderes Wort dafür, sollten wir uns mal unterhalten.«

»Aber gern«, antwortete Uwe Voigt.

»Ganz zwanglos«, ergänzte Bernd Plathe spöttisch vom Vordersitz aus.

Der Mann ist nackt. Er hat hingenommen, dass es kein neues, kein anderes Aufwachen geben wird. Er möchte lachen, angesichts der Waffe in seiner Hand, deren Herkunft er sich nicht erklären kann. Aber nur ein trockener, fremdartiger Laut entweicht seinem Mund. Auch darüber möchte er lachen, und über diesen Kater, dieses verdammte postalkoholkonsumische Hirntrauma, dass ihm jegliche Erinnerung an die Zeit vor seiner derzeitigen Lähmung raubt. Was war, verdammt noch mal, passiert?

»Jetzt fängst du an, nachzudenken. Stimmts?«

Der Mann bildet sich ein, diesen Satz eben laut und deutlich gehört zu haben. Dabei hätte er von ihm selbst stammen können. Er lauscht angestrengt.

»Und dann kommen die Zweifel«, fährt diese Stimme fort, die nicht seine eigene ist, und die irgendwo aus Richtung seiner Füße, die er mittlerweile orten kann, kommt.

Ich müsste mich umdrehen, denkt er, und gleichzeitig fürchtet er sich. Einerseits vor dem unsäglichen Schmerz, den eine solche Anstrengung zwangsläufig nach sich ziehen würde, andererseits vor dem, was der Besitzer jener Stimme dazu sagen würde. Er schloss, in einem letzten, verzweifelten Versuch erneut die Augen …

Da die meisten Kneipen um diese Zeit gut besucht waren, blieb die Gruppe nicht lange zusammen. Uwe Voigt ahnte, dass dies einem Plan entsprach. Divide et impera, nun gut. Der jüngere Anwalt schien sich in Luft aufgelöst zu haben, sein älterer, prominenter Kollege, der ihn im Auto angesprochen hatte, ergatterte einen Tisch vor einer Bar, an dem sie mit Blaschke, Dörner und dem Brandenburger Privatisierungsbefürworter Platz nahmen, während sein Freund Bernd Plathe, Aumann und Conrad zusammen mit dem smarten, hemdsärmeligen MyEnergie-Mann ein paar Meter weiter erneut in ein Taxi stiegen. Tatsächlich Verheißung? Wenigstens war kein Großraumtaxi mehr nötig. Uwe Voigt wandte sich seinem Tisch zu.

Nachdem der Anwalt eine Runde Mojitos bestellt hatte, hob er sein Glas und bat die Anwesenden, ihn Siggi zu nennen. Anschließend versuchte er als Siggi den Anschein eines Herdentieres zu erwecken, der mit den anderen Herdentieren zwanglos über Fußball und, da Dörner und Voigt mit Fußball nichts am Hut hatten, über nachhaltige Landwirtschaft und den Zustand des staatlichen Bildungssystems plauderte. Wäre ein an Sport desinteressierter Astrophysiker anwesend gewesen, hätte er bestimmt eine Metagalaxie in petto gehabt, über die man sich hätte austauschen können. Erst nach der zweiten Runde Cocktails begann er, ein Plädoyer für die sogenannte Öffentlich Private Partnerschaft im Allgemeinen und im speziellen Fall zu halten. Die Kommune, so legte er dar, bekäme über Nacht einen, wie er es ausdrückte, finanziellen Handlungsspielraum, den sie seit Jahrzehnten nicht gehabt hätte, und die danach anfallenden jährlichen Kosten für die dann von MyEnergie zur Verfügung gestellten Dienstleistungen wären um einiges niedriger, als die derzeit notwendigen Aufwendungen als alleiniger Betreiber. Letztere seien übrigens von Banken finanziert und bürdeten somit dem Steuerzahler zusätzliche Zinsbelastungen auf. Auf Uwe Voigts Frage, mit leicht gelockerter Zunge und stellvertretend für seine anwesenden Mitparlamentarier gestellt, wie sich das Streben nach privatem Gewinn mit dem öffentlichen Versorgungsauftrag vertragen würde, entgegnete der Anwalt reflexhaft mit dem Argument, dass die notwendigen Investitionen nur von denen getätigt werden können, die in der Lage seien, das dafür notwendige Kapital in einem freien Wettbewerb zu erwirtschaften. Den Einwand, dass die Kommune seit Jahren investiere, und zwar, wie vorgegeben, werterhaltend, bügelte er mit dem altbekannten Hinweis auf Personalkosten im öffentlichen Dienst und einem erneuten Hinweis auf die die Kommunen finanzierenden Banken ab – deren Umgang mit dem Geld der Anderen im Zuge der Finanzkrise mittlerweile hinlänglich bekannt geworden sei.

Der Mann kämpfte, soviel stand auf seinem mittlerweile hoch errötetem Gesicht geschrieben, und als die Kellnerin die nächste Runde brachte, nutzte er die kurze Zeit, um sich mit dem Handrücken über die Stirn zu wischen und durchzuatmen.

»Mich überzeugt das nicht«, sagte Dörner. Die Kellnerin war weg und die Drinks warteten. »Wer zahlt Ihre Anzüge?«

»Was?« Der Anwalt sah dem blonden jungen Mann zum ersten Mal an diesem Abend direkt ins Gesicht. Seine Wachsamkeit wurde gefordert, auch wenn er zu dieser späten Stunde sicher nicht mehr damit gerechnet hatte.

»Siggi«, fuhr Dörner fort, und sein ironischer Unterton war erstaunlich fein, ob der bisher getrunkenen Alkoholmenge, »ich meine, normalerweise tragen Sie doch ein teures Jackett über den teuren Hemdsärmeln, von denen Sie heute ausnahmsweise die Manschetten abgenommen haben. Also, wer zahlt das alles?«

Uwe Voigt staunte, und der bisher recht schweigsame Brandenburger und Blaschke schlossen sich sichtlich seinem Staunen an. Uwe Voigt vermutete, dass die beiden anderen Dörners Geradlinigkeit bewunderten, er selbst hingegen war überrascht, dass ein so junger Mann, ein Bauer dazu, überhaupt etwas über Manschettenknöpfe wusste. Er gestand sich ein, den Öko bisher unterschätzt zu haben, dabei hatte der es immerhin geschafft, in einer Region, in der Arbeitsplätze als das Allerheiligste galten, mit einem Programm gegen eine allein am Wirtschaftswachstum orientierte Politik in ihr kommunales Gremium gewählt zu werden.

Siggi, der Anwalt, der sich offensichtlich bisher auf Uwe Voigt, den Schulleiter konzentriert hatte, hob erstaunt die Augenbrauen. »Ich bin Anwalt, wie Sie wissen«, sagte er zögerlich und griff irritiert nach seinem Glas. Auch sein Mojito war echt.

»MyEnergie zahlt Ihnen einen Haufen Geld dafür, Leute wie uns zu deren Freunden zu machen. Die verdienen ihr Geld mit Kommunen, wie der unseren. Also?« Dörner forderte eine Erklärung. Aber wofür?

»Wir verdienen Geld, indem wir einen kleinen Aufschlag auf unsere Dienstleistungen erheben. Das ist das normale Prinzip.«

Uwe Voigt wunderte sich, dass der gewiefte Anwalt sich von Dörner aus der Reserve locken ließ. Und aufs Glatteis.

»Dann«, antwortete Dörner, »verstehen Sie sicher auch unser Prinzip. Das da lautet: Einnahmen der Gemeinde werden zum Wohle der Gemeinde investiert.«

»Einnahmen«, der Anwalt lachte verächtlich.

»Wir dachten damals ähnlich wie Sie«, sprang der Brandenburger dem Anwalt zur Seite. »Aber die Verschuldung zwang uns, nachzudenken, und letzten Endes entschieden wir uns für die Zusammenarbeit mit MyEnergie. Was wir bis heute nicht bereut haben.«

»Wie lange geht denn diese so genannte ›Zusammenarbeit‹ schon?« Dörner würgte das Wort hervor wie einen lästigen Pfropfen.

»Über ein Jahr«, antwortete der Brandenburger, und er schien sich nicht darüber im Klaren zu sein, dass er sich dadurch als Leumund augenblicklich disqualifizierte. Der Anwalt hingegen kapierte sofort, er bemühte sich, seine Augen nicht zu weit nach oben zu verdrehen. Die Stadträte tauschten schweigend vielsagende Blicke aus.

»Über ein Jahr? Ein ganzes Jahr?« Dörner lachte, schüttelte den Kopf und wandte sich schließlich an seine Stadtratskollegen. »Was meint ihr?«, sagte er.

Uwe Voigt zuckte geziert die Schultern. »Meine Meinung kennt ihr.«

Blaschke lehnte sich zurück, griff nach seinem Glas und grinste nachdenklich die Tischplatte an. »Ich kann mir nur schwer vorstellen«, sagte er, »dass so was funktioniert.«

»Jedenfalls nicht«, ergänzte Dörner bissig, »ohne ein paar der jeweiligen Kommunalvertreter zu bestechen.«

»Vorsicht, meine Herren«, wandte der Anwalt ein. Die Röte war aus seinem Gesicht gewichen und sein Ton wirkte gelassen wie bei einer Ticketbestellung für ein Kurkonzert. Er schob sein Glas mit ausgestreckten Fingern von sich, als sei es etwas besonders Hässliches, das seinen Blick immer wieder anzog. »Sie begeben sich gerade auf das unsichere Terrain der Unterstellungen.«

Blaschke, der immer noch grinste, hob den Blick und kicherte. »Das mit der Unterstellung hör' ich sonst immer, wenn wir der Betriebsleitung mal wieder eine Mauschelei nachgewiesen haben.«

»Die Unterstellungen gelten ja wohl auch mir und meiner Gemeinde!« empörte sich der Brandenburger.

Uwe Voigt, der heute schon mehr getrunken hatte, als im letzten Jahr zusammengenommen, nippte an seinem Drink. »Hier«, begann er und machte mit der Hand eine großspurige Geste, »kann ich Ihnen alles unterstellen, und Ihr Anwalt muss sich das mit anhören, ob er nun will oder …«

Er unterbrach seinen Vortrag, als Dörner ihm eine Hand auf den Arm legte.

»Wir unterstellen gar nichts«, sagte der entschlossen. »Wir stellen nur Fragen, was in unserer Situation wohl ziemlich normal ist.«

Der Anwalt hob ergebend die Hände und lächelte. »Es ist Ihre Stadt«, sagte er entnervt.

»Kriegen Sie jetzt Ärger?« wollte Blaschke wissen. »Weil Sie uns nicht auf Ihre Seite gezogen haben?«

»Es ist nicht meine Absicht, Sie auf irgendeine Seite zu ziehen«, kam die Antwort lässig.

»Ihr sollt ja zu nichts gezwungen werden«, beteuerte der Brandenburger.

Der Anwalt schielte ihn an, als wolle er ihm am liebsten eine scheuern.

»Nicht?«, kam prompt die sarkastische Reaktion Dörners.

»So war das nicht gemeint. Ich …«

»Wo sind eigentlich die anderen hingefahren?«, unterbrach Blaschke. Er sah den Anwalt an, und Uwe Voigts und Dörners Blicke gesellten sich interessiert dazu.

»Woher soll ich das wissen«, sagte der Angesprochene unterkühlt. »Das ist ein freies Land.«

»Genau!« Dörner strahlte und hob seinen Drink. »Und zwar für alle!«

Die Kellnerin kam vorbei. Die Gläser von Uwe Voigt, Dörner und Blaschke waren fast leer.

»Zahlen!«, rief Dörner und als die anderen nach kurzer Überraschung zustimmend nickten, setzte er hinzu: »Wer Lust hat, kann ja mitkommen, aber ich suche mir dann irgendwo anders einen Tisch in unserem freien Land!«

Der Anwalt betrachtete das Gesicht des Brandenburgers, der dieser Entwicklung offensichtlich ratlos gegenüber stand – oder besser saß, und dabei ein Getränk in den Fingern hielt, das er nicht sonderlich zu mögen schien, an einem Tisch mit Leuten, die er nicht kannte. Er bat die Kellnerin, seinen unberührten Mojito ebenfalls mitzunehmen und bestellte stattdessen zwei Bier. Man musste sich eine verlorene Schlacht eingestehen können, um einen Krieg zu gewinnen.

Eine halbe Stunde und eine Runde Gin Tonic später, fragte Blaschke erneut, wohin wohl die anderen gefahren sein mochten. Er, Uwe Voigt und Dörner waren nur wenige Schritte gelaufen, um wieder einzukehren und an einem langen Tresen Platz zu nehmen. Der Anwalt und sein Sekundant hatten das Angebot mitzukommen abgelehnt.

Uwe Voigt, mittlerweile echt angeschlagen, aber guter Dinge, versuchte, nachdem er sein Mobiltelefon unter Kontrolle gebracht hatte, Bernd Plathe zu erreichen, aber dessen Apparat war offenbar abgeschaltet. Dörner probierte es daraufhin bei Aumann und Conrad, doch auch er bekam keinen Kontakt.

»Nich erreichbra?«, lallte Uwe Voigt.

Dörner nickte. »Genau.«

»Was glaubt ihr?« Blaschke betrachtete all die jungen Leute im Raum und er hatte Freude dabei, auch wenn er und der Lehrer den Altersdurchschnitt hier beträchtlich anhoben. »Die sind betimmt in ein Bordell gefahren«, mutmaßte er.

»Da wärst du wohl auch gerne mit?« Dörner grinste. »Ich meine, Betriebsräte mögen doch sowas, wenns nichts kostet.«

Blaschke erwiderte das Grinsen. »Ich wusste schon immer, dass Biobauern die wahren Zyniker sind.«

»Zyniker? Ich?«

»Ihr tötet glückliche Tiere, ist das vielleicht …«

»Wieso nichs kossd?«, unterbrach Uwe Voigt den kleinen Disput. »Dss kann unser Schdadt ne Menge kossn.«

Dörner lachte. »Wir sollten Uwe bald ins Hotel bringen«, sagte er.

»Lehrer!« Blaschke verzog abschätzig den Mund. »Aber vorher nehmen wir noch einen!«

Der Mann ist nackt. Er hat das Hämmern in seinem Kopf akzeptiert. Es kostet ihn ungeheure Anstrengung, sich aus seiner Bauchlage auf den Rücken zu wälzen. Aber er tut es, obwohl er nicht weiß, warum er es tut. Kurz davor, ohnmächtig zu werden, landen seine Schulterblätter auf der Matratze, er streckt erleichtert stöhnend seine Gliedmaßen aus und nun bemerkt er auch wieder die Pistole, die seine rechte Hand immer noch umklammert hält. Scheiße, denkt er – oder spricht er es tatsächlich aus? Er blinzelt ins Gegenlicht und sieht den Umriss einer männlichen Gestalt, die lässig etwa dort lehnt, wo seine vage Erinnerung an das Hotelzimmer den Tisch verortet. Der Mann wartet auf den nächsten Satz, aber der andere sagt nichts, rührt sich nicht mal. Starrt ihn einfach an. Verschämt ob seiner Blöße schaut er sich angestrengt aber vergeblich nach etwas zum Bedecken um. Das Doppelbett ist riesig, aber weit und breit nur Spannlaken. Er kommt sich vor wie eine winzige angebissene Praline auf einem Tablett. Er versucht, einen geraden Gedanken zu denken, aber dass der andere ihm direkt auf den Intimbereich zu starren scheint, ist dabei nicht eben hilfreich. Er beschließt, ihn in ein Gespräch zu verwickeln, denn wer redet, sündigt später.

»Wer sind Sie?«, sagt er, und hebt den schmerzenden Kopf an.

Keine Antwort. Die Silhouette rührt sich nicht.

»Was war das gestern an dieser Bar?«, setzt er seine einseitige Unterhaltung fort. »Wer hat mir die KO-Tropfen verabreicht? Oder waren es Drogen?«

»Jemand, der soviel trinkt wie Sie, sollte vorsichtiger sein«, kommt endlich eine, allerdings eher ausweichende Antwort.

»Wer sind Sie?«, versucht der Mann es erneut.

»Der, der Ihnen beim Aufwachen zusieht.«

Der Mann strengt sich an, hebt die Hand mit der Waffe und fuchtelt damit herum. »Und was ist damit?«, fragt er.

»Das ist nur ein Symbol«, sagt der andere, »nicht mal geladen.« Er macht ein, zwei Schritte nach vorn und nimmt ihm locker die Pistole aus der schlaffen Hand. Danach lehnt er sich wieder an den Tisch.

»Ein Symbol? Wofür?«

»Sie könnten jetzt zum Beispiel tot sein. In Ihrem Zustand.«

»Ich könnte …?« Er will aufbrausen, fällt aber matt zurück. »Geben Sie mir eine Decke, ich kann so nicht nachdenken!«

Entgegen seiner Erwartung, wirft ihm der andere sofort eine Decke zu und er greift gierig danach, bedeckt sich hastig und versucht, sich auf dem nunmehr entwaffneten Arm aufzustützen.

»Ich könnte also tot sein?«, sagt er, und jetzt dämmert ihm etwas. »Soll das vielleicht sowas wie eine Erpressung werden?«

»Es hätte schlimmer kommen können.«

»Hätte? Schlimmer?«

»Die Frau hätte tot sein können«

»Die Frau? Welche Frau?«

»Sie erinnern sich nicht?«

»Welche Frau?«

»Sie lag hier, neben Ihnen. Oder etwa nicht?«

Der Mann fröstelt, seine Hände verkrallen sich in der Decke, und er hat Furcht davor, sich seinen nächtlichen Filmriss tatsächlich eingestehen zu müssen.

»Wo ist diese Frau jetzt?«, erkundigt er sich vorsichtig.

Die Schultern des anderen zucken nur.

»Erklären Sie's mir!«, fordert er so energisch, wie es seine Situation zulässt.

»Erklären? Ein Mann tötet seine Frau, seine Kinder und bringt sich dann selbst um. Anschließend suchen alle nach einer Erklärung. Scheiße, Erklärungen kommen immer zu spät.«

Der Mann atmet schwer und versucht, das Gesagte zu verstehen. Er will heftig den Kopf schütteln, wird aber schon beim Versuch dessen sofort daran erinnert, dass er zu einem Kopfschütteln, nicht mal einem winzig kleinen, kaum in der Lage ist.

»Das erklärt immer noch nichts«, erwidert er trotzig.

»Ich bin nicht zum Erklären hier.« Der andere bleibt sachlich, selbst bei Worten, wie den folgenden: »Wie heißt sie noch, Ihre Tochter? Marina? Milena? Und ihr Papa wird mit einer Waffe in der Hand neben einer toten Frau in einem Hotelbett gefunden? Schrecklich. Und unerklärlich.«

Jetzt stockt ihm der Atem und er bringt tatsächlich ein richtiges Kopfschütteln zustande. »Was«, japst er angestrengt, »hat - meine - Tochter - damit - zu - tun …?!«

Uwe Voigt wusste nicht mehr, wie er in sein Hotelzimmer, geschweige denn in sein Bett gekommen war. Als er am Morgen erwachte, vermutete er, dass er die gewohnten siebeneinhalb Stunden Schlaf, auf die sein Körper geeicht zu sein schien, hinter sich hatte. Aber entgegen seiner Gewohnheit, erwartete ihn nicht der übliche, mehr oder weniger stark ausgeprägte Elan für den kommenden Tag, sondern er fühlte noch die Exzesse des vergangenen. Selten in den letzten Jahren hatte er mehr getrunken, als er vertrug, und die Schwerfälligkeit seiner Bewegungen erinnerte ihn daran, dass er gestern solch eine Ausnahme eingestreut haben musste.

Bernd Plathe ist nackt, aber notdürftig bedeckt. Der Schreck darüber, dass der Fremde den Namen seiner Tochter erwähnt hatte, sitzt ihm noch in den ohnehin weichen Knochen.

»Sie wollen mich einschüchtern«, stellt er lapidar fest. »Wegen der Abstimmung, nächste Woche.«

»Sie sind *eingeschüchtert«, kommt es ebenso lapidar zurück. »Obwohl doch noch gar nichts passiert ist. Stellen Sie sich vor, jemand würde ihr privates Konto mit Geld zuscheißen, dessen Herkunft Sie nicht erklären könnten.«*

»Ich wusste nicht, dass unser Land schon derart verkommen ist, dass Konzerne Schergen beauftragen, um ihre Interessen durchzusetzen.«

Ein leises, trockenes Kichern ist vernehmbar. Als würde jemand ein Glas Linsen schütteln. Eine erste menschliche Regung des Fremden, der diese jedoch mit den folgenden Worten unterbricht: »Sie wissen offensichtlich nicht viel über unser Land. Aber sie sammeln gerade Erfahrungen, die Ihnen nützlich sein werden.«

»Nützlich?« Bernd Plathe lehnt den Kopf in Schieflage. Er ignoriert den Schmerz und will endlich wieder geistreich sein. »Wofür? Soll ich vielleicht ein Buch schreiben? Wie ich erfolgreich eine Stadt verkaufe?«

»Werden Sie nicht albern. Ihre Kommune wird einen neuen Bürgermeister brauchen, da der aktuelle sich durch peinlich zutage getretene Bestechungsvorwürfe nicht mehr halten lässt.«

»Aber was hat das mit mir zu tun?«

»Nachdenken hilft, auch wenn es im Moment vielleicht schwer fällt.«

»Sie meinen …« Bernd Plathe lässt den Kopf in die Matratze fallen. Überraschenderweise tut es nicht weh. Den Posten des Bürgermeisters könnten viele seiner Mitstreiter bekleiden. Aber sicher bekam nicht jeder ein solch merkwürdiges Angebot.

»Warum ich?,« fragt er, um seine Irritation zu überspielen.

»Sie sind der Schlauste aus der renitenten Kleinstadtrunde. Bis auf die Frau, den Bauern und vielleicht den Lehrer. Aber Frauen

sind nicht immer leicht zu promoten, der Bauer ist ein Moralist und der Lehrer, tja, Lehrer sind im Grunde immer Teil des Problems. Sie hingegen sind ein Macher.«

Bernd Plathe setzt sich auf. Es geht erstaunlich leicht.

»Aber damit, aus mir einen Ja-Sager zu machen, haben Sie kein Problem?«

»Schon wieder albern. Sie werden niemals ein Ja-Sager sein. Genau deshalb passen Sie ja zu unserer Idee. Jemand wie Sie kann auch das Undenkbare denken und vor den Bürgern vertreten.«

Bernd Plathe ist verwirrt und geschmeichelt zugleich. In einer Lage, die man durchaus außergewöhnlich nennen kann, wird er mit Dingen konfrontiert, die nicht leicht einzuordnen sind. Und noch während er über die eben gehörten Worte nachzudenken beginnt, empfiehlt ihm sein Gegenüber: »Denken Sie mal darüber nach!«

Dann verschwindet er nahezu lautlos aus dem Hotelzimmer und lässt Bernd Plathe in der augenblicklich eintretenden Stille zurück – leicht bedeckt, schwer verunsichert und mit all diesen unsortierten Informationen.

Uwe Voigt klopft an, bevor er das Zimmer seines Freundes betritt. Bernd Plathe steht im Anzug neben der gepackten Tasche und rückt gerade vor dem Spiegel seine Krawatte zurecht.

Uwe Voigt tippt demonstrativ auf seine Armbanduhr. »Frühstück ist nicht mehr«, sagt er. »Und in fünf Minuten kommt die Putzfrau.«

»Ich weiß«, antwortet Bernd Plathe, ohne seine Tätigkeit zu unterbrechen. »Hast du auch so einen Kater?«

»Kater ist gar kein Ausdruck. Das muss was größeres gewesen sein! Ich bin schon lange nicht mehr so benebelt in den Tag gestartet. Und wohin hat es euch gestern Abend verschlagen?«

»Keine Ahnung. Ein paar Kneipen weiter.«

Uwe Voigt nickt. Schließlich kann er selbst nicht mehr genau nachvollziehen, wann und wo sein Hirn gestern abgeschaltet hatte.

»Ich dachte schon«, meint er, »ihr hättet euch in irgendein Etablissement abschleppen lassen. Und ich schätze, Aumann und Conrad wären nicht abgeneigt gewesen.«

Bernd Plathe lässt nicht von seiner Krawatte ab. »Ich war in keinem Etablissement. Aber ich hab nochmal nachgedacht.«

»Haben wir doch alle. Jedenfalls, solange wir noch dazu in der Lage waren.« Der Schulleiter grinst unverhohlen.

»Im Ernst, ich meine wir sollten das Angebot von My-Energy nochmal überdenken. Und falls, ich sage nur, falls wir …«

»Bernd!«, unterbricht ihn Uwe Voigt. »Bist du noch besoffen oder hat man dir was ins Bier getan?«

Bernd Plathe bemerkt flüchtig den fassungslosen Ausdruck seines Freundes im Spiegel, aber er ist unfähig, dessen Blick zu erwidern. »Man wird doch nochmal nachdenken dürfen!«, erwidert er trotzig.

»Scheiße, Mann, was ist los?«

Beschämt schaut er hinunter auf seine Schuhspitzen, auf denen noch der Straßenstaub des vergangenen Tages anhaftet.

»Nichts ist los«, antwortet er, und der abweisende Tonfall seiner Stimme lässt ihn selbst erschauern. Jetzt dreht er sich um und schaut direkt in die Augen seines Freundes. Der nahezu beschwörende Ausdruck darin scheint langsam in Richtung Resignation abzudriften, aber bevor er dort ankommt, wendet sich Uwe Voigt ab.

Leise fällt die Zimmertür ins Schloss und Bernd Plathe fühlt sich wieder nackt und gelähmt. Viel schlimmer als noch vor ein paar Stunden.

Andreas M. Sturm

LADY IN BLACK

Seit Reiseantritt wurde Christine von diesem unguten Gefühl verfolgt. Die Ahnung einer dunklen Bedrohung hing wie ein Schatten über ihr und prophezeite fortwährend Unheil.

Christine gab im Allgemeinen nicht viel auf derart unklare Befürchtungen, dazu war sie viel zu bodenständig. Aber egal wie sehr sie versuchte, gegen die imaginäre Bedrohung anzukämpfen, all ihre Sinne standen während der gesamten Fahrt auf Alarm. Eventuell liegt es ja nur an dem speziellen Hintergrund dieser Busfahrt, versuchte sie sich immer wieder zu trösten.

Der Reiseveranstalter plante, Reisen in die schönsten Gebiete Sachsens anzubieten. Eine Fahrt nach Görlitz und von da weiter nach Bautzen, sollte die Generalprobe für dieses Projekt werden.

Christine war erst im letzten Augenblick als Reiseleiterin engagiert worden, da der eigentlich vorgesehene Reisebegleiter plötzlich erkrankt war. Die kurzfristige Verpflichtung, verbunden mit den hohen Erwartungen des Reiseveranstalters, hatte unnötigen Stress in ihr aufgebaut. Und genau das ist es, was mich belastet, betete sich Christine ständig vor.

Nun stand sie am Treffpunkt in Bautzen und ihr Problempassagier Nummer Eins kam und kam nicht. Nervös blickte sie zur Uhr. Das akademische Viertel hatte er längst überschritten. Aus Frust über die Verspätung drehte sie Runden um den Bus und blickte dabei zu den Fenstern hoch. Gleich in der ersten Reihe saß das Ehepaar Steinfeld. Frau Steinfeld war im Grunde eine attraktive Frau von Mitte vierzig, doch unerfüllte Erwartungen an das Leben hatten scharfe Falten neben ihre Mundwinkel gegraben und beeinträchtigten ihre natürliche Schönheit. Um den zehn Jahre älteren Gatten von Frau Steinfeld schlug Christine, wo es nur ging, einen großen Bogen. Er gehörte zu der Spezies Mann, die bei einer Unterhaltung mit ihr, statt in ihre Augen, immerfort auf ihr Dekolleté glotzte. Dabei pflegten seine Gesichtszüge regelmäßig zu entgleisen und der Sabber trat auf seine hängende Unterlippe.

Aber das Wort Toleranz, dessen war sich Christine sicher, konnte dieses Geschenk von einem Alphamännchen bestimmt nicht einmal buchstabieren. Beim Frühstück hatte sich seine Frau einen kleinen Kitzel gönnen wollen und harmlos mit Benjamin geflirtet. Daraufhin war ihr Gatte vor Eifersucht fast explodiert. Christine hatte schon befürchtet, er würde sich an Benjamin vergreifen.

Christine schüttelte sich. Wieder einmal war sie sehr erleichtert, dass sie um solche Herzbuben immer einen großen Bogen geschlagen hatte.

Damit kamen ihre Gedanken auch schon zu Benjamin. Und es waren keine netten Überlegungen, die durch Christines Kopf schossen, denn Benjamin war der Grund dafür, dass sie jetzt panisch um den Bus tigerte.

Dass Frau Steinfeld mit Benjamin geflirtet hatte, konnte Christine sehr gut nachvollziehen. Der Bursche sah mit seinen knapp dreißig Lenzen unverschämt gut aus. Aber unverschämt war auch das Auftreten des jungen Mannes. Gewissenlos setzte er sein vorteilhaftes Äußeres ein, um sich Freiheiten herauszunehmen, die alle Grenzen des Anstandes sprengten. Wie zum Beispiel seine jetzige Verspätung. Aber Christine würde ihn sich vorknöpfen, wenn er mit seinem jungenhaften Grinsen um die Ecke biegen würde. Sie wusste jedoch, ihre Erleichterung, ihn wohlbehalten wiederzusehen, würde die Standpauke glimpflich ausfallen lassen. Abgesehen davon, das war ihr klar, würde ihr Zorn an ihm abperlen wie Wasser an einer der Fensterscheiben des Busses.

Das Verhalten, das Benjamin die Fahrt über an den Tag gelegt hatte, war ein Rätsel für Christine. Ihn sprunghaft zu nennen, wäre eine Untertreibung. Der junge Mann schwankte permanent zwischen Euphorie und völliger Lethargie. Und zu allem Übel hatte er viel zu oft die Toilette im Bus blockiert. Was er da getrieben hatte, wollte Christine lieber nicht wissen.

Erneut schaute sie nach oben. Hinter den Steinfelds war der Sitzplatz des Bummelanten. Und obwohl sie lange starrte, blieb der Platz leer.

Sie blieb stehen und blickte in die Runde. Kein Benjamin! Sie fluchte und setzte ihre Wanderung um den Bus fort.

Der Anblick, den die Reihe hinter dem Vermissten bot, besänftigte ihren Zorn auf der Stelle. Christines Knie wurden schwach, während ihre Blicke die dunkel gekleidete Frau abtasteten. Das Objekt ihrer Begierde wirkte wie immer unnahbar. Schade, stellte Christine mit Bedauern fest. Sie hätte es sich sehr gut vorstellen können, mit der Süßen das Laken zu zerwühlen.

Christine nannte sie im Stillen Lady in Black, weil die hübsche Dame von Kopf bis Fuß schwarz gekleidet war. Störenden Anhang schien die Lady nicht zu haben. Christine hatte nie beobachtet, dass sie telefonierte. Und wenn etwas in der heutigen Zeit seltsam war, dann eine Handy-Abstinenz. Demzufolge musste sie allein leben. Jedenfalls war das Christines größter Wunsch.

Na ja, fast. Benjamins Erscheinen sehnte sie im Moment noch inniger herbei.

Wie gewohnt kicherten Henriette und Jennifer auf den Sitzen der nächsten Reihe und steckten dabei verschwörerisch die Köpfe zusammen. Hätte zusätzlich eines der jungen Mädchen durch Abwesenheit geglänzt, Christine hätte ohne zu zögern die anderen Fahrgäste zusammengetrommelt und eine Razzia in den dichten Büschen am Ufer der Spree durchgeführt. Beide waren so spitz auf Benjamin, dass sie schnurrten, wenn er nur in ihre Nähe kam.

Christine schaute wieder auf ihre Uhr. »Jetzt warten wir schon fast eine Stunde auf den Scheißkerl!« Aber der gemurmelte Fluch brachte ihr keine Erleichterung. Sie war es, die verantwortlich war und sie würde die Prügel einstecken, so oder so.

Die telefonische Rücksprache mit dem Reiseveranstalter hatte Christine nicht weitergeholfen. Er hatte die Entscheidungsgewalt und somit die leidige Verantwortung auf sie abgewälzt. Resigniert nestelte sie das Mikrofon aus der Halterung und wandte sich an die Fahrgäste. Sie fasste die Lage kurz zusammen und bat um Meinungsäußerungen, wie weiter verfahren werden sollte. Die Reisegesellschaft reagierte exakt so, wie Christine es kalkuliert hatte.

»Wenn er den Termin nicht einhält, soll er sehen, wie er heimkommt.« Die erste Wortmeldung kam von einer der älteren Damen aus dem Architekturklub.

»Ja, genau. Dann bekommen auch andere Reisegäste die Chance, die Toilette zu benutzen.« Dieses Statement entsprang ebenfalls dieser Gruppe.

Gerade die haben es nötig, sauer auf andere zu sein. Christine rümpfte innerlich die Nase. Sie hielt nicht viel von den Mitgliedern dieser Frauengruppe. Die Damen waren so arrogant wie eine vom Erfolg verlassene Diva, und das nur, weil sie ein paar Gebäude ihrem Baustil zuordnen konnten. Gleich zum Fahrtantritt hatten die Möchtegernarchitektinnen zwei Reihen Platz zwischen sich und der kleinen Schar der anderen Reisenden gelassen, um so ganz bewusst einen

Abstand herzustellen. Und an die klugscheißerischen Kommentare bei den Stadtführungen wollte Christine gar nicht denken.

Sicher, Christine interessierte sich ebenfalls für Architektur, das brachte ihr Job mit sich, aber so verbissen wie diese fanatischen Architekturfreaks sah sie ihr Verhältnis zu steinernen Bauwerken nicht. Es gab durchaus lohnenswertere Anblicke als Steine, die irgendwann in der Vorzeit zu Gebilden geformt wurden. Christine dachte da in erster Linie an den erfreulich wippenden Knackarsch der Lady in Black.

Ein Blick zu dieser zeigte Christine, dass die Frau sich nicht im Geringsten für das Problem Benjamin zu interessieren schien. Ihre gesamte Konzentration galt einem hart gekochten Ei, von welchem sie eben die Schale pellte.

Das hat sie bestimmt vom Frühstückstisch gemaust, vermutete Christine. Dann sprach sie die Verkörperung ihrer heimlichen Sehnsucht direkt an und fragte nach deren Meinung.

»Sie sind die Reiseleiterin«, antwortete die Frau mit freundlichem Lächeln. »Ich werde Ihre Entscheidung akzeptieren, egal wie sie ausfällt.«

Ja, genau so reagierte die Lady in Black ständig: freundlich, höflich und zurückhaltend. Christine fand, dass sie ruhig ein wenig mehr aus sich herausgehen könnte.

»Also mir wird der Kerl sicher nicht fehlen«, ließ sich Herr Steinfeld lautstark vernehmen. »Warum der überhaupt an dieser Fahrt teilgenommen hat, ist mir ein Rätsel. In Görlitz hat er sich gleich nach der Ankunft über die Grenze nach Polen davongemacht. Die Stadtbesichtigung hat er dadurch versäumt und ist erst am nächsten Tag wieder im Hotel erschienen. Wenn Sie mich fragen, der war bestimmt bei einer Nutte.« Herr Steinfeld verschränkte energisch seine Arme vor der Brust und deutete damit an, dass das Thema Benjamin für ihn erledigt war.

»Ich muss der Dame von vorhin zustimmen. Auf der Fahrt von Görlitz nach Bautzen hat der Flegel fünfundvierzig Minuten die Toilette blockiert.« Frau Steinfeld betonte das Wort Toilette, als ob diese Örtlichkeit der Herd alles Verdorbenen sei.

»Und was immer er auch da getan hat, es muss ihm Vergnügen bereitet haben«, ergänzte Herr Steinfeld mit dreckigem Feixen. »Er hat anschließend gegrinst wie ein Honigkuchenpferd.«

Christine fiel beinah die Kinnlade herunter, als sie sehen musste, wie Frau Steinfeld zustimmend zu den Worten ihres Gatten nickte. Na das sah aber heute Morgen noch ganz anders aus, ist da in Bautzen etwa die große Versöhnungsfeier gestiegen?

Noch bevor sie den Gedanken weiter verfolgen konnte, meldete sich Jennifer zu Wort: »Von uns aus kann er verschimmeln«, rief sie, offenbar durch Herrn Steinfelds schroffen Einwand ermutigt. Henriette schien die Meinung ihrer Freundin zu teilen, denn sie nickte nachdrücklich.

Christine konnte es nicht fassen. Unbemerkt von ihr war da ein Apoll von seinem Sockel gestürzt worden.

Sie zuckte die Schultern, verließ den Bus, suchte mit ihren Augen ein letztes Mal die Gegend nach Benjamin ab, stieg dann frustriert die drei Stufen hinauf und gab dem Fahrer ein Zeichen. Ohne eine Miene zu verziehen, startete der den Motor und ließ den Reisebus langsam vom Parkplatz rollen.

Erschöpft von der Anspannung des Wartens und der fruchtlosen Diskussion kuschelte sich Christine in die Polster. Jetzt, wo der Bus fuhr und die Würfel somit gefallen waren, wollte sie versuchen, ein wenig zu schlafen. Im günstigsten Fall hatte es sich Benjamin einfach anders überlegt und seine Pläne kurzfristig geändert – selbstverständlich ohne jemanden davon zu informieren. Für Typen wie ihn waren Rücksichtnahme oder Verantwortungsbewusstsein Details, die ihn nicht tangierten. Christine hoffte einfach, dass es so wäre und sie in ihrem Leben nie wieder etwas von Benjamin zu hören oder zu sehen bekam.

Doch die Gedanken, die durch Christines Kopf wanderten, ließen sie alles, aber keine Ruhe finden. Es waren einfach viel zu viele Unstimmigkeiten, die ihr zusetzten.

Kurz entschlossen erhob sie sich und entnahm dem kleinen Kühlschrank drei Miniflaschen Wodka und drei Büchsen Cola. Ein wenig Alkohol, hoffte sie, würde Zungen zum Sprechen bringen.

Mühsam balancierte sie die Getränke zu Henriette und Jennifer. Die Augen der Mädchen leuchteten auf, als Christine sich zu ihnen setzte und die Drinks mischte.

»War schon blöd, der Abschluss der Fahrt«, begann Christine das Gespräch, »aber sonst war es doch okay?«

Henriette und Jennifer nuckelten an der braunen Flüssigkeit und nickten verzückt.

»Ist euch der Benjamin heute in Bautzen zufällig über den Weg gelaufen?« Christine beugte sich zu den Mädchen, um so durch ihre Körpersprache Offenheit vorzugaukeln.

»Über den Weg gelaufen ist gut …« Henriette hätte sich um ein Haar verschluckt. »Wir haben den Mistkerl zum Mittagessen eingeladen, das Essen hat er angenommen und ein Bier nach dem anderen gekippt, aber anschließend gemeinsam mit uns bummeln zu gehen, dazu hatte er keine Lust.«

So, so, bummeln gehen nennt man es also heutzutage. Christine unterdrückte ein anzügliches Lächeln und nickte statt dessen mitfühlend.

»Gegessen hat er aber kaum etwas«, mischte sich Jennifer ein. »Hier …« Sie langte in ihre Tasche und brachte eine Assiette zum Vorschein. »Wir haben es uns einpacken lassen. Benjamin hat es ja kaum angerührt. Aber geraucht hat er wie ein Schlot.« Jennifer hielt Christine den Ärmel ihrer Jacke zum Riechen hin.

Die Kleider der beiden jungen Damen stanken tatsächlich nach Rauch. Christine verzog ihr Gesicht nach der Riechprobe, murmelte einfühlsam: »So sind die Kerle«, und kam dann auf den Punkt: »Wisst ihr, wo Benjamin nach dem Essen hinwollte?«

Synchrones Kopfschütteln. Doch nach kurzem Zögern brach es aus Jennifer heraus: »Er hat ständig auf seine bescheuerte Uhr gesehen und hatte es dann sehr eilig, zu verschwinden. So, als ob wir ihm nicht gut genug wären.«

»Aber in Görlitz zur Nutte gehen.« Henriette krächzte fast vor gerechtem Zorn.

»Hat er euch erzählt, dass er bei einer Prostituierten war?«

»Nein, aber was soll er denn sonst in Polen gewollt haben?«

Christine nickte unbestimmt, nahm noch den Wunsch der beiden Mädchen nach weiteren Drinks entgegen und ging, nachdem sie Henriette und Jennifer mit Alkohol eingedeckt hatte, nachdenklich zu ihrem Platz.

Sie hatte nun ausreichend Stoff zum Nachdenken. Zimperlich waren die zwei Mädchen bestimmt nicht. Die Verschmähte hätte sich nicht daran gestoßen, wenn Benjamin die andere von ihnen erwählt hätte und im Ernstfall, da war sich Christine ziemlich sicher, hätten sie es gemeinsam mit ihm getrieben. Es war schon merkwürdig, dass ein so junger Mann derart eindeutige Angebote ablehnte. Aber an Frauen war Benjamin interessiert, das wusste Christine zu hundert Prozent. Es gehörte nicht viel dazu, seine Blicke zu interpretieren, die ihrer Oberweite und ihrer fraulichen Figur gegolten hatten.

Der Gedanke, der sich nun in ihre Gehirnwindungen bohrte, ließ kalten Schweiß auf ihre Stirn treten. Was, wenn die zwei abgewiesenen Mädchen Rache geübt und Benjamin irgendwo eingesperrt hatten? Dann säße nicht nur Benjamin, nein, auch sie selbst ganz tief in der Scheiße.

Doch diese schreckliche Erwägung blieb nicht allein. Eine plötzliche, bisher erfolgreich verdrängte Erinnerung, brach mit Urgewalt in Christines Überlegungen ein. Ihr wurde schlecht vor Angst. Ausgerechnet die hübsche, stille und freundliche Dame in Schwarz war die Ursache für das Zittern, welches Christine nun befiel. Das Bild stand wieder klar vor ihren Augen. Auf der Hinfahrt nach Görlitz war es zu einem sehr hässlichen Zwischenfall gekommen. Benjamin hatte der schlummernden Lady aus einer Laune heraus den MP3-Player entwendet und sich dann lautstark über deren Musikgeschmack lustig gemacht. Als die Beraubte durch das laute Reden erwachte und ihr die Ursache für Benjamins Spott klar wurde, war sie aufgesprungen, hatte ihm ohne zu zögern eine geschmiert und dem verdutzten jungen Mann den Player entrissen. Als der zur Besinnung kam, wollte er sich voller Wut auf die wesentlich kleinere Frau stürzen. Doch der eiskalte, ihn als leichte Beute taxierende Blick hatte Benjamin in seiner Bewegung erstarren lassen. Böse vor sich hinschimpfend, hatte er den Rückzug angetreten und sich auf seinem Platz verkrochen.

Alle Zeugen des Vorfalls hatten aufgeatmet und die Angelegenheit war in Vergessenheit geraten, doch Christine konnte den feindseligen und drohenden Blick nicht vergessen, mit dem die Lady Benjamin bedacht hatte.

Kilometer um Kilometer wuchs die Entfernung zu Bautzen und damit zu Benjamin. Christines Pläne für die Rückfahrt waren durch Benjamins Verschwinden über den Haufen geworfen worden. Eigentlich hatte sie, bequem in ihren Sitz gelümmelt, mit einem Drink in der Hand, die Laubfärbung genießen wollen. Doch wenn sie jetzt aus dem Fenster starrte, sah sie nur Benjamins Gesicht und malte sich in den schwärzesten Farben dessen ungewisses Schicksal aus. Christine richtete sich in ihrem Sitz auf und schaute in den Fahrgastraum hinein. Die Reisenden unterhielten sich leise oder starrten bedrückt geradeaus. Benjamins unklarer Verbleib beschäftigte alle.

Nein, korrigierte sich Christine sofort, nicht alle. Die Dame in Schwarz blickte voller Begeisterung aus dem Fenster und freute sich sichtlich an dem prächtigen Farbenspiel des Herbstwaldes.

Christine hielt es nicht auf ihrem Platz. Sie musste etwas unternehmen. Was einmal klappt, das gelingt auch beim zweiten Mal, sagte sie sich und beschloss, das Ehepaar Steinfeld ebenfalls mit Alkohol zu bestechen. Eventuell hatten die beiden etwas in Bautzen bemerkt, was zur Aufklärung der unangenehmen Lage beitragen könnte.

Sekt für die Dame, Bier für den Herrn. Christine hatte die Angewohnheit, sich auf all ihren Fahrten die Geschmäcker der Reisenden einzuprägen. Schon oft war es ihr so gelungen, mit dem passenden Drink Wogen der Entrüstung zu glätten.

Erfreut nahm das Ehepaar die Getränke entgegen. Herr Steinfeld hielt beim Einschenken seinen Plastikbecher fachmännisch leicht geneigt. Als der Becher fast gefüllt war, setzte er die Blume auf. Bevor er trank, blickte er noch einmal tiefsinnig auf das schäumende Getränk herab und sagte nickend: »Bier.«

Als Christine sah, dass Herr Steinfeld in ein stilles Zwiegespräch mit seinem Getränk vertieft war, wandte sie sich an seine Gattin: »Benjamins Verschwinden lässt mir keine Ruhe, ich bin ja schließlich für die Reisenden verantwortlich. Ich vermute stark, dass sich der Lümmel von einer spontanen Eingebung leiten ließ und kurzfristig seine Pläne geändert hat. Sind Sie Benjamin bei Ihrem Stadtbummel zufällig begegnet und hat er Ihnen eventuell etwas über solche Absichten mitgeteilt? Wenn dem so wäre, würde mich das sehr erleichtern.« Christine blickte Frau Steinfeld bei ihren Worten treuherzig ins Gesicht.

Die nippte an ihrem Sekt und schüttelte stumm den Kopf.

»Mir ist er gleichfalls nicht über den Weg gelaufen«, mischte sich Herr Steinfeld ein. »Wir haben nämlich Bautzen getrennt erkundet, müssen Sie wissen. Meine Frau ist Schwester in der Notaufnahme der Uniklinik und ich arbeite beim Bau, da liegen unsere Interessen auf unterschiedlichen Gebieten. Und damit wir uns dabei nicht ins Gehege kommen ...«

Christine hatte genug gehört. »Ich sehe gerade, Ihr Bier ist fast alle.« Sie nutzte den Vorwand, sprang von ihrem Sitz auf, entfloh Herrn Steinfelds gierigen Blicken und versprach beiden weitere Getränke.

Auf ihrem Weg nach vorn wandte sich Christine kurz um und sah, dass die Handy-Abstinenz der Lady Geschichte war. Eifrig ließ diese ihre Finger über die Tasten eines Mobiltelefons gleiten und verfasste augenscheinlich eine längere SMS. Der Anblick verpasste Christine einen Stich. Vorbei war der Traum, dass die hübsche Frau ohne Anhang war. Sicher teilte sie ihrem Mann und den lieben Kleinen gerade mit, dass Mama später kommt, aber zum Abendbrot auf jeden Fall im Kreise der Familie weilt.

Um keine Depressionen aufkommen zu lassen, begab sich Christine zum Fahrer und fragte diesen, wann der Halt für eine Toilettenpause durchgeführt werden könnte. Seinem Brummen entnahm sie, dass er die nächste Raststätte ansteuern würde.

Froh, der gedrückten Atmosphäre im Bus zu entkommen, sprang Christine aus dem Fahrzeug. Die anderen Fahrgäste schienen den Halt ebenfalls zu begrüßen, denn sie hatten es sehr eilig, das Gefährt zu verlassen. Fast alle sputeten sich, zu den Toiletten zu kommen, da Christine die Pause drastisch verkürzt hatte, um wenigstens etwas von der immensen Verspätung aufzuholen.

Christine lief nicht mit den anderen zur Toilette. Sie wusste, dass die Schlange endlos sein würde und sie kannte ein stilles Plätzchen, nur einen Steinwurf entfernt im Wald, welches für ihre Zwecke mehr als ausreichend war.

Als sie ihr Geschäft erledigt hatte, und eben die Hosen hochzog, vernahm sie ein Rascheln und erschreckte sich fast zu Tode. Die Lady in Black war der Störenfried. Die Dame musste sie beobachtet haben und hatte ihre Schlüsse aus Christines Zielrichtung gezogen. Sie lächelte Christine zu, flüsterte »Guter Tipp« und verschwand hinter dem Nachbarbusch.

Vor Schreck klopfte Christines Herz immer noch wie wild, als sie den Bus erreichte. Nach kurzer Zeit kam die Dame in Schwarz geschlendert und sprach heftig gestikulierend in ihr Handy. Christine hoffte auf einen Ehestreit. Das hätte ihre Chancen immens vergrößert, bei diesem Engel zu landen. Doch als die Dame am Bus ankam, wirkte sie hochzufrieden. Enttäuscht wandte sich Christine ab und hob in stiller Resignation die Schultern. Vielleicht ist es ja am besten so, sprach sie sich selbst Trost zu. Wer weiß, ob sie nicht an Benjamins Verschwinden Schuld trägt und mit einer Verbrecherin will ich lieber nicht allein sein.

Christine sah aus dem Fenster auf die Straße und beobachtete, wie das graue Band unter ihr dahinglitt. Es war nicht mehr weit bis zum Ziel. Der Tag ging zur Neige und mit dem Licht schwand die Umgebung vor ihren Blicken; bald würde sie nur noch ihr eigenes Spiegelbild in der Scheibe erkennen können.

Der Schatten, der sich über ihrem Kopf in das Bild schob, ließ sie herumfahren. Christine schaute in zwei Augen, die so dunkelbraun waren, dass sie fast schwarz wirkten. Als sie realisierte, wer da neben ihr Platz nahm, wusste sie nicht, ob ihr Herz vor Freude oder vor Angst so aufgeregt hämmerte.

Die Lady in Black lächelte sie freundlich an und sagte: »Ich benötige Ihre Hilfe. Ich möchte mit Frau Steinfeld sprechen und hätte Sie gern als Zeugin dabei.«

Immer noch völlig perplex folgte Christine widerspruchlos der Frau, die sich schnurstracks zur Sitzreihe der Steinfelds begab.

»Ich will nicht um den heißen Brei herumreden, Frau Steinfeld«, begann die Lady ohne Umschweife das Gespräch. »Ich habe nur eine Frage: Wie haben Sie Benjamin getötet?«

Sowohl Christine als auch das Ehepaar Steinfeld öffneten erstaunt den Mund und vergaßen, ihn wieder zu schließen.

Herr Steinfeld fasste sich als Erster. »Was soll das? Und wer gibt Ihnen das Recht meine Frau derart blöd von der Seite anzuquatschen?«

Die Lady zückte eine Plastikkarte und hielt sie den Steinfelds vor die Nase. »Mein Name ist Wolf, ich bin Hauptkommissarin bei der Dresdner Mordkommission. Das dürfte wohl als Legitimation genügen und nun bitte ich Sie, meine Frage zu beantworten. Also, wie haben Sie Benjamin getötet?«

Frau Steinfeld wollte empört auffahren, stoppte aber mitten in ihrer Bewegung, zögerte kurz, dann sackte sie in ihrem Sitz zusammen. »Es war ein Unfall, das müssen Sie mir glauben. Ich habe Benjamin unterhalb der alten Stadtmauern am Ufer der Spree getroffen. Er fing plötzlich an, mich zu beschimpfen und packte mich an meiner Bluse … Hier, man sieht noch die Abdrücke seiner Finger«, damit deutete die Frau auf den Stoff ihrer Oberbekleidung. »Ich weiß nicht, was in den jungen Mann gefahren ist. Ich hatte Angst und fühlte mich bedroht, da ...«, sie schluchzte auf, »habe ich einen Stein genommen. Ich muss ihn am Kopf getroffen haben. Er fiel in den Fluss und bevor ich etwas unternehmen konnte, versank er. Aber es war ein Unfall ... Sie müssen mir das glauben, bitte!«

Kommissarin Wolf mustere sie kalt. »Es wäre ein Unfall gewesen, wenn Sie geologisch interessiert wären und deshalb den Stein einer näheren Betrachtung unterziehen wollten. Wenn Sie den Stein dann in die Höhe gehalten und Benjamin mit seinem Kopf dagegengestoßen wäre, dann wäre es ein Unfall. So aber ist es ein simpler Mord im Affekt.« Ihre Miene wurde auch nicht wärmer, als sie hinzufügte: »Betrachten Sie sich als vorläufig festgenommen. Am Busbahnhof warten bereits meine Kollegen, um Sie in Empfang zu nehmen. Ich hoffe, es wird nicht nötig sein, Ihnen Handschellen anzulegen.«

Nachdem Frau Steinfeld matt den Kopf geschüttelt hatte, zupfte die Kommissarin Christine am Ärmel und bedeutete ihr, sich zu ihr in die Reihe hinter das Ehepaar Steinfeld zu setzen.

Christine war völlig perplex und konnte das Geschehene nicht fassen. Ihr Mienenspiel formte ein Fragezeichen, fast hilflos starrte sie die Kommissarin an.

Diese schien außerordentlich vergnügt zu sein. Sie grinste breit und ohne sich lange bitten zu lassen, begann sie mit ihrer Erklärung: »Dass Benjamin drogenabhängig war, habe ich bereits auf der Hinfahrt nach Görlitz bemerkt. Vielleicht war es ein Fehler, dass ich beschlossen hatte, diese Tatsache zu ignorieren, um in Ruhe meine freien Tage zu genießen. Aber das kann ich jetzt nicht mehr ändern.« Sie zuckte mit den Schultern.

»Sie meinen Benjamin hat gekifft?«

»Nein, er war schon einen Schritt weiter. Ich denke, er hat

an der Nadel gehangen. Die Symptome waren eindeutig. Seine Sprunghaftigkeit, das Gleiten zwischen Euphorie und Apathie und die langen Toilettenaufenthalte. Das Glitzern in seinen Augen und die Hochstimmung, wenn er die Toilette verließ, waren einwandfreie Zeichen. Er hat sich dort seine Dosis verabreicht. In Görlitz ist er nicht nach Polen verschwunden, um eine Prostituierte aufzusuchen, solche Bedürfnisse hätte er bei den beiden Mädchen oder bei Frau Steinfeld gratis befriedigen können. Nein, er wollte einen Dealer treffen. Der hat ihn aber augenscheinlich versetzt und das wurde ihm zum Verhängnis.«

»Ich verstehe immer noch nicht so recht. Wieso Frau Steinfeld?«

»Als Benjamin verschwunden war, habe ich mir keine Gedanken gemacht«, setzte die Kommissarin ihre Ausführungen fort. »Ich dachte, er hat in Bautzen einen Drogenhändler aufgerissen und deshalb die Fahrt abgebrochen, die für ihn übrigens nur Tarnung war. Erst als ich hörte, dass Frau Steinfeld in der Notaufnahme des Uniklinikums arbeitet, ging mir ein Licht auf. Sie hat die Symptome von Benjamin auf jeden Fall richtig eingeschätzt und eine Frau wie sie hätte mit ihrem Wissen nicht hinter dem Berg gehalten. Spätestens nach Benjamins Verschwinden hätte sie lautstark mit ihrer Sachkenntnis angegeben, schon um den Frauen vom Architekturverein eine reinzuwürgen. Sie hat es aber nicht getan, damit ja kein Verdacht auf sie fällt. Ab jetzt muss ich spekulieren ...« Die Polizistin legte eine Pause ein und knabberte nachdenklich auf ihrer Unterlippe. »Frau Steinfeld hat Benjamin wahrscheinlich mit Drogen geködert. Bestimmt war ihm der Stoff ausgegangen und deshalb ging er auf ihr Angebot ein: Drogen gegen Sex. Und als sie ihm dann beim Stelldichein eröffnete, dass es mit den Drogen nichts wird, ist er durchgedreht. Eventuell hat er sie wüst beschimpft und da ist bei ihr die Sicherung durchgebrannt.«

»Aber wie haben Sie das so schnell durchschaut?«

»Sie und Ihre Gespräche mit den Steinfelds und den Mädchen waren mir eine große Hilfe. Dadurch habe ich erfahren, dass Benjamin in Bautzen extrem nervös war und eine Verabredung hatte. Die Information, dass Frau Steinfeld im medizinischen Bereich tätig ist, bewog mich, eine Anfrage zur Drogenfahndung zu schicken. Dort ist Benjamin ein alter Bekannter. Er finanzierte seine Sucht durch den Handel mit Drogen. Den Rest habe ich mir zusammengereimt und wollte eigentlich nur bei Frau Steinfeld auf den Busch klopfen. Ich hatte nicht vermutet, dass sie so schnell zusammenbricht und den Mord gesteht, aber es kommt schon vor, dass, wenn man Mörder in die Enge treibt, sie die Tat zugeben und dabei sogar Erleichterung empfinden.«

Durch diese aufwühlende Unterhaltung war Christine entgangen, dass der Bus bereits die Landeshauptstadt erreicht hatte und nun in den Busbahnhof einbog.

Frau Wolf sprang auf, nahm Frau Steinfeld beim Arm und führte sie zu einem Streifenwagen, dessen blaue Lichter die Nacht in ein flackerndes Zwielicht tauchten.

Christine stand auf dem Parkplatz, fröstelte und schaute der gebeugten Frau Steinfeld hinterher. Wie groß muss die Verzweiflung dieser Frau über ihre Lebenssituation gewesen sein, dass sie nicht davor zurückschreckte, Benjamins Drogensucht auszunutzen, um ihn zu einem Quickie zu verführen?

Herr Steinfeld blickte unschlüssig in die Runde, dann schüttelte er den Kopf und lief zu einem Taxi.

Diese Ehe war schon gestorben, noch bevor Frau Steinfeld ihren folgenschweren Entschluss gefasst hatte, dachte Christine bedrückt.

Sie verabschiedete die anderen Gäste, deren Personalien von einem Beamten aufgenommen wurden und stand schließlich allein und traurig neben dem verlassenen Bus. Sie wandte sich zum Gehen, da hörte sie Schritte.

Frau Wolf trat zu ihr. »Ich bin übrigens die Karin«, sagte sie herzlich und streckte Christine die Hand entgegen.

Christine stand einfach nur still da und blickte Karin an. Sie spürte, wie ihr Feuchtigkeit in die Augen trat. *Mein Gott, bin ich sentimental,* dachte sie. Dann trat sie auf die Frau zu und nahm sie fest in die Arme.

»Wenn du nicht gewesen wärst«, schluchzte sie, »Benjamins Verbleib wäre für immer unklar gewesen. Ich wäre durch die komplette Presse gezerrt worden und hätte meinen Job als Reiseleiterin für alle Zeit vergessen können.«

Karin löste sich aus der Umarmung und trat verlegen von einem Fuß auf den anderen. »Ich habe eigentlich nur meinen Job gemacht«, murmelte sie.

Christine holte einen alten Einkaufszettel aus ihrer Jackentasche und kritzelte ihre Telefonnummer darauf.

»Wirst du dich melden?«, fragte sie leicht verlegen.

»Darauf kannst du wetten.«

DER GASTAUTOR

Bernd Merbitz wurde in Zumroda, Kreis Schmölln, 1956 geboren. Er absolvierte von 1984 bis 1986 ein Studium an der Hochschule der Deutschen Volkspolizei Berlin mit dem Abschluss als Diplom-Staatswissenschaftler.

Von 1986 bis 1991 leitete er die Morduntersuchungskommission bei der Bezirkspolizeibehörde der Deutschen Volkspolizei. 1991 wurde er Leiter des Dezernats Leben und Gesundheit bei der Bezirkspolizeibehörde Leipzig sowie Leiter der Abteilung Polizeilicher Staatsschutz beim Landeskriminalamt Sachsen. Im Rahmen der Neuorganisation der sächsischen Polizei gegründeten Polizeidirektion Westsachsen wurde er Leiter der Polizeidirektion Grimma mit der Ernennung zum Polizeipräsidenten 2005.

2007 wurde Bernd Merbitz zum Landespolizeipräsidenten ernannt. Am 2. Juli 2009 wurde er für sein Engagement gegen Extremismus und Fremdenfeindlichkeit vom Zentralrat der Juden mit dem Paul-Spiegel-Preis für Zivilcourage ausgezeichnet.

Oktober 2012 wechselte er in die Messestadt Leipzig und trat seinen Dienst als Polizeipräsidentin Leipzig an.

Seine Kriminalgeschichte ›Spurlos verschwunden‹ in Stammtischmorde III ist die erste literarische Veröffentlichung in einem Buch.

Krimi-Stammtisch Leipzig | Treffen im Café Waldi

(vlnr.) Andre Mannchen, Stefan B. Meyer, Jan Flieger, Joachim Anlauf, Frank Kreisler, David Gray, Christian Barz ***mit Messer***, Matthias Seydewitz, Birgitta Hennig, Anne Mehlhorn, Traude Engelmann, Mandy Kämpf, Andreas M. Sturm, ***Opfer liegend …***

DIE AUTOREN

Hartwig Hochstein (Hrsg.), Jahrgang 1943, lebt als freier Journalist, Moderator und Kolumnist in Leipzig. Nach vielfältigen leitenden Positionen bei Tageszeitungen, unter anderem als Chefredakteur der Neuen Presse in Hannover, kam er 1991 als Chefredakteur zur Leipziger Volkszeitung. In dieser Position führte er das Blatt bis Ende 2003.

Nach seinem Ausscheiden blieb er Leipzig als Journalist treu, unter anderem mit einer eigenen Talk-Sendung im Leipzig Fernsehen. Für seine alte Zeitung verfasst er regelmäßig Krimi-Rezensionen und konzentriert sich dabei auf die regionale sächsische und Leipziger Szene, der er sich freundschaftlich verbunden fühlt.

Frank Kreisler, Jahrgang 1962, geboren in Rostock, zog im Jahr 1985 nach Leipzig. Sein Berufsleben zeichnet sich durch Vielseitigkeit aus. Er arbeitete als Hafenarbeiter, aber auch als Bibliothekar.

Nach einem Studium am Literaturinstitut Leipzig ist er seit 1995 freiberuflich tätig, zunächst journalistisch, seit etwa 10 Jahren auch als Buchautor. Zahlreiche Veröffentlichungen, vor allem im Bereich Kinder- und Jugendbuch konnte Frank Kreisler verwirklichen.

Sein Krimi ›Wasserfest‹ erschien 2013. Außerdem beteiligte er sich an verschiedenen Krimianthologien.

~ *www.frank-kreisler.de*

Traude Engelmann, Jahrgang 1944, gebürtige Leipzigerin, studierte Pädagogik und Journalistik, war Redakteurin der Leipziger Volkszeitung und mehrerer im Leipziger Fachbuchverlag beheimateter Fachzeitschriften, später auch Mitarbeiterin eines Sachverständigenbüros.

Sie schreibt in verschiedenen Genres und legte bisher u.a. vier Romane vor, darunter den 2012 erschienenen Kriminalroman ›Die Geldwäscherin‹. Traude Engelmann ist Mitglied im ›Syndikat‹.

David Gray, Jahrgang 1970, geboren Leipzig, hat nach Abitur und Jurastudium als freier Journalist für verschiedene regionale Tageszeitungen Filmkritiken verfasst, verbrachte längere Zeit in Südostasien.

2002/04 Ausbildung zum Drehbuchautor in Berlin. Daraufhin Tätigkeit als Drehbuchautor und Scriptdoktor. Ausgedehnte Studienreisen nach Frankreich, Großbritannien und Irland. Sein historischer Roman ›Wolfswechsel‹ war ein eBookhit, der sich 280 Tage in den Kindle-Topcharts hielt.

Sein aktueller Kriminalroman trägt den Titel ›Kanakenblues‹.

~ *www.david-gray-autor.com*

Jan Flieger, Jahrgang 1941. Schreibt Krimis, Thriller und ist mit Kurzgeschichten an zahlreichen Krimi-Anthologien, auch in Österreich und der Schweiz, beteiligt.

Sein Selbstjustiz-Thriller ›Auf den Schwingen der Hölle‹ (2012) erregte viel Aufsehen. In Japan entstand ›Man stirbt nicht lautlos in Tokyo‹ (2013).

Zur Leipziger Buchmesse 2014 war er neben Håkan Nesser und Arne Dahl zu Gast bei der LVZ Kriminacht, wo er sein neuestes Werk, den Leipzig-Krimi ›Der Vierfachmord von Stötteritz‹ präsentierte.

~ *www.janflieger.de*

Birgitta Hennig, Jahrgang 1950, geboren in Chemnitz, studierte Finanz-Ökonomie und Jura an der Humboldt-Universität Berlin. Sie arbeitete als Justitiarin, später freiberuflich in Bayern, NRW und Niedersachsen als Kursleiterin und Unternehmensberaterin.

Seit 2002 verschrieb sie sich der Fotografie, hatte mehrere Gruppen- und Einzelausstellungen. Seit 2004 schreibt sie Kurzgeschichten und Krimis, 2005 erste Veröffentlichung im Rahmen des Krimiwettbewerbes ›Akte X Hannover‹. Seit 2007 lebt sie in Leipzig.

Mandy Kämpf, Jahrgang 1977, ist seit ihrer Geburt und mit ganzem Herzen Leipzigerin. Ihre Zuneigung für Literatur entdeckte sie schon sehr früh. Im zarten Alter von sechs Jahren laß Mandy die ersten Märchen selbst und schrieb später kleine Geschichten für Kinder.

Neben ihrer beruflichen Laufbahn im Vertrieb und im Training der Telekommunikationsbranche, moderierte sie unter anderen die ›Lange Leipziger KrimiNacht‹ und schreibt Kriminalkurzgeschichten, die bereits in Anthologien veröffentlicht wurden.

~ www.mandykaempf.com

Matthias Seydewitz, Jahrgang 1957, geboren in Leipzig. Er ist Autor von Gedichten und Kurzprosa, sowie Kurzkrimis. Er veröffentlichte seinen ersten Lyrikband ›Verdrängungsspiel‹.

Seine berufliche Entwicklung umfasst verschiedene Tätigkeiten in sozialen Bereichen. Seit 2006 Mitarbeit in den Picturesound-Studios und im Soziokulturellen Zentrum KuHstall e.V. in Großpösna. Unter seiner Mitarbeit entstanden Filme wie ›Generation Ex‹ und ›Mam(m)a, was ist ein Karzinom?‹. Im KuHstall entwickelte er unter anderem die Großpösnaer Krimitage.

Christian Barz, Jahrgang 1975, geboren in Dortmund, lebt seit 1996 in Leipzig. Er eröffnete 2006 seine Kanzlei in der Messestadt und ist seitdem als Rechtsanwalt tätig. Während des Studiums arbeitete er für eine der größten südafrikanischen Kanzleien in Pretoria.

Sein aktueller Krimi ›Jagdfieber‹ nimmt den Leser mit auf eine spannende Reise durch die Region rund um den Krüger Nationalpark in Südafrika. Er stellt nach ›Blutige Pfade‹ den zweiten Teil seiner Afrika-Krimi-Reihe dar.

~ *www.afrika-krimi.de*

Anne Mehlhorn, Jahrgang 1990, wuchs in Aue im Erzgebirge auf und studierte an der HTWK Leipzig erfolgreich Verlagsmanagement. Danach nahm sie ein Zweitstudium im Bereich Informatik auf. Sie verfasste mit siebzehn ihren ersten abgeschlossenen Roman, und arbeitete neben dem Studium freiberuflich als Werbetexterin.

2013 erschien ihr Verlagsdebüt ›Die Seele des Stachelschweins‹; seitdem verfasst sie auch Krimi-Kurzgeschichten für verschiedene Anthologien.

~ *www.anne-mehlhorn.de*

Stefan B. Meyer, Jahrgang. 1963 in Erfurt, arbeitete bis 1987 als Baumonteur bzw. Gerüstbauer am Aufbau des Sozialismus. Später folgten verschiedene sowohl sozialversicherungspflichtige als auch freiberufliche Tätigkeiten. Seit 1999 lebt er mit Frau und Kindern in Leipzig.

2001 verfasste er seine ersten Texte, vor allem in der Kriminalliteratur. 2007 veröffentlichte er seinen Debütkriminalroman ›Wie in Schigago‹, 2012 folgte sein Leipzig-Krimi ›Im falschen Revier‹.

2014 erschien sein Dresden-Krimi ›Desperados im Land des Lächelns‹.

~ *www.stefan-b-meyer.de*

Andreas M. Sturm, Jahrgang 1962, wurde in Dresden geboren. Die ersten Schreibversuche startete er mit 16 Jahren. Es entstanden Kurzgeschichten und Western. Sein Faible für Kriminalromane brachte ihn dazu, ab 2009 wieder selbst zur Tastatur zu greifen.

Bei Streifzügen durch seine Heimatstadt entstehen die Kriminalromane um das weibliche Kommissarinnen-Duo Wolf & König.

Neben seinen Dresdenkrimis schreibt er auch Kurzgeschichten und ist Herausgeber von Anthologien. Andreas M. Sturm ist Mitglied im ›Syndikat‹.

~ *www.krimisturm.de*

Joachim Anlauf, geboren 1967 in Bielefeld, studierte erfolgreich Volkswirtschaftslehre in Osnabrück sowie Kommunikations- und Medienmanagement in Dresden. Als Pressesprecher war er unter anderem für die Polizei Sachsen und für die CDU-Fraktion im Niedersächsischen Landtag tätig.

Seit 2008 lebt Joachim Anlauf mit seiner Frau in Leipzig und arbeitet als Referent für Raumordnung in der Landesdirektion Sachsen. Mit seinem Debütroman ›Völkers Schlacht‹ gewann er 2012 beim Wettbewerb um den Leipziger Krimipreis den Publikumspreis. Joachim Anlauf ist Mitglied im ›Syndikat‹.

~ *www.joachim-anlauf.de*

STAMMTISCHMORDE - 9 LEIPZIGER PACKEN AUS

Ist der Pizza-Bote der Mörder? Kann eine Kaffee-Bohne tödlich sein? Stört ein Rollator beim Raubüberfall? Was haben Knochen im Garten mit der Sprengung der Pauliner-Kirche zu tun?

Neun Leipziger Autorinnen und Autoren, acht von ihnen am Krimi-Stammtisch der Messestadt vereint, Altmeister Erich Loest als Gast dabei, lassen ihrer Fantasie freien Lauf. Das Ergebnis: Geschichten von Mord und Totschlag, von Liebe und Eifersucht, von Gier und Rache, von Erpressung und Betrug.

Mal mit zynischem Zungenschlag, mal sozialkritisch, mal mit einem Schuss schwarzen Humors, ist ihnen eines gemeinsam: Sie fesseln den Leser von der ersten bis zur letzten Zeile. Und die finalen Antworten auf die Fragen, die sie aufwerfen, lösen die Spannung auf verblüffende Weise auf.

248 Seiten | ISBN 978-3-942829-42-7

STAMMTISCHMORDE II - 12 LEIPZIGER PACKEN AUS

Ein Hai als Mordwaffe. Eine Beerdigung als Chance zur Rache. Ein Paar Schuhe als Zeuge. Ein Computerausdruck, bei dem auf 1057 Seiten kein vernünftiges Wort steht. Ein Pilz, der eine Party zum tödlichen Roulette macht.

Zum zweiten Mal haben Autorinnen und Autoren vom Krimi-Stammtisch Leipzig ihrer Fantasie freien Lauf gelassen, legen eine Anthologie vor. Geschichten, bei denen es um die ewigen Motive für Mord, Erpressung oder Diebstahl geht: Liebe, Hass und Eifersucht, Rache und Habgier.

Dreizehn Storys fesseln diesmal Leserinnen und Leser, eine aus der Feder von Gast-Schreiber Edgar Franzmann, dem Sprecher der Krimi-Autoren-Vereinigung Syndikat.

Eines ist allen gemein: Wie bei den ersten Stammtisch-Morden geht es auch diesmal nie um Dutzendverbrechen, sondern um literarische Leckerbissen für Krimi-Feinschmecker.

240 Seiten | ISBN 978-3-942829-34-2

Andreas M. Sturm
Leichentuch

328 Seiten | Paperback
ISBN 978-3-942829-48-9

Stefan B. Meyer
Desperados im Land des Lächelns

334Seiten | Paperback
ISBN 978-3-942829-59-5

Jan Flieger
Man stirbt nicht lautlos in Tokyo

200 Seiten | Paperback
ISBN 978-3-942829-35-9

Jan Flieger
Der Vierfachmord von Stötteritz

200 Seiten | Paperback
ISBN 978-3-942829-52-6

Frank Kreisler
Wasserfest - *Trotzenburg und die Macht der Roten Tide*

200 Seiten | Paperback
ISBN 978-3-942829-27-4

Traude Engelmann
Die Geldwäscherin

311 Seiten | Paperback
ISBN 978-3-942829-16-8

Krimi im fhl Verlag